U0437131

我们超正经的!

和老秦一起割开真相吧!

超正经凶案调查

都市篇

法医秦明 著

中信出版集团 | 北京

图书在版编目（CIP）数据

超正经凶案调查 . 都市篇 / 法医秦明著 . -- 北京：中信出版社 , 2025.4. -- ISBN 978-7-5217-7425-2

Ⅰ . I25

中国国家版本馆 CIP 数据核字第 2025P2P947 号

超正经凶案调查·都市篇
著者：　　法医秦明
出版发行：中信出版集团股份有限公司
　　　　　（北京市朝阳区东三环北路 27 号嘉铭中心　邮编 100020）
承印者：　河北鹏润印刷有限公司

开本：880mm×1230mm 1/32　　印张：10.25　　　字数：205 千字
版次：2025 年 4 月第 1 版　　　印次：2025 年 4 月第 1 次印刷
书号：ISBN 978-7-5217-7425-2
定价：59.00 元

版权所有·侵权必究
如有印刷、装订问题，本公司负责调换。
服务热线：400-600-8099
投稿邮箱：author@citicpub.com

目录

自序
**排除所有可能,
最不可能的也是真相**

001号档案

暗黑版"捉迷藏"

超硬核索引 ━━━ 002
测谎技术
案后反常表现
生活反应
整体分离实验
机械性窒息

超正经调查 ━━━━ 003
8岁女孩的神秘失踪
她被塞进了狭小的纸箱
密闭与捆绑的怪异游戏

法医手记：性、谎言与危险的大朋友
━━━ 038

002号档案

非虚构的屠杀夜

超硬核索引 ━━ 042
打开现场通道
颅骨崩裂
判断作案动机
悬案追踪
物证保管

超正经调查 ━━ 043
小镇旅馆的血腥星期四
人间蒸发的神秘房客
被冤魂缠绕的小说家

法医手记：命运总是嘲弄投机者
━━ 076

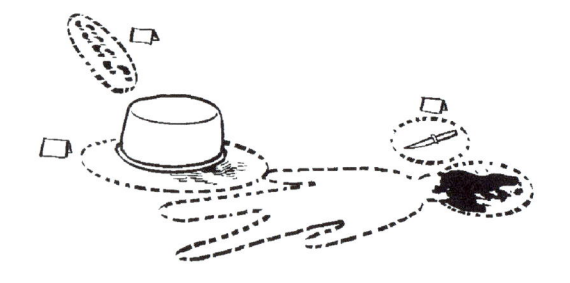

003号档案
稻田边的连环杀手

超硬核索引 ▬▬▬▬ 080
案后多余动作
毁坏型尸体现象
模仿犯
分泌型与非分泌型
追诉时效

超正经调查 ▬▬▬▬▬ 081
她们成为凶手的"玩具"
挑衅式的连环作案
追诉恶魔的时效

法医手记：我们与恶的距离
▬▬▬▬ 109

004号档案

旅行袋中的头颅

超硬核索引 ▃▅ 112

法医人类学

窒息征象

犯罪分子刻画

嫌疑物 X

深挖隐案

超正经调查 ▃▅ 113

行踪诡异的"无脸男"

监控里的红衣女人

上千个隐藏的受害者

法医手记：披上"画皮"的活死人
▃▅ 143

005号档案

母亲的"寄生虫"

超硬核索引 ▰▰▰ 146

尸臭
不排除是勒死
汞中毒
孤证
杀亲案

超正经调查 ▰▰▰▰ 147

笼罩居民楼的恶臭
当着孩子的面给母亲灌下水银
屋檐下的畸形关系

法医手记：在触手可及的地方独立行走
▰▰▰ 170

though
006号档案

双重"狼人杀"

超硬核索引 ▰▰▰ 174
自产自销
封闭现场
案件动机分析
现场重建技术
滴落状血迹

超正经调查 ▰▰▰▰ 175
别墅床上的四具尸体
谁用钥匙打开了地狱大门
沉默羔羊与贪婪的狼

法医手记：你永远不知道谁是"狼人"
▰▰▰▰ 204

007号档案
"七星阵"杀人仪式

超硬核索引 ━━ 208
血迹分析
反常脱衣现象
卸装行为
被害人学
激情杀人

超正经调查 ━━ 209
冬日公园惊现赤裸男尸
诡异的"北斗七星阵"
荒诞而孤独的杀人夜

法医手记：懵懵懂懂走向绝路的孩子们
━━ 240

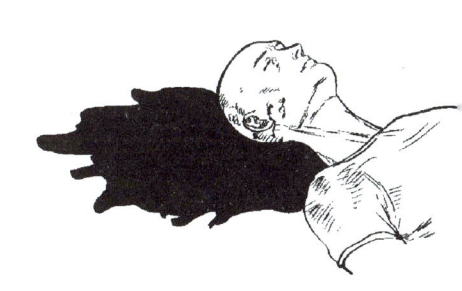

008号档案

被诅咒的儿童病房

超硬核索引 —— 244
阴性解剖
窒息
医疗事故的鉴定
完美犯罪
孟乔森综合征

超正经调查 —— 245
双胞胎姐妹的"遗传厄运"
迷雾重重的4号病房
两副面孔的死亡天使

法医手记：善待我们的过去和未来
—— 271

009号档案
世界冠军分尸案

超硬核索引 ━━ 274

分尸案
机械性损伤致死
头部剪切伤
徒手伤
抓捕方案

超正经调查 ━━ 275

菜地里的弃尸编织袋
被碎尸掩盖的秘密关系
追凶追出个散打世界冠军

法医手记：一念之差，人即是兽
━━ 302

后记 ━━ 304

自序

**排除所有可能，
最不可能的也是真相**

先给朋友们出道题。

一个山洞之内，发现了一具男性的尸体。经过法医检验，死者的头颅顶端插着一把螺丝刀，螺丝刀的金属刀杆完全没入了头颅，只剩下刀柄留在颅外。而死者的死因，就是螺丝刀插入颅内导致的重度颅脑损伤。

现在请听题：**这个男人是被人杀死的吗？**

有朋友就说了，这还用问吗？这不就是古装剧里经常出现的往颅顶钉钉子的杀人方式吗？头顶插了一把螺丝刀哎，这不是他杀，还能是自杀吗？

那老秦再问一句，如果这个案子由你来负责侦破，你会从哪里开始调查呢？

《超正经凶案调查》这本科普书，聊的就是这么一回事：

当警方发现凶案时,他们是如何破案的。

很多喜欢悬疑的读者,在现实中看到有关凶案的新闻时,都会忍不住进行一番"推理",但现实中的破案,往往和大家的想象有着非常大的差距。就拿上文这个"夺命螺丝刀"的案例(这是一个真实发生过的案例)来说,很多人一看到题目,就已经开始思考凶手是谁、杀人动机是什么了,但法医在检验尸体的时候,可不是这么想的。

首先,法医要确定这把螺丝刀是在死者生前被插入的,还是在死者死后被插入的。

其次,法医要确定死者身上有没有抵抗伤、威逼伤和约束伤,在尸体检验的过程中有没有发现可以导致死者晕厥、失去抵抗能力的因素。

再次,法医会对螺丝刀进行全面检验,确认螺丝刀刀柄上,除了死者的指纹和DNA(脱氧核糖核酸),是否还有其他人的痕迹物证,同时确认现场的地面上有没有除死者之外任何其他人的足迹。

最后,法医会对现场进行勘查,看看洞壁上有没有螺丝刀刀柄底部和洞壁撞击而产生的痕迹。

在这个真实的案例中,法医搜集到的信息是:螺丝刀是死者生前被插入的;死者身上没有抵抗伤、威逼伤和约束伤,也没有任何导致死者晕厥、失去抵抗能力的因素;螺丝刀上只有死者的指纹和DNA,现场也只有死者的足迹;山洞的洞壁上,都是螺丝刀刀柄撞击产生的痕迹。

综合这些信息,我们再进行推理,就会发现死者不是被他人杀死的,而是自己拿着螺丝刀,将刀刃一端顶住自己的颅顶,向墙壁撞击,最终导致刀杆被撞入了颅内。这是一起自杀案件。

虽然听起来心惊肉跳、不可理解,但这就是事情的真相。

从这个案例我们可以看出,很多事件发生后,根据关于现场情况的只言片语,大家会凭借自己的生活经验做出判断,并且对自己的判断深信不疑。殊不知,办案的逻辑和普通人的生活经验、思维模式是不一样的。

比如,**法医的办案逻辑,并不是只看尸体状态如何就简单地做出推断,而是要根据尸体检验、现场勘查的情况,排除其他所有可能。剩下的唯一一种可能,即便我们难以置信,依旧是真相。**像"碎尸也可能是自杀"这个违反普通人直觉的说法,对法医来说,就是排除所有可能后的真相。

所以,真实的办案逻辑能力,对警方来说非常重要,对普通人也同样重要。了解真实的办案思维逻辑后,读者朋友们会增强防范警惕意识,防止受到不法侵害;万一受到不法伤害,也会意识到寻求警方帮助才是最优解。不仅如此,在网络热点出现后,读者朋友们就会自然而然用真实的办案思维逻辑去审视案情,去审视警方通报,这样就不会被别有用心的人"带节奏"。

可是，朋友们该说了，我们又没有学过刑侦知识，也没有侦办过案件，该如何去培养你说的这种真实的办案逻辑能力呢？

这就是本书的价值所在了。

老秦精心挑选了发生在世界各地的9桩命案，按照其发案到破案的时间线，以一名法医（同时也是公安刑警）的视角，与大家一同展开"凶案调查"，慢慢对案件进行拆解、分析、研究和拓展。

这些案子都曾经轰动一时，也都有奇诡之处。为了不剧透，老秦把它们藏在了9份调查档案当中。档案的名字也都暗藏玄机，比如"暗黑版'捉迷藏'""非虚构的屠杀夜""稻田边的连环杀手""旅行袋中的头颅"……

这些案件都是真实发生过的，老秦介绍案件，主要是为了对办案的逻辑和破案的知识点进行科普，因此，**为了保护当事人的隐私，老秦对案件细节进行了改编，对人物、地点也都进行了化名处理。**

坦白说，这些案件老秦都没有亲手办理过，对案件细节的了解，其实和大家一样，也是来自各种媒体的报道。所以，受限于新闻报道的片面性，老秦对案件的认识也不一定全面。

总之，咱们就当是在看故事，不要对号入座就好。

编辑给本书取了个有趣的书名，叫《超正经凶案调查》。

老秦猜想，**"超正经"说的应该就是真实的办案逻辑**。

这种逻辑能力，是基于刑侦学和刑事技术学，结合了前辈们的大量办案经验，然后通过"传、帮、带"的方式，一代一代在刑侦人员之间培养并流传下来的。

在每个案件的**"超正经调查"**部分，老秦会陪着大家来解析这些案件，把很多知识点和思维方法都穿插其中，让朋友们更加直观地，或者说是身临其境地参与这一起案件的调查与侦破。

对一本科普书来说，知识点是必不可少的。本书中有大量的法医学知识，比如如何运用骨骼来推断死者的身份；有大量的刑事技术学知识，比如布料纤维如何作为定案依据、测谎仪究竟是否可靠；有大量的犯罪心理学知识，比如卸装行为反映凶手的何种心理；还有大量的法律知识，比如我国对刑事追诉期是如何规定的。

在"超正经调查"之前的**"超硬核索引"**部分，老秦提示了一些核心知识点，但这些并不是全部的关键词，大家也可以自己做笔记，归纳出更为完整的版本。总之，这本科普书不仅有大量的硬核知识点，也有深入浅出的思维模式，相信刑侦悬疑爱好者读来会很受用。

在"法医手记"部分，老秦会和大家聊聊自己看完案件后的心里话。很多案子，老秦在阅读资料的时候，都非常唏嘘。大家读完有什么感受，也欢迎和老秦聊聊。

特别要介绍的是，本书还有一个番外彩蛋作为赠品奉送给大家——"超正经别册·都市传说破解指南"。老秦找了5个曾经流传很广的"都市传说"，和大家一起分析传说的真实性和可信度。大家也可以把它们当成本书的"随堂考"，看完都市传说的内容后，可以先把书合上，记录下你的思考，再继续往下看，检验一下你的逻辑思维能力是否已经可以识破里面的漏洞了。

最后，老秦很感谢打开这本科普书的各位读者朋友的支持。

信息化时代给人带来了极大的便利，让我们的视野更加广阔。不过因为网络上的信息过于庞杂，有些朋友会一叶障目，有些朋友会被误导而丧失判断力。在很多热点舆情事件中，会出现虚假信息驱逐正确信息的怪象。

国家在清朗网络和科普、普法上花了大力气，而老秦也想为这项工作尽一些自己的绵薄之力，在这里也非常感谢为本书提供法律顾问服务的邓嫦燕律师！

希望老秦的读者朋友们，都可以拥有真实办案逻辑能力，都可以拥有大量的法医学知识，都可以拥有独立思考的判断力。这样，我们就像打了一针"谣言免疫剂"，可以在广阔的信息海洋中自由自在地冲浪了。

祝大家阅读愉快。

秦明

2024 年 9 月 28 日

调查提示

孩子失踪后多久才能报警？
如何推断死者的死亡时间？
凶手自首，案件就结束了吗？
被虐待的时候，她是否还活着？
凶手在法庭上临时翻供，怎么辨别真假？

档案

非虚构的屠杀夜

🔍 新加坡

纸箱女童藏尸案

001号
档案

暗黑版"捉迷藏"

00
档案

旅行袋中

超硬核索引

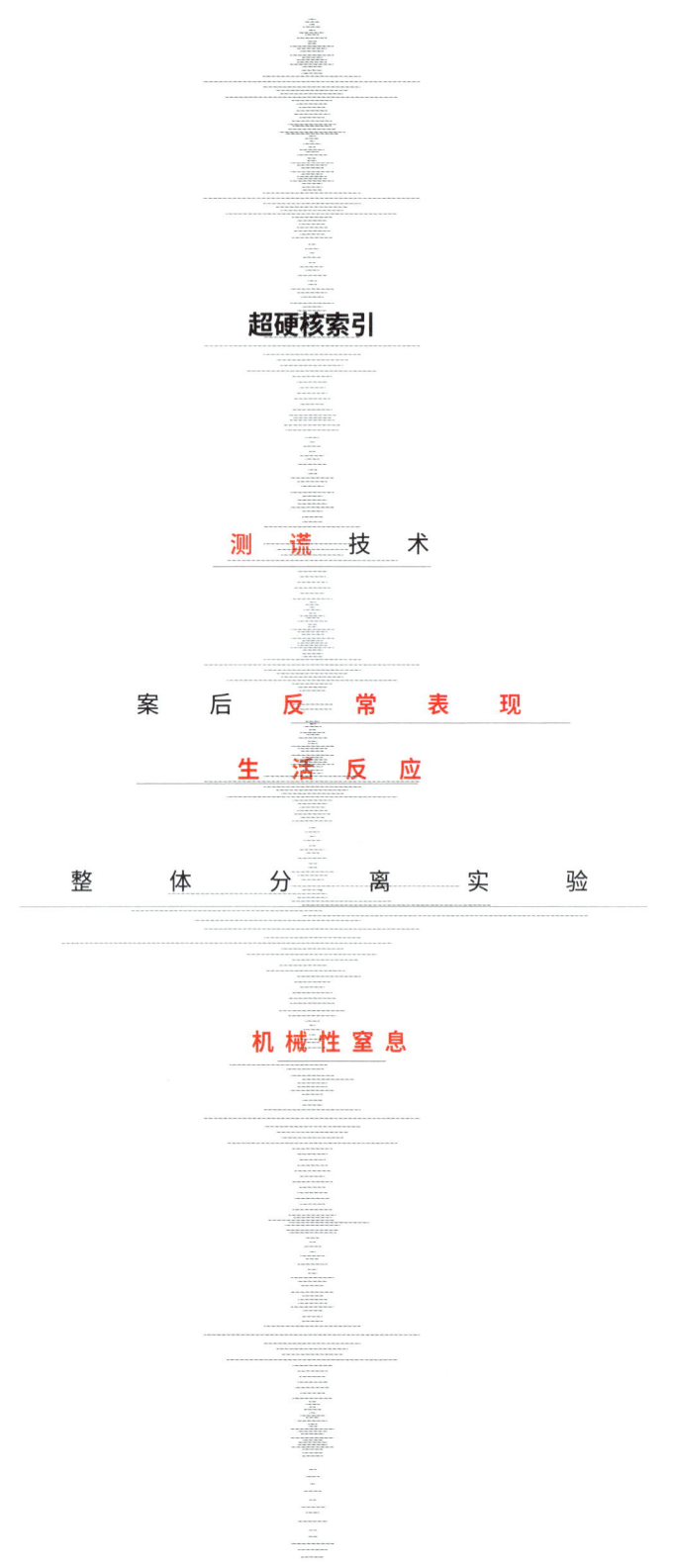

测谎技术

案后反常表现

生活反应

整体分离实验

机械性窒息

8岁女孩的神秘失踪

阿樱万万没有想到,到新加坡打工才一年多,女儿就离奇失踪了。

2003年5月,阿樱带着7岁的女儿小娜,从中国F省来到了新加坡。在异国他乡,万事开头难,所幸老天对这对母女还算眷顾,阿樱在一个果蔬批发中心找到了工作,小娜也得到了在当地入学的机会。活泼开朗的小娜,正处于对一切都好奇的年纪,在陌生的环境里,她以妈妈的世界为圆心,很快开拓了自己的"社交圈",和阿樱单位的同事、附近店铺的邻居,都日益熟络起来。

2004年9月27日,小娜8岁生日的前一天,因为老家有事,阿樱启程回了F省。临走前,阿樱把小娜托付给与自己合租阁楼的一位同事,让同事帮忙照顾小娜几天。但事情或许办得并不顺利,阿樱迟迟未归,小娜毕竟还是个孩子,时不时就会想念妈妈。她没有手机,能做的就是找一个可以打公用电话的地方,给妈妈打电话。

10月10日,小娜和阿樱的同事一起吃完午饭,说要出去给妈妈打个电话。阿樱的同事习惯了小娜独自出门打电话,没多加思索,就同意了。

这通电话的内容,并没有什么独特之处。阿樱接到了女儿的来电,和往常一样聊了会儿天,说自己很快就能回去见她了。只是,她无论如何也没有预料到,电话那边稚嫩的童音,竟是她最后一次听到的女儿的声音了。

阿樱的同事一直没有等到小娜打完电话回来。她心存侥幸,以为小娜是顺便出去玩了。可到了晚上,小娜一直没有现身。阿樱的同事越等越慌,赶紧召集其他同事、朋友,帮忙一同寻找小娜。他们找了很长时间,都找不到小娜的踪迹,最后不得已选择了报警。

孩子失踪是件大事。

有人曾经问老秦,孩子失踪后要等过了24小时才能报警吗?老秦不知道其他国家和地区是怎么规定的,但在我们国家,并没有这样的时间规定。**只要是未成年人失踪,第一时间就应该选择报警。**

为什么要第一时间报警?因为如果自己埋头去寻找孩子,寻人的力量是有限的,很可能会贻误找回孩子的最佳时机。而警方有更多的技术手段、更多的警力来协助寻找孩子,找回孩子的概率更大。

那么成年人失踪呢?一般情况下,成年人失踪超过24小时,直系亲属可以持身份证和关系证明到当地派出所报案,公安机关会根据具体情况决定是否立案。但如果怀疑有拐卖、绑架或其他特殊情况,不需要等到24小时后再报案。

阿樱知道小娜失踪的噩耗后,几乎整个人都垮掉了。

10月12日,阿樱回到新加坡,此时,小娜已经失踪两天了。阿樱实在想不出来小娜能跑到哪里去。她是个乖巧、听话的孩子,绝不可能不打招呼就离家出走。何况,她只有8岁,连独立生活的能力都没有。这两天,她吃什么?喝什么?睡在哪里?她是不是……已经遭遇了不测?

阿樱不敢往下想,她只知道,不管女儿在哪里,她都要找到女儿。

她没有别的办法,只能带着女儿的照片,在新加坡的大街小巷,逢人就打听女儿的下落。小娜平时喜欢去的地方,她几乎全都找了一遍。就连那些正在施工的工地和下水道,阿樱都没放过。

阿樱不愿意放过任何一丝渺茫的希望。据当时的媒体报道,阿樱的表妹说自己梦见小娜被困在大山里,阿樱就专门去爬了两座大山,祈求能发现一点儿关于女儿的线索。

可惜，梦只是梦，小娜依然音信全无。

新加坡的媒体敏锐地捕捉到了这个寻女的故事。阿樱眼含热泪，手里捏着女儿的玩具和衣服，恳求大家帮忙寻找小娜的画面，很快在新加坡引起了轰动。

数百名好心人自愿加入了搜寻小娜的队伍。短短两周之内，7000份印着小娜照片的传单，在小娜失踪地点附近的街道上被分发给了过往的行人。有位退休的经理自掏腰包，拿出1万新加坡元作为赏金，给予提供有效信息者。不久后，另一位好心人又追加了5000新加坡元，提高了赏金总额。一家网络设计公司的总经理还专门创建了一个网站，用来收集汇总所有小娜失踪案的相关信息与线索。

在好心人和媒体的感召之下，有些出租车公司也发动旗下的司机师傅们加入了搜寻的队伍。这场搜寻的规模之大，甚至超越了国界，找到邻国马来西亚去了。在马来西亚某地区，30名出租车司机在车子前座及后面的风挡玻璃上都贴了寻人海报，还把海报发给乘客，请求乘客帮助寻人。至少有5家当地咖啡馆的老板也在店里张贴了寻人海报。

警方当然也没有闲着。在阿樱和好心民众协力寻找小娜的同时，新加坡警方围绕小娜和阿樱身边的熟人进行了一轮排查。道理很简单，熟人最有可能提供有价值的线索。

果然，在对熟人进行逐一排查的过程中，警方发现了疑点。

10月21日,小娜失踪11天之后,警方询问到了22岁的大浩。

大浩是阿樱母女的邻居,他平时和小娜的关系很好。在接受警方询问的时候,大浩说,小娜失踪的那天,自己一整天都没看到她,而且自己当天非常忙,所以完全没留意到小娜的行踪。

警方可能是察觉到这个大浩有些闪烁其词,抑或是注意到大浩说话时有不正常的微表情,所以,几天后,警方便对大浩进行了第二次询问。

可是这一次询问,大浩突然改变了说法。他说在小娜失踪的当天,自己看到小娜被人掳走了,但是因为自己距离比较远,一来无法相救,二来也没看清掳走小娜的是个什么人。

这么一看,这个人明显就不对劲了。两次询问也没隔几天,怎么就回答得完全不同了呢?于是警方就对大浩说:"当天情况究竟是什么样的,你回家好好想一想,等想明白了以后,你必须再回到警察局来接受第三次询问,同时,警方也会对你进行测谎。"

说到这里,咱们聊一聊测谎技术。

我们经常在口头上说的测谎技术,学名叫作**心理测试技术**。顾名思义,这项技术是通过人说话的时候,可能会出现的心率、皮肤电生理等一系列的数据变化，来分析说话人的心理状态，从而判断说话人是不是在说谎。

很多朋友可能都在影视剧里看过类似的情节，被测试者的身上被接上一堆电线，然后测试者问被测试者：人是不是你绑走的？被测试者如果说不是，测谎仪就亮起红灯，代表他说谎了。

但其实，这项技术并没有我们在影视剧里看到的这么简单。

测谎的技术核心并不是那一台测谎仪，而是测试者对问题的设计。只有问题设计合理，才能引起被测试者的心理变化，从而通过仪器反映出来。所以，心理测试是一门非常复杂的技术，和我们想象中是不一样的。

而且，因为这门技术受个体差异的影响非常大，有一定的不确定性，所以它的测试结果只是警方的一个参考，目前还不能作为法庭证据使用。

在老秦经历过的诸多案件中，也有一些犯罪嫌疑人接受测谎。总的来说，在大部分案件中，心理测试的结果还是比较准确的，但也有部分结果出现了偏差。所以这项技术目前还不够完善，不能简单地将测试的结果作为定案的依据。

那么，在小娜失踪案中，测谎到底能不能发挥作用呢？

尽管测谎结果不一定准确，但当时新加坡警方认为，大浩如果接受了测谎，其结果对警方来说也是检验疑点的一个参考，毕竟，大浩前期的举止不合常理，警方可以先试探试探他的反应，看看他会不会露出狐狸尾巴。

听警方提到测谎的事，大浩并没有慌张不安，反而一口就答应了。他说："行，我也是因为时间久了，记不清了，那我就先回家想想当时究竟看到了什么。想明白以后，我就立刻来警察局接受询问和测谎。"

听他这么一说，警方倒是有些意外。大浩这么配合，难道警方怀疑错人了？难道真的是因为时间久了，他的记忆出了偏差，两次口供才截然不同？以防万一，警方提出让大浩在接受下一次询问前交出自己的护照，由警方暂为保管。大浩二话没说，就把护照提交了，还说自己不仅可以接受测谎，而且破案前随叫随到，警方什么时候需要他，他就什么时候配合。

不过，这番话放出去没多久，警方再去找大浩的时候，却发现他已经跑路了。

这下，事情倒是变得明朗了。因为大浩的**案后反常表现**，他立即成为警方的重点怀疑对象。

什么是案后反常表现呢？老秦给大家简单科普一下。

案子发生后，凶手在压力之下，会做出一反常态的行为。而这些案后反常表现，经常会成为警方破案的突破口。比如说，最常见的案后反常行为，就是逃跑。有人死了，而嫌疑人莫名其妙地玩起了消失，这不就是"不打自招"嘛。老秦在自己的办案经历中，也经常会遇见这种情况。

比如在法医秦明系列万象卷第5季《幸存者》里，我写过一个叫"孩子们"的故事。这个故事是有真实原型的。在原型案子中，几个无辜的小孩惨死，案发现场遗留的有价值的线索很少，警方是怎么迅速锁定躲在暗处的凶手的呢？靠的就是凶手的案后反常表现。

案发后，凶手回到了村里。他自以为把几个孩子全都杀死了，本来没有什么顾虑，可没有想到的是，其中一个孩子命大，居然活下来了。消息一传出来，可把凶手吓坏了，他连夜就乘车逃跑了。

事实上，这个幸存下来的孩子因为脑部受伤，出现了选择性失忆，完全不记得凶手的整个犯罪过程，更不用说指认凶手了。但凶手不知道这个信息，所以，他这一跑反倒引起了警方的注意，也算是直接给警方提供了一个破案的捷径。

老秦以前还遇到过一个案件：在某个农村的机井[1]里，有人发现了一具尸体。尸体被打捞上来后，法医们还没开始验尸

---

1 机井：用水泵汲水的深水井，这种井用机械开凿。

呢,侦查部门就反映说,同村有一对夫妻突然乘车离开了本地,很是可疑。于是,侦查部门就把这一对夫妻抓捕回来讯问。警方这么一讯问,这对夫妻直接就顶不住了,交代说他俩十几年前杀了一个女人,将尸体埋在地里了。

警方听完这话,反倒纳闷了,因为机井里的尸体经检验并没有死亡十几年那么久,而且埋在地里的尸体也不可能自己跑到机井里去。这难不成是记混了?

不管如何,警方都要确认一下。所以他们对这对夫妻交代的地点进行了挖掘,还真的挖出了一具白骨化的尸体。也就是说,这对夫妻没说谎,他们真的杀人了,只不过杀的不是机井里的这个人。

后来经过调查才知道,警方在机井里发现尸体后,村民就传开了小道消息。但小道消息说得不是那么确切,这对夫妻一听到发现尸体,就开始心虚了,心想警方发现的不会就是他俩杀的那个人吧,吓得连忙收拾东西就出逃了,没想到弄了个乌龙,把自己的罪行给暴露了出来。

这两个案子,都让我们想起那句老话:天网恢恢,疏而不漏。

犯罪的人,都会心虚,而只要心虚,就容易露出马脚。毕竟,人在做,天在看,要想人不知,除非己莫为啊。

当然,案后反常表现,不止逃跑这一种。

比如说,某个人平时对社会新闻毫不在意,突然有一天,他们村里面有个人被杀死了，他就天天到处打听，询问案件办得怎么样了，警察找到凶手了没有，警察怀疑哪些人了，警察有什么线索。

这也是案后反常表现，同样会引起警方的注意。

还有一些犯罪分子会重返作案现场，混在现场围观的群众当中，窥探警方的侦查进度。对于这一点，警方也是心知肚明的。老秦曾经有个同事，他平时就有注意观察围观群众的习惯，有一次出现场的时候，他在一名围观人员的身上发现了疑似血迹。于是，他把这名"围观人员"传唤回公安局，一审，这人就交代了。

还有一些抢劫杀人案的凶手，抢到钱后就迫不及待地消费。这种反常的消费能力，也是案后反常表现的一种。

总之，案后反常表现的种类非常多，而警方也经常会利用这些案后反常表现找到案件的突破口。

小娜失踪案也是这样。

大浩莫名其妙突然消失，肯定是存在问题的。好在他的护照已经被新加坡警方收缴，所以他即便想跑也没有办法跑太远。

新加坡和我们中国不一样，它的国土面积就那么大，警方坚信是找得到大浩的。即便大浩偷渡到邻国马来西亚，问题也不大。就在新加坡警方准备联合马来西亚警方对大浩开展大追捕行动的时候，10月31日，大浩却主动在马来西亚自首了。

自首之后，他就被马来西亚警方移交给新加坡警方，随即被押解回新加坡。

大浩告诉警方，小娜已经死了，杀她的人就是自己。

她被塞进了狭小的纸箱

大浩的自首，对阿樱来说，简直是晴天霹雳。

作为母亲，她苦苦寻找小娜已经有半个多月了，她一直抱着幻想，想着孩子还有生还的希望。而这种幻想，如今彻底破灭了。

更让她无法接受的是，自首的人居然是大浩。在她的印象中，大浩是一个非常亲切、阳光的小伙子。他们住得很近，平时来往也很多，她曾经非常放心地让这个邻家的大哥哥陪女儿玩，这样一个看起来无比友善的人，怎么会伤害只有8岁的小娜？

面对媒体的采访，阿樱说："我们很早就认识大浩了，他一直都很喜欢小娜，两个人也玩得来，他经常买好多零食给小娜吃，从来没有对小娜做过任何出格的事情。比如说带着小娜到外面去疯玩，比如说对小娜动手动脚这些事情，在大浩这里从来没有出现过。我曾经相信他永远不可能伤害小娜……"

看到这里,很多朋友会好奇,嫌疑人自首了,案件不就结束了吗?这故事是不是太短了?

实际上,大家认为嫌疑人自首或者自杀,案件就自动结束,这种判断是错误的。

对警方来说,每一个案件证据链的搜集、考证工作都是一样的,无论嫌疑人是自首还是自杀,不完成这些工作,案件就不能结束。**警方并不会因为嫌疑人自首或者自杀了,就降低对证据链的要求。**

如果嫌疑人自杀了,警方的工作反而会更加麻烦。因为警方无法获得嫌疑人的口供,那么,案件证据链中缺失的环节,就需要更多的其他证据来弥补。只有这样,才能确保法律的客观公正,才不会产生冤案、错案。

小娜的案子,也是这样。

嫌疑人大浩自首了,这对警方来说并不是结束。他们必须防止两件有可能发生的事情。

第一件事情,是冒名顶替。 很多香港大片里都演过类似的情节,黑社会老大杀完人,让小弟去顶罪。

第二件事情,是翻供。 有些嫌疑人去警察局自首了,但是等案件进入起诉、审判程序后,因为嫌疑人自己发生了心理变化,或是因为他的律师发现了证据漏洞,嫌疑人就有可能会当庭翻供。

这两种情况在现实中都屡见不鲜。尤其是后者,很多人在自首后又反悔，说自己是被警察刑讯逼供，不得已才屈打成招的。所以，不管大浩有没有自首，新加坡警方都需要将一个完整的证据链呈交给法庭。

那么警方怎么去完善证据链呢？

警方首先要做的就是尸检。

大浩自首时，交代了自己杀害小娜的犯罪事实，也交代了小娜的尸体在什么位置。新加坡警方按照大浩的交代，找到了小娜的尸体，并对尸体进行了初步尸检。经过尸检，法医确认小娜是在失踪当天，也就是10月10日便遇害了。而小娜的具体死亡时间，应该就在当天她和妈妈通电话后不久。

很多朋友没准儿就开始计算了，小娜是10月10日遇害的，大浩是10月31日自首的，保守估计，警方发现尸体的时候，距离小娜死亡的时间有20多天了。

20多天后，小娜的尸体都已经高度腐败了，法医对死亡时间的判断还能这么准确吗？法医怎么知道小娜是打电话后不久就死亡的？

能提出这些问题的朋友对法医专业还是有一些了解的。很多人只是看过影视剧里的一些片段，以为法医不管看什么样的尸体，都能准确推断出"几点到几点"的死亡时间。这当然是不科学的。

我们法医目前使用的死亡时间推断方法，最常见的还是利用早期尸体现象来进行推断。比如**观察尸斑的状态**，机体死亡后，会在几小时内出现尸斑，这些尸斑在 24 小时之内可以指压褪色，24 小时之后压之不褪；比如**观察尸僵的状态**，机体死亡后，几小时内会出现尸僵，尸僵在 24 小时之内存在于全身各大关节并达到最硬，24 小时后开始缓解，48 小时完全缓解；又比如**观察眼角膜的状态**，机体死亡后，随着时间的推移，眼角膜会从完全清亮变成完全混浊。

利用这些规律进行死亡时间推断，是法医最常用的方法。

如果想更加精确一些，就要利用**尸冷**。法医会多次测量尸体的内部温度，根据机体死亡后温度逐渐下降的规律，判断机体死亡了多久。这一点我们在后面的案例中再详细解说。

不过，上文老秦描述的尸体现象都属于**早期尸体现象**，也就是机体死亡 48 小时之内的现象。一旦机体死亡超过了 48 小时，这些推断死亡时间的方法就都失灵了。那么，法医只有根据经验，依据尸体出现的腐败现象，比如尸绿[1]、腐败静脉网[2]、巨人观[3]等，大致推断死者死亡了多少天。这种推断

---

1 尸绿：尸体皮肤上出现的污绿色斑痕。一般会先出现于右下腹部、右季肋部（肋骨的下方）和鼠蹊部，渐渐扩展到全腹壁，最后波及全身。
2 腐败静脉网：尸体腐败后，尸体内部器官及血管中的血液受腐败气体的压迫，流向体表，使皮下静脉扩张，充满腐败液，在体表呈现出暗红色或污绿色树枝状血管网。一般在死后 2~4 天出现，早期多见于腹部和上胸部，逐渐扩展至全身。
3 巨人观：尸体高度腐败后，受到腐败菌群的作用，体内会产生大量的气体，并逐渐扩散到全身，使之看上去膨胀如巨人的尸体现象。这时候的尸体，全身的表皮湿润，易于脱落，眼球、舌头都会因为膨胀作用而膨隆出来，面貌丧失。

实际上都是粗略估计，是依据法医的经验得来的，很不准确，误差很大。

那么在小娜这个案子中，新加坡警方又是如何断定小娜的具体死亡时间的呢？

老秦猜测，新加坡警方使用了法医们常用的**胃肠内容物推断死亡时间法**。

警方首先会通过小娜的尸体现象，粗略估计她是在20天左右前死亡的，然后对小娜的胃肠内容物进行分析判断。前文讲过，小娜是在妈妈的同事那里吃完午饭后，再去给妈妈打电话的。那么小娜中午几点钟吃了午饭、吃了哪些食物，这些信息，警方是可以通过调查妈妈的同事而获知的。法医在对小娜的胃肠内容物进行分析之后，如果确定内容物就是当天中午吃的饭菜，那么就可以判断小娜是在吃完午饭后不久遇害的。

食物在进入我们体内后，也会遵循一定的消化规律。比如，食物被吃进我们的肚子里，都会在胃里进行消化，等消化1~2个小时后，食物开始进入十二指肠，3~4个小时后，食物会在胃内变成糊状的食糜，5~6个小时后，胃就完全排空了。

根据食物在胃内的消化规律，警方就可以大致推断出，当天小娜在吃完午饭后大约几个小时死亡，因此也就可以判断出小娜是在跟妈妈打完电话以后不久就遇害了。

其实新加坡警方寻找小娜尸体的过程,也是挺不容易的,可以说是翻山越岭、跋山涉水。新加坡地域面积很小,人口众多,这件事情的社会影响那么大,关注的人又那么多,如果尸体被抛在显眼的位置,早就被找到了。

大浩确实把小娜的尸体藏得很隐蔽,藏到了一个非常偏僻的公园里。在这个偏僻公园的一处非常不显眼的灌木丛中,警方找到了一个用胶带密封的纸箱,而这个纸箱就是大浩藏匿、抛甩小娜尸体的作案工具了。

这个纸箱的长度仅有60厘米。60厘米是什么概念?大概是3根筷子连起来的长度。

小娜的尸体外面被套上了9层塑料袋,然后被塞在这样一个狭小的纸箱当中。尸体被发现的时候,因为高度腐败,已经膨胀成巨人观的模样,把整个纸箱都挤满了,发出阵阵恶臭。

从被害到发现尸体,已经过去了20多天,可想而知,小娜尸体的状态会有多糟糕。

但不管尸体条件有多差,法医都需要在忍受恶臭的情况下仔细、认真地检验尸体,寄希望于在有限的条件下,发现破案的线索和证据。

在进一步尸检后,更让人崩溃的案件细节也逐步被还原:小娜的四肢有明显勒痕,且有生活反应。小娜全身赤裸,下体有新鲜的损伤，也有生活反应。

显然，这个可怜的孩子，生前不仅遭到了捆绑，还遭受了残忍的性侵。

这里出现了一个法医学名词——**生活反应**。

生活反应就是人活着的时候才能出现的反应，比如说出血、充血、吞咽、栓塞等等。最简单的判断方法，就是看损伤处的创面，一般有生活反应的创面都是红色的，而没有生活反应的创面都是黄色的。还有一种损伤，看起来既像是有生活反应，又像是没有，我们称之为"濒死期损伤"。机体在将死未死的时候，受到外力作用，就会形成这种介于生死之间状态的损伤。

生活反应之所以非常重要，是因为它是判断生前伤或死后伤的重要指标。法医在尸体上发现任何损伤，首先要判断的，并不是这个损伤是什么东西造成的，而是这个损伤是不是生前的损伤。

小娜的四肢都有勒痕，勒痕的周围都有水疱，还有出血；她的下体黏膜有明显的破损，破损处还有出血。所以这些损伤明显是生前形成的。不仅如此，她的后脑有一处开放性的创口，存在一定的生活反应，疑似为撞击伤，应该是摔跌或者碰撞造成的。这个损伤，这里先不展开，我们后面再细聊。

法医怀疑小娜遭到了性侵，于是便提取小娜下体的擦拭物进行了相关检验。不过，法医做完精斑预试验后，测试结果却显示为阴性。也就是说，法医并没有提取到有效的精液样本，用以证明犯罪。

其实，发现有性侵迹象，却没有找到精斑的情况也是比较常见的，原因有很多。在这个案件中，因为死亡和尸检时隔20多天，体内精斑因为腐败而降解，最终无法检出的可能性是比较大的。

此外，法医还在小娜的腹部皮肤上发现了一个清晰、完整的成人鞋印，是小娜死后留下的。

有朋友就问了，鞋印也可以判断是生前踩上去，还是死后踩上去的吗？

要做这个推断，还是要看生活反应。

鞋印如果能够清晰地存留在尸体皮肤表面，那这一脚，需要很大的力量。

一般来说，鞋底都是硬质的，而且较为粗糙。一旦用力踩在人体较为柔软的腹部，鞋底很容易造成腹部皮肤的损伤。比如鞋底和皮肤之间的摩擦可以形成擦伤，鞋底和皮肤的挤压可以形成挫伤。哪怕是用较轻的力量踩踏人体，也可能会在鞋印周围发现出血、红肿的迹象。这些也是生活反应的一部分。法医如果没有发现这些生活反应的存在，就可以判断鞋印是死后形成的了。

新加坡法医对小娜尸体的检验报告告诉我们，这名凶手不仅捆绑、虐待了小娜，还残忍地侵犯了她。至于凶手为什么会在小娜死后，还在她的腹部踩上一脚，法医通过对凶手的心理进行分析，认为这个动作是一种"加固、试探行为"，意思就是他在行凶后为了确认小娜是否已经死亡，才在她的肚子上踩了一脚。

最终，这份尸检报告推断小娜的最终死因是：严重气道闭塞，机械性窒息死亡。

这个死因，听起来和我们之前说的那些损伤都没有什么关系。究竟是什么导致"严重气道闭塞"呢？在法医的结论中，并没有提及。我们从后来的媒体报道中了解到了更多的信息，但在进一步揭开小娜死亡的秘密之前，让我们花一点时间，来看看尸检报告上的**"机械性窒息"**是什么意思。

窒息一般分为"外窒息"和"内窒息"两大类。

外窒息，顾名思义，就是因为外界因素，比如机械性外力导致的窒息。

内窒息，就复杂一点。比如说一氧化碳中毒，机体吸入一氧化碳后，一氧化碳竞争性占据了血红蛋白，二者结合成为碳氧血红蛋白，导致血红蛋白没有办法运送氧气到机体的各个组织器官，从而引起机体窒息。这个过程似乎没有外力的作用，所以我们就将它称为"内窒息"。

法医最常见到的窒息，就是外窒息。而机械性窒息，是外窒息的一种，就是机械性外力因素导致的窒息。

要理解机械性窒息的概念，可以先想象一下我们呼吸的机理。每个人都有一个气道，从口鼻开始一直到肺部，我们都是通过气道来呼吸的。气道必须是畅通的，如果气道被机械性外力阻塞了，就会导致机械性窒息。

气道被阻塞的方式不同，就有了不同的机械性窒息死亡类型。比如说**捂死**，就是把口鼻捂压住，没有办法吸入空气，就会窒息；比如说**扼死**，就是掐住颈部，让气管闭塞，也同样会导致窒息；再比如说用绳子勒紧颈部的**勒死**，或者上吊导致的**缢死**，都是用绳子把气道给闭塞了；再就是落水者**溺死**，气道内吸入大量的水，从而堵塞了呼吸道；还有比较常见的就是吃东西的时候，食物被吸入了呼吸道，或者是呕吐的时候，反流物被吸入呼吸道，这都会导致**哽死**；又或者是头上蒙一个塑料袋，口鼻周围密闭环境里面没有氧气了，最后导致**闷死**。

以上这些，都是常见的不同类型的机械性窒息死亡。

还有一些不太常见的机械性窒息。比如**体位性窒息**，这是指机体长期处于一种异常的姿势而无法改变导致的窒息，如双手被反绑然后被吊起来。我们知道，完成呼吸运动不仅要靠通畅的气道和肺部的活动，还要靠呼吸肌。比如肋骨之间的肌肉都是进行呼吸运动必要的肌肉。如果长时间处于异常的姿势，这些呼吸肌就有可能会麻痹。呼吸肌一旦麻痹，就不会帮助呼吸了，因此也会导致机械性窒息。所以长时间保持异常姿态不动，是非常危险的。

还有就是有一些心理存在问题的人，会通过复杂捆绑的方式让自己处于半窒息的状态，从而出现性快感。这是一种非常危险的行为，一个不小心，很容易出现操作失误，从而导致窒息死亡，这样的情况被法医称为**性窒息**。

在我们国内，机械性窒息死亡只是死因的一个大类，法医尸检鉴定书中需要写清楚导致机械性窒息的具体因素。可能新加坡法医没有这个工作要求，所以从小娜这个案子的法医学尸体检验报告的结论里，看不出"严重气道闭塞"是怎么形成的。也正是因为法医没有对造成"严重气道闭塞"的方式进行阐述，这个案子后来的审判工作遇到了一定的麻烦。

在尸检之后，警方还掌握了哪些可以上法庭的证据呢？

根据大浩的交代，案发当天下午1：40左右，大浩哄着小娜在他家仓库里和他玩捉迷藏。在玩游戏之前，大浩还给小娜吃了芒果。在尸检的时候，法医也确实在小娜的胃里发现了水果的残留物。我们之前介绍过，法医可以通过胃内容物来判断死亡时间，法医也一样可以通过胃内容物的情况来印证犯罪嫌疑人的口供。因此这个供述是真实可信的，也是证据链的一部分。

另外，通过现场勘查，警方在大浩家仓库里发现、提取了一卷胶带，经过整体分离实验，确定这卷胶带和用来密封藏尸纸箱上的胶带为同一卷。

什么是**整体分离实验**？这里老秦也给大家简单介绍一下。

这是痕迹检验部门的一项重要工作。打个比方，你从一卷绳子上剪下来一根绳子，然后拿着这根绳子去捆人，警方就可以把你家剩余的那一卷绳子和现场发现的捆尸体用的绳子放在一起进行比对，看看是不是从一个"整体"上"分离"开的两部分。这个实验，就很可能让警方找到直接证明犯罪的证据。

有朋友会问，用剪刀或者很快的刀具弄断绳子，断端都是很整齐的啊，顶多看得出是同一种绳子，怎么能看出是不是从一个整体上分离下来的？

实际上，虽然绳子的断端，用肉眼去看是很整齐的，但在显微镜下却并不整齐。在显微镜下，绳子断端的细微结构足以让警方认定绳子是不是从一个整体上分离开的。

所以，运用了这项技术，警方就可以认定大浩家的胶带和抛尸现场的胶带是同一卷，而且，他们还在抛尸现场的胶带上发现了大浩的部分指纹。

胶带的一面是有黏性的，手指如果接触到黏性面，非常容易留下清晰可辨的指纹。因此，这个在抛尸现场发现的嫌疑人指纹，自然是案件证据链中最为重要的一部分。

除此之外，用来包裹小娜尸体的那9个袋子也成了证据。这些袋子被警方确认和大浩工作场所里发现的大袋子基本一致。也就是说，这些袋子，应该是大浩杀完人之后，随地取材包裹尸体的。

在大浩家的仓库中，警方还发现了大浩和小娜衣服上的数百条布纤维，这证明大浩和小娜确实在仓库里面长时间停留活动过。

上述这么多的证据，起诉方认为已经构成了完整的证据链，可以充分印证大浩自首时的口供，可以充分证明大浩的罪行。

于是，2005年7月11日，法庭公开审理了小娜被杀案。

下面是从媒体的报道中整理出的起诉方的陈述内容。

2004年10月10日，被告大浩干完活后，在现场附近逗留。

下午1:30左右，他在现场13号仓库看见小娜，起了歹心。大浩以和小娜玩捉迷藏为由，将小娜诱骗到15号仓库。在仓库里，大浩脱光了小娜的衣服，用塑料绳捆绑了她的四肢，对她进行了性侵。为了防止小娜叫喊呼救，大浩用手捂压小娜的口鼻部至少两分钟,直到造成她因机械性窒息而丧失了意识。

大浩为了确保小娜死亡,又猛踹了她的头部,导致她的头部和地面撞击形成了创口,加速了小娜的死亡。最后,大浩继续猛踹小娜的腹部,以确证她的死亡。

看到这里,我们可以知道,新加坡法医的报告上所述的"严重气道堵塞"指的就是"捂死"了。很显然,新加坡法医应该是在小娜的口唇部发现了损伤。人的口唇内侧都是光滑但脆弱的黏膜,如果口部被凶手的手捂压,只要被害人有挣扎和抵抗,捂压口部的手和口腔里的牙齿就会共同作用于口腔黏膜,导致口腔黏膜破损或者黏膜下出血。即便是高度腐败的尸体,这种黏膜破损和出血的痕迹也可以被保存下来,法医也就可以发现。

另外,起诉方认为小娜被踹了头部,死亡也因此被加速。这个推断缘于前文提到的小娜后脑勺的那个创口。这处创口不大,有一定的生活反应,说明是小娜活着的时候形成的。那么,法医是怎么判断出这处创口是撞击地面形成的,而不是被工具击打形成的呢?

老秦认为,这处损伤应该是存在**对冲伤**的。

所谓的对冲伤,就是指头颅减速运动造成的损伤,也就是头颅在运动过程中突然因撞击停止，从而形成的损伤。这样不仅会在撞击停止的受力点造成头皮损伤和脑损伤，还会在受力点的对侧形成脑损伤。

比如，小娜被踹了头部，枕部在运动状态下撞击地面从而停止，因此是减速运动。那么小娜的枕部有个创口，大脑枕叶会有损伤，在枕叶对侧的额叶也会有损伤，但额叶损伤对应的头皮没有损伤，那么法医就可以判断这是对冲伤。

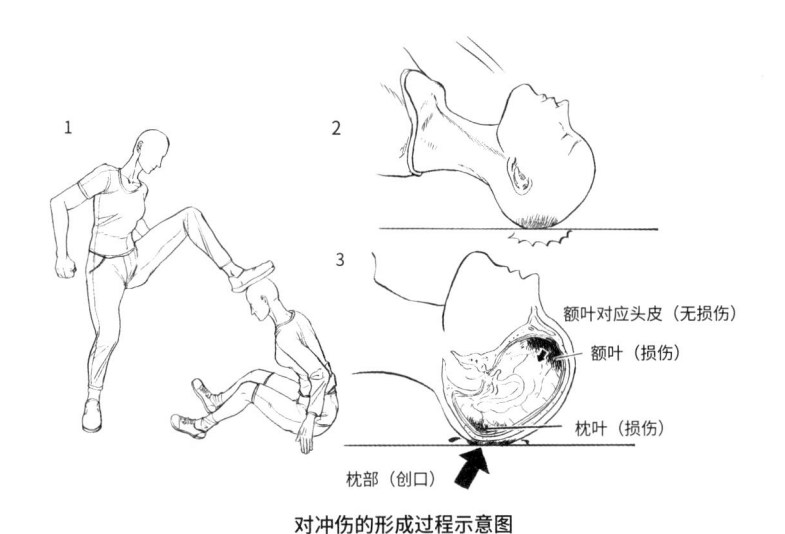

对冲伤的形成过程示意图

一旦确定是对冲伤，警方就可以判断小娜后脑勺的创口不是被工具击打造成的，而是摔跌或者撞击形成的。

不过，小娜的尸检报告上最终确定的死因是机械性窒息，那么因此可以判断，小娜的颅脑损伤不严重，或者这是一个濒死期的损伤。因为新加坡法医如果认为小娜的颅脑损伤足够严重、足以致死,即便小娜有窒息征象,也会下一个"颅脑损伤合并机械性窒息死亡"的结论。

庭审中,起诉方还陈述了大浩抛尸的过程。

大浩杀死小娜后,用9层大塑料袋包裹死者的裸尸,再将尸体放入纸箱,用胶带密封了纸箱。然后,大浩把装有小娜尸体的纸箱丢弃到公园灌木丛中,直至其自首后,小娜的尸体才被警方发现。

起诉方陈述到这里,认为这个案子已经很清楚了。加之嫌疑人自首,他的口供和警方发现的多项证据相印证,可谓事实清楚、证据确凿。只可惜,老秦之前说过,即便嫌犯自首,警方也一样要完善证据链,不然他当庭翻供,就会出现很多不必要的麻烦。这个案子的麻烦,很快就来了。

在法庭审判阶段,大浩当庭翻供。

他说,这一切都只是个意外。

他只是和死去的小娜玩了一场特殊的"捉迷藏"啊。

密闭与捆绑的怪异游戏

大浩这一开口,估计连法官都愣了。

一开始自首的时候,说的是杀人,现在怎么变成意外了?这么多证据放在面前,你倒是说说,怎么就变成"捉迷藏"了啊?

大浩不紧不慢地在法庭上说出了另一个版本的故事。

他说,他和小娜一直关系非常好,那天他和小娜约好在现场的仓库里玩一种特别版的捉迷藏游戏。所谓的"特别版",是指游戏中的两个人要找到一个密闭、避光但有照明工具的独立空间,负责藏的一方要被捆起手脚,而负责捉的一方则负责控制照明并大声计数。

游戏开始之后,藏的人需要在黑暗中尽快解开手脚上的绳子。藏的人如果能在捉的人计数结束、打开灯前解开绳子,就算赢了游戏,反之,就算捉的人赢。

所以,这不是我们平时理解的捉迷藏,而是类似逃脱魔术的游戏。

按照大浩的说法,那天在游戏中,小娜自己出了意外。

小娜在黑暗中急于挣脱绳子,不知道怎么就摔倒了,而且摔伤了头部。等大浩开灯的时候,小娜头上的血已经流了一地。当时大浩就被吓坏了,他没想到这个游戏会造成这么严重的后果。为了逃避责任,大浩决定把现场伪造成一个强奸案现场,从而误导警方的侦查。

首先他用手指猥亵了不省人事的小娜,又用双手捂压她的口鼻,希望她尽快死亡,少些痛苦。最后,他又将小娜的衣服剪破剪碎,让这起"强奸"看起来更加逼真。最后,他藏尸、抛尸。

大浩的这份新供词，和之前自首的供词是大相径庭的。

但是，针对警方掌握的证据点，新供词似乎又可以——对应上。

仅从现有的证据，我们似乎无法分辨哪个版本才是真的。

客观地说，也许是当时尸检或者现场勘查不细致，也许是存在巧合，导致大浩的新供词确实有真实的可能性。因此，面对这一突发状况，法官也不知道该如何采信了。大浩的辩护律师自然是有备而来，他在法庭上言之凿凿，自始至终坚称大浩只是误杀了小娜，这是一起意外导致的悲剧。他提出了两点来反驳起诉方。

我们先来看看他提出的第一点。

大浩的辩护律师认为，起诉方无法证明小娜的死亡是大浩直接导致的。

因为法医鉴定的死因是"严重气道闭塞"，捂压口鼻是一种堵塞气道的方法，但呼吸道内有呕吐物，不也会堵塞气道吗？法医怎么就能判断小娜的"气道堵塞"是被捂压导致的，而不是呕吐物所致呢？

很显然，辩护律师肯定是可以看到尸检报告的，他应该是在尸检报告中发现了小娜的气管中有呕吐物，这成了他辩护观点的一个重要依据。

确实，颅脑损伤和机械性窒息都有可能导致呕吐。如果当事人意识不清，这些呕吐物就有可能被吸入呼吸道。

也就是说，根据起诉方所称，大浩捂压小娜的口鼻，导致她机械性窒息，引发呕吐，而且因为小娜口鼻部被捂压，呕吐物无法吐出，被吸入呼吸道，这是有可能的。但如果按照大浩翻供时所称，小娜摔跌撞到了头部，导致颅脑损伤、颅内压增高，引发脑膜刺激征，出现呕吐，并吸入呕吐物，导致机械性窒息，这种可能性也是存在的。

这样看，辩护律师提出的这种可能性，确实是合理怀疑。

那到底什么算是**合理怀疑**？怎样才能**排除合理怀疑**呢？

排除合理怀疑，是一个用于刑事案件的标准较高的举证原则。大概的意思是，在刑事诉讼中，对于事实的认定，已没有符合常理的、有根据的怀疑，实际上达到确信的程度，任何合理的怀疑都已经被排除，才能得出有罪的结论。

听起来不是很容易懂，那老秦就讲一个自己亲身经历的案子，给大家做个例子吧。

这是一起凶杀案，A 把 B 杀了。

案发后，警方在 A 住所隔壁的水塘里发现了 A 家的菜刀。警方还在 A 家旁边的田地里挖出来一堆血衣，血衣内侧面有 A 的 DNA，外侧面有大量喷溅状的血迹，都是 B 的。

这样看，这个案子是不是证据确凿了？

但 A 是这样为自己辩护的：有个人翻围墙翻到 A 家里来了，穿上 A 晾在外面的衣服和鞋，拿了 A 家的菜刀去杀人，然后再把东西埋到 A 家附近，栽赃 A。所以，A 没有杀 B，A 是被冤枉的。

乍一听，是不是也有道理？

A 的说法也可以解释警方获得的上述证据，这就是 A 提出来的一个合理怀疑。

如果警方要否定这个合理怀疑，就要找到相关的证据。

后来，警方是这样做的：把 A 的那双鞋一层一层剥开，一层一层地进行 DNA 检验。结果，在鞋子的深层位置找到了 A 前妻的 DNA。要知道，A 和他的前妻已经离婚两年了，DNA 是两年前 A 的前妻穿过一次这双鞋留下来的。

两年前的 DNA 被找到了，那么如果有人穿了这双鞋去作案，是不是也会留下 DNA？

但显然，一层一层检验遍了，都没有找到属于 A 口中的"真凶"的 DNA，那么，A 说有人穿了自己的鞋去作案的可能性就被排除了。

通过这种方式，我们就排除了这种合理怀疑。

回到小娜的案子，依据排除合理怀疑的原则，起诉方要证明自己的观点与事实相符，就必须排除大浩辩护律师的推论。

起诉方于是请了法医出庭。

法医在出庭的时候回答，通过尸检，他们认为小娜的窒息还是捂压口鼻导致的。主要原因是死者小娜的口唇和舌头都有损伤，提示了她被捂压口鼻的过程。当然，也有另外一种可能：小娜突然发癫痫了，出现痉挛，于是在抽搐中咬唇、咬舌，造成口唇、舌头的损伤，并吸入了呕吐物。

可能媒体报道得不全面，老秦看到这里，实在不能理解当地法医为什么又扯到癫痫上去了。如果经过调查，小娜之前没有癫痫病史，那么她的口唇、舌头损伤当然应该用捂压外伤来解释。如果小娜以前没有发作过癫痫，律师非要说这一次恰巧是第一次发作，那就叫作强行狡辩，不叫合理怀疑了。

合理怀疑必须建立在常理的基础上，如果是极端的巧合，就不能认为它是一个合理的怀疑。当然，这是老秦的个人观点，不一定准确。

总之，老秦认为在本案中，假如说小娜是第一次发作癫痫，且正好被自己的呕吐物哽死了，实在是太牵强了。

我们再看辩护律师提出的第二个观点。

他说大浩患有精神分裂症，这严重阻碍了他的判断能力。

辩护律师的理由是，大浩在接受警方询问的时候，一开始说不知道小娜的下落，后来又说看见有人掳走了她，再后来大浩又突然自首，说小娜是他杀的，最后又说这是一起意外事件，这样反反复复，可以充分证明大浩是有精神分裂症的。

本案的具体情况，因为缺乏资料，老秦也不能确定。但这个辩护律师能提出这个观点，那么很有可能他真拿到了大浩患有精神分裂症的鉴定。

很多人认为，精神病鉴定就是犯罪分子的"免死金牌"。其实，法医精神病学鉴定一般都是由有资质的精神科医生做出的，是有科学依据的。老秦虽然对法医精神病学不精通，但还是想呼吁：**精神病鉴定应该建立在犯罪分子不存在社会功利性的基础上。**

我个人认为，精神病患者作案的最大特征应该是没有社会功利性。

什么叫"没有社会功利性"？简单一些说，就是精神病患者作案和作案后的行为是不以获益为目的的。如果作案可以使凶手获益，比如得到钱、报了仇，或者凶手作案后懂得隐藏自己，就都是明显的社会功利性。如果存在社会功利性，老秦认为就不应该进行精神病鉴定。如果凶手作案和作案后都不获益，不存在社会功利性，那么再对其进行精神病鉴定。我认为这是从源头上去阻断"免死金牌"的办法。

比如本案中，大浩强奸杀人，是为了获得性满足；发案后又狡辩这是一起意外，是为了逃脱法律罪责。这么明显的社会功利性行为，就不应该是一个精神病患者可以做出来的。

可是，本案法官不这么想，他听完了法医和辩护律师的陈述，有些犹豫了。法医虽然说小娜最有可能的死因还是捂死，但也不敢排除癫痫病恰巧发作的可能性。在很多国家，审判行为是一个终身负责制的行为，绝对不能办错案，而且很多国家的法律又遵循"存疑有利嫌疑人"原则，新加坡或许也是这样。所以老秦推测，如果这样就做出有罪判决，法官总觉得不保险，所以他一时也就拿不定主意了。

有朋友看到这儿，可能还有个疑问：前文不是说小娜遭受了性侵吗？强奸和猥亵都是性侵，那么强奸和用手指猥亵，区分不出来吗？如果能证明大浩强奸了小娜，不就代表他的新供词是在胡扯吗？

遗憾的是，从法医学角度来说，小娜的尸体情况确实较难区分她是遭受了强奸还是猥亵。而且前文讲过，可能因为尸体腐败、精斑降解等原因，本案的精斑预试验做出的结果是阴性，这就缺失了一个区分强奸与猥亵的黄金证据。

本案中的尸体高度腐败，尸体条件变差，确实是让这个案件的侦办工作陷入泥潭的一个重要因素。

由此可见，在案件发生之后，及时发现尸体，对警方来说是最有利的，如果尸体高度腐败了，甚至白骨化了，警方再想要形成一个完整的证据链，就会相对较难，就需要依靠其他技术手段进行判断。

当然，小娜的案子已经是 20 多年前的了，我们现在的技术手段更多、更高级了。所以，像这样因为证据不足而险些让犯罪分子逃脱法网的案件，只会越来越少。

对于这个案子，遗憾的是，直到宣判的时候，警方也没能找到更多可以证明大浩强奸杀人的证据，也没能找到可以证明大浩真实作案动机的线索。整个真实的作案过程，到现在都是一个谜。也许只有九泉之下的小娜才知道，那天下午两个人之间究竟发生了什么。这究竟是一起蓄谋已久的性侵杀人案，还是一场特殊游戏导致的意外？小娜曾经信赖的大哥哥，是不是真的在那个时候突然变了副嘴脸？

虽然大浩的真实作案动机和犯罪过程目前尚不可考，但他性侵并杀害小娜的事实却是板上钉钉、不可否认的。

老秦认为，不管大浩出于什么目的，犯下此等罪行都是不该被原谅的。大浩处理尸体的过程显得不慌不忙，周密有加，整个过程都无人发现。他甚至在丢弃小娜衣服时，还精心选择了一个没有监控探头的垃圾桶。这些都可以从侧面印证大浩是处心积虑地作案和隐藏尸体的，更不可能是一个精神病患者的所作所为了。

2005 年 8 月 26 日，法官最终在陪审团的坚定支持下，依据现有证据，判大浩有罪，判处绞刑。大浩不服，提出上诉。

2006年1月，大浩上诉失败。同年11月3日，他在监狱里被绞死。

至此，这起轰动了整个新加坡的凶案，终于落下了帷幕。

还好，这个案子的最终结果是犯罪分子被绞杀了，九泉之下的逝者也算可以安息了。但是在这个案子的起诉、审判过程中，还是出现了很多问题，是很惊险的。

老秦猜想，做出最终判决的法官，他的心里到最后也不是那么踏实。但是新加坡老百姓的心里，是有一杆秤的。大浩被执行死刑后，想到年幼却早逝的小娜，他们应该也会长叹一声吧。

性、谎言与危险的大朋友

作为一名法医，在实际工作中，老秦也经常会遇见犯罪嫌疑人上了法庭就翻口供的情况。

遇见这样的案件，警方只能去寻找更多的证据来证明嫌疑人有罪。可是很多案件的现场和尸体条件有限，不一定能找到确凿的证据。而所谓的"合理怀疑"也并不是非黑即白的。究竟什么是狡辩，什么是合理怀疑，法官需要更多的考量。

从小娜的案子，我们也可以看出"疑罪从无"的口号，喊起来容易，做起来难。

究竟什么是"疑罪"？什么是"确凿"？

这不是简简单单几句话就可以概括的，每一起案件的情况都不同。

老秦认为，法律是让犯罪者犯罪成本变高的手段，不应该让犯罪分子打着"疑罪从无""合理怀疑"的幌子，轻易钻法律的空子，逃脱法律的制裁。

当然，这些都是司法机关的事情。

对我们普通人来说，看完这个案子，最大的感触恐怕就是"防人之心不可无"了。

凶犯大浩是经常与被害人小娜玩耍的玩伴，也是与母女俩朝夕相处的邻居。

大家对陌生人会抱有警惕心，对熟人的恶念却往往容易忽视，而从实际情况来看，性侵案件大部分发生在熟人之间。

那么，对于这种身边人作案的情况，我们该如何去防范呢？

作为一个父亲，老秦想和大家简单聊聊孩子的择友观。

虽然怎么交朋友是孩子自己的事，但父母应该从小就向孩子灌输如何交朋友的意识。在交朋友之前，孩子要知道怎么去了解对方是个什么样的人，怎么从细节中看出对方的人格本质，怎么寻找和自己志趣相投的朋友。只有在充分了解对方之后，孩子才能向他敞开心扉。

《论语》里就有对择友观的概述：**友直　友谅　友多闻。**

正确的择友观，是可以让孩子受益一生的。

最后，咱们还得说说性教育和性防卫能力。

性教育这个话题，在社会上已经有广泛讨论了，很多专家都有相关的阐述，父母要尽早进行了解，不要因为觉得难以启齿而造成性教育的空白，要学习如何和孩子顺畅沟通。性教育跟得上，才能让孩子从小就逐步具备性防卫能力。

所谓的性防卫能力，是指被害人在她的性不可侵犯权利遭到侵害时，对自身所受的侵害或严重后果具备实质理解能力。

法律规定，和14周岁以下女性发生性关系，无论是否使用暴力、胁迫等手段，也不论幼女是否同意，均构成强奸罪，并适用从重处罚。因为法律认为，14周岁以下的女性是没有性防卫能力的。

有专家认为，性防卫能力可以分为预防性性防卫能力、被害时性防卫能力和被害后性防卫能力。

比如本案中，能够在犯罪发生前就通过凶犯的异常表现来预知性侵犯发生的可能，从而通过预防、逃离、警告、求救等方式来避免遭受性侵，就是**预防性性防卫能力**。

如果已经遭受了性侵，那么镇定情绪，尽可能保证自己的生命安全，保存犯罪证据，就是**被害时性防卫能力**。

在遭受性侵之后，及时寻求医疗帮助，收集证据并立即报警，防止再次遭受性侵，就是**被害后性防卫能力**。

恰当的性教育可以提升孩子的性防卫能力，作为父母，我们可不能放松。

调查提示

血肉模糊的现场,警方要怎么勘查?
四条人命,谁是第一个遇害者?
不解剖也能看出重度颅脑损伤吗?
尸体的内裤里藏着钱,这意味着什么?
一枚 22 年前的烟头能有什么用?

档案
稻田边的连环杀手

📍 H市
小镇旅馆四尸血案

002号
档案
非虚构的屠杀夜

00
档案
母亲的

超硬核索引

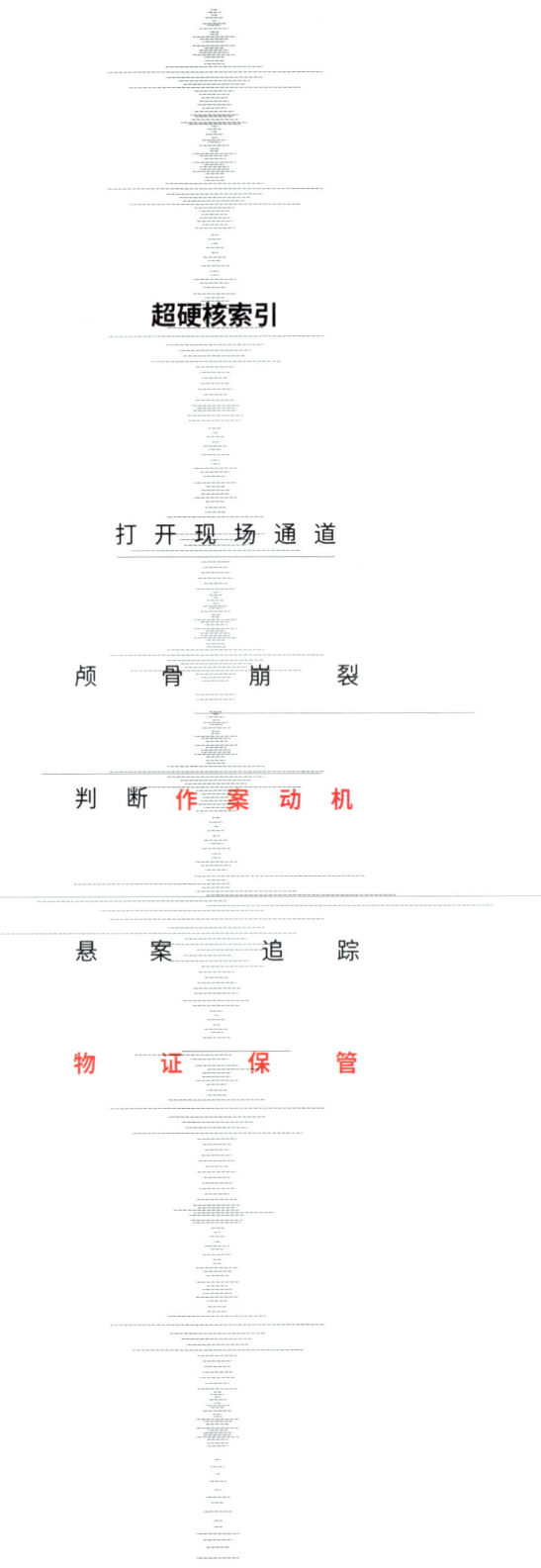

打开现场通道

颅 骨 崩 裂

判 断 作 案 动 机

悬 案 追 踪

物 证 保 管

小镇旅馆的血腥星期四

1995 年 11 月 30 日,星期四,是一个很平常的工作日。

H 市某镇小学的一名班主任,发现自己班上的学生小刚今天居然旷课了。

小刚平时很守纪律,从来没有旷课的经历,班主任不禁有些担心,怕他生病了,或是家里出了什么突发的事情。因为镇子不算大,当时又没有即时通信设备,于是老师便叫班上的另一个学生小强去小刚家看看情况。

小刚的爷爷奶奶在镇上开了一家旅馆,小刚有时会和爷爷奶奶一起住。旅馆离学校近,于是小强打算先去旅馆看看情况。刚走到旅馆楼下,他就听到楼上突然传来了一声尖叫!

这声尖叫,凄厉又充满恐惧,就像是一把利刃划破了镇子上原本宁静的气氛。

很多附近的商户都被惊动了,大家纷纷疑惑地上楼询问情况。

小强毕竟还是个小学生,一时被吓蒙了,呆呆地站在旅馆的楼下,不知该如何是好。没过一会儿,只见上楼去看情况的大人们纷纷面色惨白、连滚带爬地冲下台阶,心有余悸地呼喊着:"快报警!快报警!杀人啦!"

杀人?!

小镇上虽然有许多工厂,也人来人往,但平时治安良好,"杀人"这两个字,不仅对小强,对镇子上的大部分人来说,都是一个遥远而陌生的词。但从大人们的表情可以看出,这绝对不是一起普通的杀人案。

很快,从远处传来了警笛的呼啸声,两名派出所民警进入了现场,在现场简单巡视之后走下了楼,在旅馆的大门及大门周围拉起了警戒带。另几名民警则将距离旅馆比较近的几名围观群众请出了警戒带。

不一会,又有几辆警车赶到,从车上下来好几个身穿警服、手提勘查箱的人。之前没上过楼的人也开始纷纷议论:这些都是法医啊!看来真的是一起杀人案!

生活中我们很少会遇到杀人案,所以大部分人都会像上文中的小强一样,惊慌失措。我们看到,先期抵达现场的派出所民警采取了现场保护措施，紧接着又有很多像是法医的人来到现场。**那么，一旦有人发现了命案现场，现场保护、现场勘查的工作是如何进行的呢？进入现场的人，都是法医吗？是不是还有其他的警种？**老秦借着这个小镇上突发的凶案，向大家介绍介绍。

现场勘查，是案件侦办过程中最为重要的一项警务工作，甚至可以直接决定这一起案件能否侦破。因此，现场勘查的工作要求非常多，对规范性的要求也很高。

现场勘查工作是由**侦查、法医、痕迹检验、刑事摄像、DNA 检验**等诸多警种共同完成的。所以大家看到进入现场的技术员，每个人都可能"身怀绝技"，各自代表了一门警务技术。那么，这么多专业的刑事案件现场勘查员要如何分工？他们又是遵循什么样的顺序和规范来开展工作的呢？

110 指挥中心在接到群众报警电话之后，会根据案发地指派辖区派出所民警立即赶赴现场核实情况。因为派出所的民警一般都是距离案发现场最近的，所以可以用最快的速度赶到。

派出所民警抵达现场后最重要的三项职责是：

一、确认现场伤亡情况，呼叫救援。人命大于天，不管是不是刑事案件，民警首先要确定现场是否有伤者，是否需要急救，现场丧失意识的人是否已经死亡。有的时候，不能确定现场人员是否还有生命体征，民警就会叫来 120 急救医生参与确认和施救。

二、根据情况，通知刑警队。 如果现场有非正常死亡的尸体，不管有没有可能是刑事案件，都需要通知刑警队；如果现场没有死者，但存在疑点，也需要通知刑警队。

三、保护现场。 在等候刑警部门赶赴现场的时候，派出所民警会第一时间对现场进行保护，防止无关人员进入现场，对已经进入过现场的人员（比如报警人、120急救医生等）进行登记。现场保护的主要方法就是拉起警戒带，并且安排民警在警戒带外值守。

刑警部门在接到派出所的通知后，会组织侦查员和技术员赶赴现场。

那么这些侦查员、技术员抵达现场之后，他们是如何开展工作的呢？

侦查员抵达现场后，会先了解基本案情，分组开展调查访问工作，部分侦查员则会同技术员对现场进行勘查。

进入现场前，所有人都必须做好现场防护。 所谓的现场防护，简单说就是"四套齐全"，"四套"即头套、口罩、手套和鞋套。只有戴好了这"四套"才能进入现场，才不会对现场造成污染，对案件侦查造成误导。

进入现场后，要做的第一件事，是再确认一遍人员是否已经死亡。

负责确认的是法医，因为法医是具备医学专业技能的。在现场勘查之前，即便 120 急救医生已经宣布人员死亡，法医依旧还要确认一遍，这是一个双保险。

第二件事，则是要排除现场的危险。

非正常死亡案事件现场，经常会有一些危险：爆炸案件的现场，可能有残存爆炸物；一氧化碳中毒死亡事件的现场，可能还留存着高浓度的一氧化碳，如果不排除危险，就有可能造成办案人员中毒；火灾事故的现场，可能存在坍塌危险；等等。

还有一些命案现场，因为民警来得太快，凶手还来不及逃走就被堵在现场了。如果没有排除这个隐患，那么这些手无寸铁的警务技术人员，一旦遭遇亡命之徒，就存在性命之虞了。

在做完这两件事之后，技术员们就会重新划定警戒区域。因为技术员们掌握专业技能，所以他们考虑的警戒范围、区域和派出所民警先期划定的区域也许有出入。此时，就会重新调整警戒带的位置。

警戒区域确认后，别人就不能进入警戒带之内了，只有主持现场勘查的侦查员、见证人和警务技术人员才可以进去。

很多朋友可能认为，既然是命案，那么最先进入现场的应该是法医吧？

其实不然，不管什么现场，最先进入的都是**痕迹检验员**，简称**痕检员**。

我们熟知的指纹、脚印等痕迹物证的搜集,都是这类专业技术员的工作。一个现场,外人如果进出,必然有出入口,而且出入口必然有痕迹,这些都是非常好的、可以证明犯罪的物证。为了使这些可能存在的物证不被现场勘查员破坏,痕检员会最先进入现场,对现场的出入口和地面进行大致勘查。这个过程,我们称为**打开现场通道**。

顾名思义,这个工作就是为后续进入现场的技术员们开辟一条可以落脚的通道。具体的做法很简单,痕检员如果在出入口或地面发现疑似足迹或其他痕迹,就会先用粉笔在痕迹外围画上圈,再在痕迹边上放一个醒目的(比如黄色的)物证牌。没有画圈的地方,就是可以落脚的地方,其他人可以顺着没有画圈的地方进入中心现场。对于一些重要的物证,为了防止别人一个踉跄没站稳把它破坏了,痕检员会在这个物证上面盖一个盆或者一个桶。现在条件好了,痕检员也会使用其他专门用来覆盖保护物证的工具。

随着勘查设备的进步和提升,现在有了更好的办法打开现场通道——使用**现场勘查踏板**。现场勘查踏板长得就像小板凳一样,踏板的几条腿是接触面很小、类似小钉子一样的物体,它们足以支撑住这个踏板,又不会占用太多的现场空间。勘查员们从现场入口处开始搭建这样的踏板,一直搭到尸体所在的中心现场,这样大家踩着踏板进入现场,就不会踩坏现场物证了。

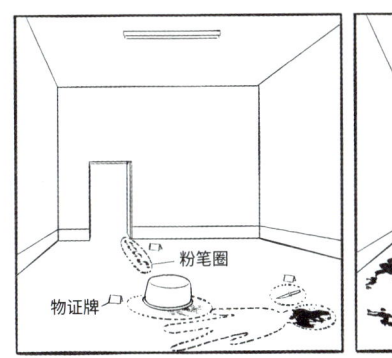

打开现场通道的过程示意图

打开现场通道后,痕检员会对现场物证逐一进行勘查,如果找到了有价值的物证,就要进行拍照提取或原物提取。而法医也会沿着现场通道,进入中心现场进行勘查。

法医进入现场后,并不是直接就开始动手工作了。

他们首先要环视整个现场,确定这大概是一个什么环境,有没有搏斗的痕迹,有没有大量的血迹。接近尸体后,法医要做的也是先静态观察,后动态观察。

所谓的**静态观察**就是不动尸体,先看看他的衣着情况,身上有没有附着物,有没有呕吐物,身边有没有凶器,尸体和重要物证或者血迹之间的相对关系,等等。这项工作主要是靠观察,等观察仔细了,吃透了现场尸体、痕迹和物证之间的相对关系,法医才会开始动态观察。

而**动态观察**，就是翻动尸体，对尸体的表面进行**现场尸表检验**。

现场尸表检验的主要目的，是对死亡方式进行大致的推断。**死亡方式的推断**，指的是这个人是死于自杀、他杀还是意外。同时，法医也要对现场死者的身份等一系列信息有一个大致的掌握。

如果经过现场尸表检验，确定这是一起命案，或者存在刑事案件的可能性，法医都会提出解剖要求。《中华人民共和国刑事诉讼法》(以下简称《刑事诉讼法》)规定，对于死因不明的尸体，公安机关有权决定解剖。在决定解剖后，法医会对尸体的重点位置，比如双手、双足、头部等，套上物证袋进行保护，然后把尸体运到解剖室，进行进一步的尸表检验和尸体解剖检验。

在整个现场勘查的过程中，刑事摄像专业的民警都要全程配合痕迹检验和法医专业的民警，对发现的所有可疑的物品、痕迹进行拍照固定。这种拍照固定都是有严格规范的，这些照片以后都是可以呈现在法庭之上的证据。

随着DNA技术的日新月异，目前DNA检验也成为重要的、不可或缺的警务技术之一。为了在现场更规范地取材，获得更高的检出率，DNA技术民警也开始参与到现场勘查工作之中，他们需要配合法医在现场寻找一些可能证明犯罪的线索和物证。

参与现场勘查工作的人员，除了**侦查员**和**警务技术人员**，还有**见证人**。根据《刑事诉讼法》的规定，现场勘查工作是在见证人的见证之下进行的，所以这些不是警察的人员，也可以在做好防护之后进入现场警戒区域。

上述这些流程、分工和规范，听起来有点啰唆，但是非常重要。发生在小镇旅馆的这桩惨烈凶案，到最后，正是多亏当年的警察们严格遵守了勘查规范，才能在22年后真相大白。

但为什么会需要22年呢？

让我们回到1995年的命案现场，看看到底发生了什么。

警方已经做完了现场勘查。

这家弥漫着血腥味的小镇旅馆里，死者的数量超过了人们的想象。

203号房间里，两名男性倒在血泊之中，都已没有了生命体征。其中一个人是面部朝下趴在床上的，后脑勺上可以看到明显的钝器击打的痕迹，而且因为击打力度大，他的整个颅骨都已经变形碎裂了，后脑勺没有了弧度，完全被砸平了，床单和枕头上都是已经凝结了的乌黑血液。

这两名死亡的男性究竟是谁呢？

如果这个案子发生在现在，警方要确定尸源，可以通过

DNA检验来进行。但那时候还是1995年,警方对尸源的认定,基本是靠容貌、身体特征(体态、伤疤、文身、痣)以及首饰衣着来进行判断。最多再加上血型判断,而血型只有四类,所以只能做排除,不能做认定。

大部分情况下,尸体容貌基本可辨,尸源不会弄错。但有时候,尸体高度腐败,死者的容貌发生了很大的变化,甚至有些尸体已经白骨化了,那么,偶尔就会出现尸源误判的情况。

好在,在这个案件中,死者虽然因为颅骨崩塌面容发生了变化,但不至于整个面容无法辨别。所以警方通过将在203号房间内发现的身份证件上的照片和死者面容进行比对,认出了其中一名死者的身份:阿峰。他是入住旅馆的一名客人。

那203号房间里的另一名男性死者又是谁呢?

根据警方对尸体的面容辨认和衣着确认,这名死者是旅馆的老板阿胜,也就是故事开头旷课的小学生小刚的爷爷。

阿胜仰躺在床上,他的双手和双脚都被绿色的尼龙绳给紧紧地绑住了,手腕和脚腕上都可以看到很明显、很深的擦痕。这种擦痕,存在于捆绑造成的索沟旁边,有很明显的生活反应。由此可见,阿胜生前一直都极力地想要挣脱这种束缚。阿胜的嘴巴里面胡乱塞着毛巾,而毛巾已经被鲜血浸透。浸透毛巾的血,来自阿胜的头面部,因为他的头面部也遭到了钝器的多次击打,整个面颌骨全部塌陷,看不清面容。而且阿胜左手的无名指上有长期佩戴戒指的痕迹，但如今戒指不翼而飞，很有可能是被凶手拿走了。

经过法医的现场尸表检验，确定两名死者的死因都是**重度颅脑损伤**。

重度颅脑损伤，是法医经常遇见的死因。

很多人都知道，脑是人体最为重要的一个器官。如果脑组织受到了损伤，人就很容易死亡。因为脑组织比较脆弱，很容易受伤，所以我们的颅骨一般都是非常坚硬的，可以说是人体最坚硬的骨骼之一。颅骨全面包裹着脑组织，对它形成了360度无死角的保护。不过，再坚硬的骨骼也有可能骨折，一旦颅骨骨折，脑组织就很容易受到重创，从而威胁机体的生命。有可能造成人体死亡的颅脑损伤，就叫作重度颅脑损伤。

细心的朋友会问，法医明明只进行了现场尸表检验，还没进行解剖呢，是怎么知道颅骨已经碎裂的？

其实很简单，肉眼就可以看出来。

颅骨一碎裂，整个头颅就变形了。颅骨一旦崩裂，脑袋就不是一个完整的球形了。

不过，除了这种颅骨崩裂的情况，还有很多其他类型的颅骨骨折，比如线性骨折、舟状骨折、穿孔骨折，肉眼是看不出来的。那在这些情况下，法医要如何判断呢？

法医在现场进行初步尸表检验的时候有一项常规操作，就是对尸体的头颅进行按压，如果按压的过程中能感受到颅骨有**骨擦感**[1]，就说明颅骨已经骨折了。有时候颅骨的颅底发生骨折，无法通过触摸操作来诊断，那法医就可以用止血钳敲击尸体额部，听有没有发出**破罐音**[2]，判断颅底有没有骨折。一旦法医发现尸体存在颅骨骨折，那么就得考虑"重度颅脑损伤"这一种死因了。

法医在确定两名死者都是重度颅脑损伤死亡的同时，还推断出一件事，就是死者阿峰是在睡梦中被人突然击打头部致死的。因为是在睡梦中被人杀死，没有被惊醒的过程，那么阿峰很有可能就是第一个遇害的人。

有朋友估计会疑惑，怎么判断出他是在睡梦中被杀死的？就因为阿峰没有被凶手绑起来？没有挣扎的痕迹？没错。被害人如果不是在特殊状态（严重醉酒、中毒、昏迷）下，又毫无抵抗就死亡了，那么他很有可能就是在睡梦之中死亡的。而如果他是处于上述特殊状态，法医也是可以看出来的。

正常情况下，人在遭遇危险时，会做本能的挣扎和抵抗动作。只要有挣扎和抵抗的动作，就会造成相应的尸体损伤（我们称之为**抵抗伤**）和现场状况。如果没有迹象显示被害人有抵

---

1 骨擦感：骨折后用手检查时，可以在骨折断的部位感觉到摩擦。
2 破罐音：叩击颅骨时发出的像是破罐子的"噗、噗"声。

抗的动作，自然就要怀疑他在睡梦当中死亡了。再加上死者死亡时的衣着状态，警方就可以做出上述判断。

203号房间的现场虽然没有搏斗和挣扎的痕迹，但是有明显被翻乱的痕迹。不光是阿胜的戒指被人拿走，阿峰也被"搜身"了，他的裤兜里有被撕扯过的痕迹，行李箱也被翻得乱七八糟，里面不仅一点现金都找不到，所有值钱的东西也都不翼而飞了。

那个时候不像现在，买什么都通过电子支付，出门只要带个手机就足够了。1995年，一个普通人出门不可能不带钱，不带钱啥也干不了。不过，正当痕检员对现场遗留的阿峰个人物品进行清点的时候，法医那边传来了消息。法医在解剖室对阿峰的尸体进行进一步尸表检验时，从他的内裤里面找到了4000元钱。

看来这个阿峰是经常出差的人，对防小偷有自己的一手。那个年代，人人身上都带现金，小偷行窃的手段也很多。为了不让小偷得逞，有经验的人就会在内裤里缝一个暗袋，把大额现金藏在里面。阿峰的这一招，确实防住了凶手，凶手翻遍了整个房间，也没能找出这4000元钱。

但这还不是案件的全貌。因为警方在隔壁的202号房间，又发现了两具尸体。

人间蒸发的神秘房客

202号房间里,有两具同样死状惨烈的尸体。

满是血污的地板上,有一具匍匐的女尸,旁边的床上则是一具孩童的尸体。

根据辨认,女性死者是旅馆老板阿胜的妻子阿倩,而那个死去的孩子,正是老师和同学一直都没有找到的小刚。

阿倩同样是头面部遭受了钝器的重击,导致重度颅脑损伤而死亡。11岁的小刚也被打得头颅崩裂、面目全非,五官几乎无法辨认。连这么小的孩子都要杀死,可见这个凶手是多么穷凶极恶。

根据侦查员的调查,小刚平时并不经常住在旅馆里,但因为旅馆离学校很近,他有时候也会图方便,在爷爷奶奶这里蹭一晚。202号房间,是阿胜和阿倩自己住的房间,案发当天,小刚正好就住在这里。

从现场痕迹可以看出,直到生命的最后一刻,阿倩都在用自己的身躯保护年幼的孙子。只可惜杀红了眼的凶手如同禽兽一般,没有留下一个活口。

202号房间里的柜子和箱子全部被凶手打开了,里面的衣物、杂物被扔得到处都是。凶手临走前,似乎急切地想在房间里找到足够的财物。或许凶手实在太过着急,他忘了带走自己作案用的工具——一把很重的、染着鲜血的榔头。它就这么静静地躺在房间的一角。

小刚的同学小强听到的那声尖叫，其实是旅馆里负责打扫卫生的员工发出的。早上她来到宾馆后，正准备去 203 号房间打扫卫生，却看到了如此惨烈的一幕。根据她的叙述，捆绑阿胜手脚的尼龙绳和那把血淋淋的榔头，都不是店里的东西。

警方根据以上情况推测，这很有可能是一桩**有预谋的抢劫杀人案**。

警方为什么会做出这样的推测？

这需要从两个方面来思考。

一是判断案件性质。

所谓的案件性质，也叫作案动机，就是凶手为什么要杀人。

常见的案件性质有**图财杀人、图性杀人、因仇杀人和激情杀人**。

对案件性质的推断，在案件侦破过程中非常重要，因为它可以直接指明侦查方向，避免走弯路。如果判断一起案件是图财杀人，那么侦查的方向主要是那些急需用钱的人；如果判断案件是因仇杀人，那么侦查的方向就指向了和死者有仇的人。因此，一个命案现场的分析工作，头等大事就是通过现场点点滴滴的线索，判断出凶手为何要杀人。

这项工作没有想象中那么简单，里头的学问可不少。比如这起旅馆杀人案，既然现场都被翻乱了，那不肯定是图财吗？其实也不一定，假如凶手是因仇杀人，杀完人为了混淆视听、误导侦查，把现场伪装成抢劫杀人案现场呢？假如凶手是图性杀人，杀完人后顺手牵羊抢一点钱呢？贸然推断就容易犯错，一旦犯错，整个侦查方向就错了。

对于这起案件，警方推测是抢劫杀人，老秦猜测，主要依据是阿胜有被捆绑的过程。如果是因仇报复杀人，那凶手进入现场之后，杀完目标人物就走的可能性是最大的。可是旅馆老板阿胜一家和住客阿峰此前没有往来，并无瓜葛，都和凶手有仇的可能性不大。而凶手还对老板阿胜进行了捆绑，这个行为很有可能就是为了逼问钱财的位置，所以这样看，这起案件是抢劫杀人的可能性比较大。

二是判断凶手是预谋还是临时起意。

同样是抢劫杀人，怎么判断凶手是早有准备，还是突然起了邪念呢？

老秦认为，警方之所以推断此案是预谋抢劫杀人，主要原因是凶手在现场遗留的作案工具。所谓的预谋，是和临时起意相对而论的。临时起意的案件，凶手没有预先准备，所以作案工具一般都是就地取材。可是本案中捆绑被害人的尼龙绳和杀人用的榔头，都不是旅馆里的物品，都是凶手自己带来的。带这些东西来旅馆，显然不是为了干别的，只有可能是作案。此外，旅馆一般都有很多房间，凶手能准确找到有客人的房间，而且了解老板一家平时住在哪一间，显然是经过踩点和策划的。

推断出凶手是有预谋的抢劫杀人之后，警方就比较担心了。因为这类犯罪，一般都会经过精密筹划，凶手很有可能对犯罪现场进行了一系列的伪装或清理，那样的话，现场很有可能什么都提取不到。

好在让警方欣喜的是，虽然凶手的作案手段凶残，但他的反侦查能力却非常弱。为什么这样说呢？因为现场的地板上有大量带着尘土的鞋印，尼龙绳上也检出了两枚不属于受害者的指纹，地上甚至还有一枚烟头。也就是说，凶手在作案的过程中，几乎没有对自己采取任何保护措施。

前文我们聊过**现场保护**的重要性，现在大家应该可以理解了。在这个案件中，能找到这么多重要的物证，正是得益于现场保护做得好。因为案发前进入现场的人员都已经被民警登记入册了，所以排除了四名受害者和之前进入现场人员的鞋印之后，只剩下两种鞋印找不到主人。这很有可能就是凶手的鞋印，也提示这一起案件的凶手应该有两个人。

指纹的情况也是如此，在排除了受害者和先期进入现场人员的指纹后，同样也找到了两种不同的指纹。这指纹既然出现在作案工具上，那么很有可能就是凶手的指纹，这可是一项非常重要的证据。

照理说，有了鞋印和指纹，破案应该很有希望了。但可惜的是，那个时代警方还没有足够大的数据库，所以即便有了这么多的证据，依然很难找到凶手。

此外，旅馆内部和周围的街道也都没有监控探头。因为那个年代监控探头的普及率很低，这里只是一个小镇子，就更不可能有什么监控探头了。这都是不可避免的时代局限性。

就拿烟头这个证据来说，现在我们知道烟头上是可以提取出 DNA 的。但在那个 DNA 技术还没有普及的年代，这个撒手锏就没有用武之地。不过警方也从烟头上获取了一些信息，因为四名死者都不吸烟，所以可以确定这枚很新鲜的烟头是凶手在现场吸的。凶手很有可能是在捆绑阿胜后，逼问他钱财位置的时候吸的烟。警方也通过这枚烟头的品牌进行了一系列调查。

警方认为，既然是抢劫杀人，那么凶手和死者是熟人的可能性不大；本案又是预谋杀人，那么凶手至少需要提前对现场旅馆的内部布局和设施有个了解。换位思考一下，如果自己是本案的凶手，最快、最直接了解旅馆内部情况的办法，不就是开个房间，伪装成住客吗？

想到这里，警方一阵激动，就去旅馆的登记簿上翻找了一番。只可惜，当年整个酒店住宿行业的管理尚未形成规范，阿胜的小旅馆也是一样。最近在店里住宿的客人，都没有留下身份记录。

这条捷径又走不通了。

不过，虽然没有住宿登记，但毕竟这只是一家小旅馆，房间就那么多，用笨办法也可以查。于是，警方对现有的住客进行排查，他们找来旅馆的服务员，根据她的口述，核对每个房间客人的情况，对案发当晚住店的客人一一进行核查。

经过一天的排查，所有住客的嫌疑都被排除了。

不过，服务员提出了一个问题。

她说："208号房间我记得是住了人的啊，怎么核对的时候没看见？"

于是，警方让服务员打开了208号房间。这是一个标准间，有两张床。两张床上的被子都很乱，洗漱用品也都拆封了，显然有人住过。警方又问了旅馆前台的另一个服务员，她说这个房间确实有两个男人入住，他们一直没有退房，100元押金还在这里呢。

服务员这么一说，似乎凶手就在眼前了。只可惜我们说过，那个年代，旅馆前台不登记入住客人的身份信息，警方也没办法立刻知道这两个男人的身份。不过不要紧，既然有了怀疑的对象，警方就可以先去确认一下，案子究竟是不是208号房间的这两个住客干的。

技术人员在208号房间里采集了多枚指纹和鞋印，和凶案现场的证据进行了比对。果不其然，指纹和鞋印全都对上了。至此，警方可以确认，这个房间的住客就是杀害那四个人的凶手。

警方连忙找来了旅馆的几名服务员，让他们凭着自己的回忆，对嫌疑人的面容、身高、体态、口音等进行描述，然后进行模拟画像。但因为旅馆客流量大，服务员不可能对住宿的每个人都有很深的印象，模拟画像的工作虽然做了，但收效甚微。

最后，警方除了知道凶手是一高一矮、一胖一瘦，唯一获得的有价值的线索，就是有个服务员说她听这两个人讲话的口音，感觉他们不是本地人，倒像是 A 省一带的人。

然而，发生凶案的小镇虽然不算大，却也是个工业重镇，镇上有数百家工厂，每年全国各地都会有许多人到这里打工谋生，A 省本来就是小镇所在省份的邻省，从 A 省来小镇谋生的人也不在少数。

这么大的排查范围，让这个案件的侦破难度直线上升。专案组虽然投入了大量的人力物力，在小镇以及整个 H 市各大中小企业进行摸排[1]，拿着不一定准确的画像，到处进行询问，但无奈的是，经过一段时间的努力，仍然一无所获。

这两个凶残的男人，好像在 1995 年 11 月 29 日那个血腥的夜晚之后，就人间蒸发了。

---

1 摸排：为了侦破案件，对一定范围内的人进行逐个摸底调查。

时间一分一秒流逝，转眼已经到了 2017 年。

22 年过去了，小学生已经长大，小镇也早已物是人非。

新来的小镇居民或许并不知道这里曾经发生过如此惨绝人寰的凶案，但对 H 市公安局的警员来说，凶手一日没有被抓获，这个案子就永远不能画上句点。

22 年间，这桩血案也不知道被重启调查过多少次。

H 市公安局领导班子下达了"此案不破决不罢休"的命令，专案组一任接着一任干，专案组的成员甚至跨越了两个时代。无数刑警因为这一起未破的命案，食无味、寝不安。

指纹库每进行一次更新，H 市公安局的痕检员们就会进行一次比对，可遗憾的是，在浩瀚的指纹库中，那两名嫌疑人的指纹，一直也没有匹配上。

进入 21 世纪，DNA 技术开始普及，H 市公安局赶紧把那枚被精心保管的嫌疑人吸过的烟头送到省公安厅进行 DNA 检验，并把数据录入数据库进行比对。可惜，和指纹一样，DNA 也一直没有比对上。

直到 2017 年，DNA 检验技术又有了新的突破，一项新技术突然兴起（涉及警务秘密，老秦在这里不便细说）。而这项新技术，可以把嫌疑人锁定到一个特定的群体。这个特定的群体范围非常小，可能只有十几个人，或是几十个人。只要把这个特定群体里所有人的 DNA 全部提取到，再和现场物证进行一番比对，就可以认定犯罪嫌疑人了。

有了这项新技术，H 市公安局又燃起了希望。

不过，要使用这项新技术，有个重要的前提：当年在现场提取的那枚烟头得在，还得保存得当。

前面提到，多年前，H 市公安局把烟头送到了省厅去做常规的 DNA 检验，尽管后来没比对上，但检验后的这枚烟头去了哪里呢？它有没有被好好保存？会不会因为保存不当而无法运用新技术来检测 DNA 呢？

上述担忧是有一定科学道理的，因为 DNA 存在于人体的细胞核中，人体的这些细胞一旦暴露在空气中，就很容易腐败、降解。即便警方在现场提取到很多检材，如果保存不当，很有可能在几天内就无法检出 DNA 了，检材也就成了无用的摆设。但如果保存得好，很有可能在几十年后还可以进行 DNA 检验。大家或许在考古节目中看到过，考古学家在古墓中偶尔还能提取到古人的 DNA，这都是因为周围的环境易于将生物检材保存下来。

那么，本案的关键物证——那枚烟头，在经历漫长的 22 年后，到底还有没有破案的价值呢？

被冤魂缠绕的小说家

抱着忐忑的心情，专案组民警立即来到了物证保管室，翻箱倒柜寻找那枚烟头。

好在当年保存烟头的民警非常负责任。H市是南方的城市，他看着装在物证袋里的烟头，很担心这个东西会受潮长霉，于是，便在物证袋里面放了一些除潮的纸片。这个举动让这份物证袋里的检材在22年间一直处于干燥的状态，为破案保留了宝贵的希望。

阴干、防潮是保护物证最好的措施。

现在我们警方在现场提取到血液后，也会制作成血卡，将其阴干后再保存。因为在干燥的情况下，腐败细菌无法生长，就不会导致细胞腐败和降解了。

看到被精心保存的烟头，专案组的成员们都松了一口气。

想必大家也能意识到，警方的物证保管有多么重要吧。

技术在不断发展，那些曾经陷入僵局的悬案，会因为某一项技术的突破而重现曙光。所以我们不能短视，必须要用发展的眼光来看待警务技术，也要用长远的目光来看待物证保管。在现场发现的物证，用现有的技术可能做不出结果，但把它好好保管起来，多年之后，技术更新迭代，或许就有可能做出来了，案件也就有可能告破了。所以各地公安局现在都兴建了**物证保管室**，也就是专门保管物证的地方。这个地方有苛刻的环境要求，一年四季都必须24小时维持恒定的温度和湿度，这样就可以完全封存物证，防止物证与物证之间交叉污染了。有了这样的地方，就不怕物证会在若干年后变成无用的摆设了。

现在大家都有了这样的意识，再看这起案件中民警的所作所为，可能觉得那只是一个规范性的动作，没什么稀奇的。但那是在22年前，一个毫无物证保管意识的年代，这位民警的举动，可以说是非常难能可贵的。因为烟头中的DNA证据完好无损，警方最终利用这枚22年前的烟头，使用新的DNA技术，锁定了犯罪嫌疑人。

烟头的主人叫阿虎，被警察锁定时，已经53岁了。

因为担心犯罪嫌疑人潜逃，警方一查明阿虎的身份，便连夜组织抓捕行动。

凌晨1点，一队警察悄无声息地来到了阿虎家附近。

警察先是把他家给围了个水泄不通，然后由两名警察化装成物业去敲门。敲了好一会儿都没有动静，警察心里不禁犯起了嘀咕：这家伙不会提前有所察觉，已经潜逃了吧？警察正准备强行破门的时候，大门打开了。

见到阿虎的时候，警察吃了一惊。凌晨1点，本该是睡觉的时间，阿虎却衣冠整齐地站在警察的面前。他面色平静地看着这群警察说："你们来了，这一刻，我已经等了很久了。"

阿虎身后的妻子已经吓得失声痛哭了，这一切对她来说，无异于晴天霹雳。阿虎的儿子和女儿也都大叫着不让父亲离开，吵闹的声音引来了周围的邻居。

围观的群众很是好奇,这么多警察半夜三更兴师动众到小区里来干啥?大家一听被警察围住的阿虎居然是22年前那个旅馆四尸血案的真凶,纷纷惊掉了下巴。

很多邻居都认识阿虎,他在当地算是一个小有名气的作家,家庭条件也很不错。邻居们不禁疑惑,这么一个满腹经纶、才华横溢的人,怎么会去杀人呢?是不是警察搞错了?

但无论人们有多少疑问,科学比对的结果已经说明了一切。

阿虎在到案后根本没有做任何抵抗,对自己曾经犯下的罪行供认不讳。

由此可见,警务技术的高速发展对悬案的侦破起到了非常大的促进作用。也正是因为技术得到了飞速发展,在2020年的时候,公安部组织了命案积案攻坚行动,全国每个省都侦破了很多命案积案。

这项行动直到今天还在继续,我们也因此经常在媒体上看到本地命案积案侦破的消息。越来越多的命案积案最终被破获,暂时逃脱法网的凶手也都逐一伏法,一个个冤魂也终于得以安息。

这些命案积案的侦破,表明了公安机关的态度。任何一起命案不破,都是公安机关欠老百姓的账,都不会被轻易放弃。

不抛弃,不放弃,也是所有中国刑警秉承的精神。

虽然阿虎已经到案，但小镇旅馆四尸血案的调查还未结束，因为他还有同伙。

前文讲过，通过现场勘查和调查工作，警方确定了小镇旅馆四尸血案的凶手是两个人。本来警方以为阿虎会隐瞒同伙的行踪，或并不知道同伙的下落，可没想到的是，阿虎不仅很爽快地交代了同伙的身份，甚至还给了警察一个详细地址，说自己的同伙阿豹就住在这个地方。

根据阿虎提供的这个地址，警方很快将同案犯阿豹抓获归案。

至此，22年未破的悬案终于尘埃落定。

22年后的阿虎和阿豹，看起来都过得不错。

阿虎当上了作家，而阿豹也成了一家公司的CEO（首席执行官），在别人眼里，他们都是衣冠楚楚的成功人士。这样的两个人，居然是当年行事狠辣，连小孩子都不放过的抢劫杀人犯？

一切是怎么发生的呢？

阿虎是一个从小就喜欢阅读、写作的人，他的心里一直有个文学梦。无奈高中时他偏科很严重，文科成绩名列前茅，理科成绩却惨不忍睹。因此在高考的时候，阿虎名落孙山，无缘进入大学深造。

不过即便如此，他也没有丧失对生活的信心，也没有放弃写作。那些年，他整天在家里写诗歌、散文投稿，因为颇有文采，他的作品时常会在报纸杂志上发表，他也因此赚到了稿费。钱虽然不多，但也足以糊口。

后来，他找到了自己心爱的另一半。本来这个普普通通的小家庭和千千万万家庭一样，即便不算富裕，也幸福美满。

但谁也没想到，阿虎暗地里染上了赌瘾。

人只要一沾上赌瘾，就算是废了。

有研究认为，长期赌博会导致认知能力下降。**赌博者往往在制定决策、集中注意力和解决问题等认知任务上表现较差。**这是因为赌博者经常置身于不确定的环境中，追求短期的回报，而忽视长期的风险。这种不理性的决策习惯会逐渐侵蚀赌博者的认知能力，使他们在日常生活中难以做出明智的选择。

除了认知能力的下降，长期赌博还可能引发严重的心理健康问题。**我们常说的"赌徒心态"，就是一种病态的心理。**输了就想再赢回来，赢了还想继续赢，这种心理状态使人们陷入赌博的泥潭，无法自拔，最终只会导致一种结果：散尽家财，一身债务。

阿虎成为赌徒后，生活每况愈下。别说积累财产了，就连维持生计也成了问题。

1992年，阿虎的女儿出生了。

非常不幸，他的女儿患有先天性小睑裂综合征。这是一种眼睛的疾病，就是眼睑裂太小了，眼睛睁不开。当时小女孩的眼睛最大只能睁到1厘米长、0.2厘米宽。你可以想象一下，这睑裂有多小。因此，医生建议分多次进行手术，并且要尽快治疗。可是，因为赌博而散尽家财的阿虎，根本就承担不起手术费用。这让阿虎陷入了绝望。

那应该是阿虎人生中最灰暗的时刻。赌瘾、贫穷与女儿的疾病每时每刻都在折磨着他。他觉得自己一事无成。毕竟，靠写作很难一蹴而就赚到一大笔钱。而就在这个时候，阿虎的赌友阿豹给他提供了一个思路。

阿豹说："咱俩都这么穷，往后的生活没着落，不如到外面闯闯去。H市那边有好多有钱的大老板，随便找个人，抢个一两万块钱，不是轻而易举的事情吗？"

这一说，阿虎也就动了坏心思。他和阿豹商量合伙干一票，抢到钱以后五五分。于是两个人就游荡到了H市的小镇子上。逛荡了几天后，他们发现事情没有想象的那么简单。

镇上是密集的工厂，每个工厂的安保措施都很严格，一个外人完全没机会进工厂大门，更别说抢劫大老板了。于是他俩就换了目标，盯上了那些从外地来谈生意的老板。外地的老板，到了镇上肯定要住旅馆，所以他们就把目光聚焦到了镇上的旅馆。阿胜开的这家旅馆，位置得天独厚，所以客流量算是镇上最大的了，自然也就成了阿虎和阿豹的目标。

两个人在现场附近蛰伏了好几天，从旅馆的住客中锁定了阿峰。阿峰是个生意人，经常在附近工厂进进出出，身上穿着笔挺的西装，腋下夹着厚厚的皮包，非常符合有钱人的形象。而且，阿峰这个人似乎喜欢独来独往，身边没有随行的同伴。

就是他了！

1995年11月29日，阿虎、阿豹带着早就准备好的尼龙绳和榔头住进了旅馆。

深夜，万籁俱寂，两个人悄悄撬开了阿峰的房门。阿峰正在蒙头大睡，完全不知道有人潜入了自己的房间。阿虎他们先是在房间里搜寻财物，找来找去，却找不到大笔的现金。因为找不到钱，两人逐渐失去了耐心，动作也有点大了，阿峰或许是被吵到，哼唧了一声，翻了个身。这个动作可把阿虎吓坏了，本来就神经高度紧张的他，连忙抡起手中的榔头向阿峰的头砸去。可怜还在睡梦中的阿峰，连醒都没有醒过来，就直接丢掉了性命。

阿虎是第一次杀人，当第一榔头砸下去的时候，他的心就被恶魔彻底占据了。他歇斯底里地反复砸向阿峰，直到自己被溅得满脸、满身都是血，被阿豹劝阻，这才停下手来。

阿虎渐渐冷静下来，和阿豹一起，再度对现场进行了彻底的翻找。俩人都不敢去碰那具面目全非的尸体，因此始终没有发现阿峰内裤中藏着的4000元钱。旅馆的房间被翻了个底朝天，最后他们只找到了20元钱。

这和他们想象的结果，可相差太远了。

俩人一合计，人都已经杀了，只找到20元钱，肯定不能就此罢手。可是去其他房间找钱的话，那些房间里的客人，是一个人还是两个人，是不是有钱人，他们可拿不准，不敢轻易下手。

阿虎坐在床边静静地抽了一根烟，说："不行，我们对老板下手吧！"

打定主意后，阿虎打开房门，对着隔壁老板住的房间喊道："老板，你到203号房间来一下，我有急事，要退房。"

此时，夜深人静，住在隔壁的老板阿胜心想，要是喊前台服务员来检查退房，必然会打扰他们的清梦，反正我挨得近，不如我直接去查个房了事。于是阿胜就毫无防备地走进了隔壁的房间。一进房间，他就被早有准备的阿虎、阿豹两人按在地上制服了，接着，他又被捆绑了四肢，嘴里塞了毛巾。这时候，他或许才意识到，203号房间里弥漫着血腥味，这里早已变成了地狱。

阿虎用榔头威胁阿胜，让他说出旅馆的钱都放在哪里。

没想到，阿胜是个硬骨头，誓死不从，而且还在拼命挣扎。杀红了眼的阿虎见逼问无望,再次举起了罪恶的榔头,反复砸向阿胜的头部。在阿胜也被砸得面目全非之后,阿虎摘下了他手上的金戒指。虽然这枚金戒指价值不菲,但他们并不知道如何销赃,何况销赃也需要时间,不能马上变现。

疯狂的阿虎和阿豹,决定冲入202号房间,把老板的住处也洗劫一番。

此时在202号房间的阿倩可能听见了隔壁的动静,已经清醒了过来。阿虎和阿豹打开202号房门的时候,阿倩已经站在了地上。见到两个全身是血的恶魔,阿倩大声叫喊了起来。为了不惊醒旅馆里其他房间的客人,阿虎一不做二不休,冲上前去,几下就把阿倩砸倒在地。此时阿倩的孙子小刚目睹了这一幕,也发出了叫喊声,阿虎又把榔头抡向了无辜的孩子。倒在地上的阿倩努力支撑起身体,想保护自己的孙子,可是又被阿虎用几榔头彻底打死。

在策划犯罪的时候,阿虎怎么也没想到,自己就这样在短短半个小时之内杀害了4个活生生的人。杀完人后,阿虎和阿豹又对202号房间进行了翻找,却只找到了100多元钱。这时,他们已经冷静了下来,也不敢再作案了,趁着夜色偷偷地逃出这个镇子,第二天搭车回到了老家。

这一逃,就是22年。

阿虎在落网后供述,自己在这22年里,几乎没有睡过好觉。他梦见过自己出门就被警察抓走，也梦到过自己爬山的时候被一棵突然倒下的大树活活压死。这种噩梦太多太多，不胜枚举。当从新闻里得知甘肃白银案重启调查，警方抓获了逃脱法网数十年的凶手后，他对自己被捕就已经有心理准备了。他还在自己的书桌里偷藏了一封信，是写给他妻子的，信中他将22年前犯下的罪恶一并承认。

面对记者的采访，阿虎还提到一件事。1996年的清明节，他因不堪噩梦的困扰，带着老鼠药到了父亲的坟前，准备自杀。但当时他想到自己女儿的眼睛尚未康复，就又打消了自杀的念头。

他说，这22年里，虽然心存侥幸，但只要稍微有些成就，他就会再缩回去。他害怕出名，也想着他这个有污点的人不配再写作，也就不想更加努力了。但是在风平浪静的时候，他又会继续创作，因为创作是他一生所爱。矛盾的心理一直缠绕着阿虎，22年从未消散。他还说，他曾经想以自己为原型，写一个背负着命案的美女作家的故事，但是因为恐惧和愧疚，写了两三万字就没办法再写下去了。

在办案民警伪装成科研人员要求采取他血液的时候，他表现得非常配合。在采取完血液之后，他就已经有了不祥的预感。他给阿豹发了条信息，告诉他自己或许很快就会暴露，但这一回，他不想再继续逃避了。

和阿虎一样，这22年来，阿豹也时时受着煎熬。那几名无辜受害者的面庞经常会在他的脑海中浮现。收到阿虎发来的那条信息，阿豹思忖了良久。最终他没有选择逃跑，而是束手就擒。

2019年10月，最高人民法院核准对阿虎、阿豹两人执行死刑。

审判庭上，阿虎跪在被害人家属面前悔罪。等了24年的被害者家属们痛哭失声，但他们永远不会原谅这个道貌岸然的凶手。

被害人阿峰是一对儿女的父亲，是家里的顶梁柱。他死后，子女不得不辍学外出打工，承担起了家庭的重担。他们原本幸福的人生因此被改写，变得充满坎坷。而阿胜夫妇和小刚的死亡，给阿胜的儿子、儿媳带来了巨大的打击。之后夫妻俩没有再要孩子，每次看到别人家的孩子，他们只能默默地流泪。

对所有人来说，那个夜晚之后，一切就已经不同了。

命运总是嘲弄投机者

人不能沾赌，沾赌，就会一错再错。

在这个案子里，阿虎、阿豹就是典型的赌徒。

现实中每个人都会遇见困境，人生本来就是波浪线，不可能一帆风顺。正常人面对困境会有很多种方法，但是赌徒的认知功能和心理状态都已经扭曲，在困境面前选择铤而走险，葬送的不仅是几名无辜者的性命，也是他们自己的一生。

阿虎和阿豹原本有很多种办法脱离困境。从他们后来的生活看，他们是具备脱离困境的能力和天赋的。如果他们当时放下罪恶的念头，咬咬牙渡过难关，那么他们的人生也会是美满的。

只不过，赌徒心态让他们丧失了正确的判断力，他们以一种破罐子破摔的心理，践行了恶魔的行径。但或许是造化弄人，他们越是想通过抢劫走捷径，越是想靠掠夺他人的财产来渡过难关，就越是碰壁，害了整整4条人命，才抢到不到200元钱。他们和恶魔做了交易，却几乎一无所获，换来的只有每时每刻的恐惧和愧疚，以及法律的严惩。

谁都会遇到困境，老秦也一样。我们不妨把困境当成某种命运的考验，遇见困境时，要先从心理上坦然接受它的存在，不要怨天尤人，更不能将愤怒发泄到无辜的人身上。保持乐观积极的心态，我们才能调动大脑里和认知、决策以及解决问题有关的所有潜

能，寻求一切可以帮助自己脱离困境的方法。**困境有时候并不是瞬间就能走出的，我们要允许自己慢慢来，**制订计划，坚持不懈，总会有拨云见日的一天。

调查提示

强暴老人是什么犯罪心理？
什么情况下可以并案调查？
连环杀手的犯罪会升级吗？
通过体液能验出血型吗？
杀人的追诉期是什么意思？

05号案
"寄生虫"

旅行袋中的头颅

📍 韩国

F 城连环杀人案

003号
档案

稻田边的连环杀手

双重"狼

超硬核索引

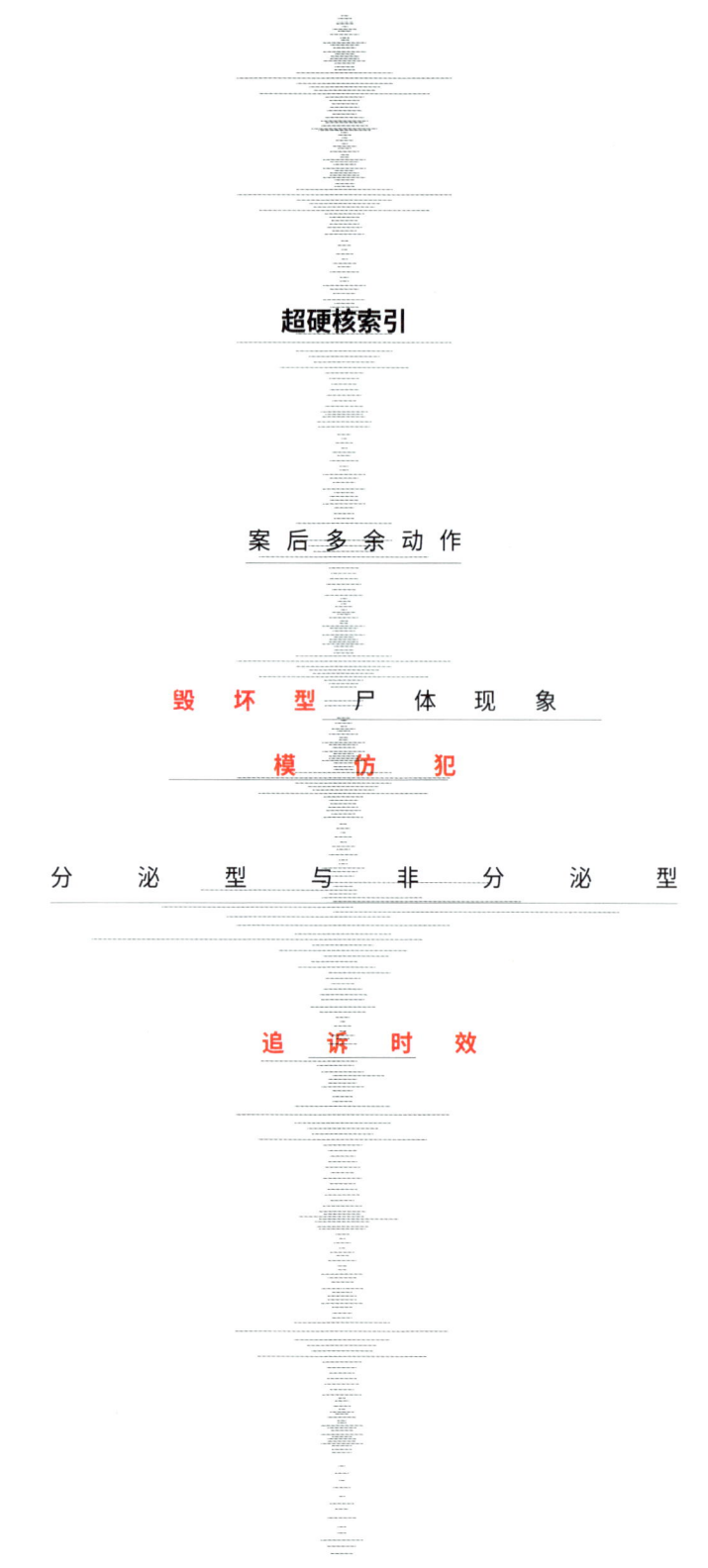

案后多余动作

毁坏型尸体现象

模仿犯

分泌型与非分泌型

追诉时效

她们成为凶手的"玩具"

一切要从 1986 年 9 月 15 日的清晨说起。

韩国 F 城，71 岁的农村老妇（为方便读者记忆，老秦用字母 A 来代替她的名字）正走在田地边的小路上。前一天晚上 A 在女儿家留宿，为了早点回家忙农活，她这天一早就从女儿家出门了。乡下的清晨，一如既往地宁静，A 并不知道，这么普通的一天竟然会是她 71 年人生的终点。

第二天，也就是 1986 年 9 月 16 日，A 的尸体在她家附近的田地里被发现。她整个人趴在地上，手脚被捆成了一个"X"形，身上沾满了泥污。下半身是赤裸的，有很明显的被强暴的痕迹。

接到报警后，韩国警方很快抵达了现场。经过现场勘查，警方没有找到有价值的痕迹物证,法医通过检验确定死者 A 是被勒死的。韩国警方认为这就是一起普通的命案,凶手可能是路遇被害人,临时起意,实施了强奸杀人。

按照这个侦查思路,警方对村里有可能作案的男性进行了摸排。

看到这里,有人或许会提出疑问:**什么样的人,会去强暴一个 70 多岁的老人呢?**

其实,这种案件在我们国家也偶有发生。根据老秦的经验,强奸老人的罪犯,要么是年纪比较大的男性,要么就是未成年人,年龄分化是比较明显的。这两类男性的控制力有限,对自己的控制力不够自信,有性需求或性好奇却不敢去实现。所以,发生类似案件的时候,警方主要的侦查方向就是这两类人群。

不过,这是我们所说的一般情况。有时候也会遇到特殊情况,比如罪犯是有性心理障碍的人,也就是我们常说的性心理变态,这就需要警方打破常规思路去寻找嫌犯了。

韩国警方在追查这起奸杀案时,很有可能也是按照这个思路,对犯罪分子进行了刻画。但侦查了一个多月,他们一无所获,完全没有找到可疑的对象。这也可以理解,如果凶手是路遇、临时起意作案,凶手和死者之间一般不存在联系,茫茫人海,没有科技支撑,没有证据来甄别,确实很难找到关于凶手的线索。

一个多月后，1986年10月20日，韩国F城警方又接到了报警。

听报警人说尸体看起来被性侵过的时候，警方心里咯噔了一下。

在同一个区域，短时间内连续发生了两起类似的案件，很有可能是连环作案。所以警方片刻不敢迟疑，第一时间赶赴了现场。法医对尸体进行初步检验后，发现这名死者是几天前失踪的女孩（下文简称死者为B）。

25岁的B是在下班途中突然失踪的，家人找来找去找不到她，就去警察局报了警。没想到报警几天后，等来的却是这样的噩耗。

俗话说得好，越怕什么，就越来什么。法医检验尸体后，确认B也是被勒死的，而且，B的双手被她自己的文胸反绑在背后，有明显的性侵前约束迹象，这和死者A的案发现场非常相似。

不过，B的尸体状态和A的尸体状态略有不同。B本来穿在身上的紧身短裤被脱了下来，蒙在了她的头上。而且，B的胸口处还有4处类似螺丝刀造成的伤口。用法医的话来说，这叫锐器伤。

锐器造成的损伤有很多种形态。比如，用匕首类工具切割形成的损伤叫作**切划伤**，用菜刀砍击形成的损伤叫作**砍创**，用水果刀刺击形成的创口叫作**刺创**，用铁钎或者螺丝刀刺击形成的创口叫作**捅创**。每种损伤都有其特征性的形态,根据损伤的形态,法医就可以对致伤工具进行推断。

本案中,法医根据死者 B 胸部的损伤,分析凶手用螺丝刀捅了死者的胸部,但这种捅击,并不是为了杀死 B,因为警方认为死者胸部损伤的生活反应不明显,应该是死后的损伤。

既然 B 已经死了,凶手为什么还要用螺丝刀去捅她的尸体呢?

这就是法医非常在意的"案后多余动作"了。

案后多余动作,指的是犯罪分子杀完人后在现场或对死者做出的多余的动作。

在命案侦办的过程中,法医最关心的损伤之一,就是案后多余动作造成的损伤。

根据凶手的案后多余动作,法医可以推断凶手的心理状态,从而明确侦查方向。案后多余动作有很多种,比如泄愤动作、愧疚动作、加固动作等等。

举个例子(这是老秦的大学老师讲的真实案例),一名年轻女性被人强奸后杀死,尸体被丢弃在高粱地里,下身被一把韭菜花遮盖。显然,凶手作完案后,去邻近的地里揪了一把韭菜花来故意遮盖被害人的下体,这个行为就是**愧疚动作**。此案破获后,警方发现,凶手是死者的公公。

再举个老秦自己经历的例子，一名死者在家中被杀害，现场看起来像是抢劫案件。但是死者身上的损伤，除了致命伤，还有死后形成的严重损伤，于是我们分析凶手是恐其不死，才有了这些**加固动作**，那么，凶手很有可能是死者的熟人。破案后发现，来抢劫杀人的真是死者的熟人。

由此可见，警方对案后多余动作的分析是很有必要的，有时候，它能成为破案的捷径。

回看 B 的死亡现场，内裤蒙头和螺丝刀捅击都是案后多余动作。内裤蒙头，可能是一个**逃避动作**，凶手不敢看到死者的面孔，或许意味着凶手是一个不善交际的人。而螺丝刀捅击是死后形成的，程度较轻、不致命，损伤位置又是死者的胸部，可以考虑凶手是一个性心理变态的人。

前文对于死者 A 的情况，老秦也分析过凶手有可能是性心理变态。如果这样去思考，这两起命案确实是有一些可以并案的依据的。

所谓并案，指的是并案侦查，就是把一个或一伙犯罪分子在不同时间、地点多次作案的案件串联起来统一组织侦查。并案与否主要根据各起案件在痕迹物证、作案目标、作案手段、犯罪嫌疑人体貌特征等方面是否有内在联系。并案侦查便于综合利用证据、合理部署侦查力量，避免分别侦查、各自为战的弊端。

不过，上述都是老秦自己的分析。韩国警方可能并没有做出这么多分析，因为当时他们也不知道两起案件是不是能够并案侦查。

20世纪80年代可不像现在这般科技发达，虽然已经有了DNA技术，但是还没有被应用在刑侦破案上，即便是作为发达国家的韩国，在那个时候也是没有DNA检验技术的。

在没有DNA技术支撑的当年，想要通过物证并案是非常困难的。如果再不进行心理分析，并案就更不可能了。看到这里，有的读者可能着急了，这是强奸案件啊，现场肯定会留下精液！有精液，即便没有DNA技术，不还有血型检验技术吗？这不也可以作为并案的依据吗？

关于精液的血型问题，咱们之后再详细说。现在，我们还是回到案件中来，看看韩国警方是怎么应对的。

韩国警方确实感受到了压力。假如这两起案件是同一人所为，那么说明凶手的犯罪手法正在升级，从简单的强奸、勒死人，发展成了杀完人后还对尸体进行侵犯。在连环杀人案件中，随着作案越来越多，凶手的手法会越来越老到，会越来越变态，这就是连环案件中的**作案手法升级**。

正在韩国警方不知道该不该并案，焦头烂额地对附近人员进行摸排的时候，又发案了。

1986年12月12日，距离第一起案件案发不到3个月，又有人发现了被杀死的女性。这一次发现的死者C，尸体已经高度腐败了。

经过警方的调查，死者C的身份也得到了证实，她是一个24岁的女孩，此前也是被报失踪的状态。

警方是怎么判断已经高度腐败的尸体的身份的呢？

在小镇旅馆四尸血案中，老秦和大家聊过尸体的身份认定。在大多数情况下，尸体的身份是比较容易认定的，通过面容和身高、体重等身体特征就可以有一个大体的判断。但对于高度腐败、面容毁损和白骨化的尸体，尸源认定就比较困难了。

失踪人口那么多，总不能一个一个去比对，这样效率太低了。所以法医在这时候就起到了重要的作用。根据法医人类学的理论，法医会对尸体的年龄、身高、性别进行判断，这就能大大缩小需要比对的范围。在较小的范围内，警方就可以通过尸体上发现的线索，和嫌疑失踪人进行比对，最终完成认定。

在没有DNA检验的年代，警方主要是靠比对身体上的胎记、疤痕、痣以及指纹来认定尸体的身份。有时警方发现的只是一堆白骨，没有软组织，这时候也有办法，可以通过把颅骨和嫌疑失踪人的照片进行重叠，来判断死者是不是嫌疑失踪人,这种方法叫**颅相重合技术**。

无论通过上述哪一种方法,韩国警方最后都认定了尸体的身份。死者 C 被报失踪,是 131 天之前的事,这意味着,她已经死亡了 4 个多月。

警方计算了一下,死者 A 是 9 月遇害的,而死者 C 早在 8 月就已经遇害了!也就是说,如果这是一起连环杀人案,那么,C 才是第一名死者。

经过现场勘查,警方没有在现场找到任何线索。这可以理解,在现发、立即发现的案件中,警方都没有找到痕迹物证,更不用说这个已经案发 4 个多月的案件了。法医检验后认定,死者 C 也是被勒死的,且生前遭遇了性侵。

有朋友会问,尸体都已经高度腐败了,还能看出是被勒死的吗?

其实在大多数情况下,是可以看出来的。

机体死亡后,会有多个转归过程(也就是尸体演变、转化的过程),比如高度腐败、干尸化、尸蜡化等。后两者都属于**保存型尸体现象**,也就是说,不管过多久,尸体的大体表面是被保存下来的,损伤也能被保存。而高度腐败则是**毁坏型尸体现象**,尸体先腐败,最后会逐渐白骨化。

但只要尸体没有白骨化,内脏器官的窒息征象和颈部软组织里的出血就可以被法医发现。根据这些特征，就可以做出死者是被勒死的判断。即便白骨化了，尸骨里颞骨岩部的出血迹象和舌骨、甲状软骨的骨折，也可以告诉法医，死者是被勒死的。**这就是法医常说的"尸体会说话"。**

死者C除了是被勒死的，头部也被自己的内裤盖上了，这和死者B的现场是一模一样的。此外，死者C的胸部被锐器切掉了一块，也是死后形成的损伤。这和死者B被螺丝刀捅击的损伤相比，更能提示出凶手的性心理变态。

更令人唏嘘的是，C的遗体距离她家只有50米。也就是说，眼看就要到家了，她却遭到了凶手的袭击，尸体最后被抛弃在稻田的田埂上，居然4个多月都没有人发现。

同一座城市，短短几个月内，三名女性都是在独自回家的路上被人袭击奸杀的。消息一经传播，不仅仅是F城，整个韩国都炸锅了。三起凶案的作案手法出奇一致，显然是同一名犯罪者所为。而这个连杀三名女性的恶魔，至今仍然逍遥法外，韩国民众不禁陷入了恐慌。

挑衅式的连环作案

死者C的尸体被发现后，韩国警方终于下定决心并案侦查了。

但是，不管如何摸排、侦查，警方就是找不到合理的嫌疑对象。

警方还没有从死者C的案件中缓过神来，又发案了。

就在死者C的尸体被发现的两天后，一对中年夫妇来警察局报案，说21岁的女儿D失踪了。D是听从家人的安排去相亲的，相亲结束后，D独自往家走，没想到就此失联。警方和D的亲友共同寻找了几天，最终发现了D的遗体。

和之前的案件一样，死者D的双手被她的文胸反绑，头上盖了她的内裤，胸部被切掉了一块，尸体也是被凶手抛弃在稻田的田埂上。不用警察去并案，连受害者家属也知道凶手就是那个F城恶魔了。

不过，D的案件也有一处不一样的细节——现场堆积了很多芝麻。堆积芝麻，可能也是凶手的案后多余动作，或许和当地某种风俗有关。不管怎样，D的尸体被发现后，形势越发严峻，韩国警方开始投入大量的警力来侦查此案。

咱们中国人自古就有"人命大于天"的说法，我们是最尊重生命的民族之一。别说现在要求"命案必破"，即便在这个口号提出之前，中国警察遇到命案也是倾尽全力的。这也是我国的命案发案率远远低于别国，命案破案率远远高于别国的一个重要内在因素。只有一发命案就迅速侦破，才是防止连环案件发生的最好办法。

连环案件的社会影响是非常可怕的，到这个时候，F城恶魔的传闻已经在韩国闹得沸沸扬扬了。韩国警方必然也意识到了这几起案件的危害性，于是抽调了大量的警力，对F城所有20岁至40岁的男性进行逐一排查。

韩国警方为什么会框定这个侦查范围，媒体没有提及，老秦也无从得知。可能韩国警方考虑到凶手应该是处于性欲旺盛期的缘故吧。一座城市里的青壮年男性，可想而知有多少人。如果没有很好的甄别手段，在茫茫人海中就很难锁定犯罪嫌疑人。因此，经过了大半年，这轮摸排工作全部完成了，韩国警方依然没有确定一个值得怀疑的对象。

韩国警方陷入了巨大的压力之中。

这也可以理解，这种压力首先源于自己，案子破不掉，就是欠老百姓的账。

其次，周围的人全在议论这件事情，说警察干什么吃的，这么久了都破不了案，一直抓不着人，谁来保护我们？而F城的女性，人心惶惶，晚上都不敢出门，更不敢一个人走路。

恐慌、焦虑、困扰、愤怒……民众有这样的情绪，就是对警方最大的刺激。

糟糕的事情还在后面，在如此大阵仗的排查之后，蛰伏了半年的凶手居然又出来作案了。

1987年5月,有人在自家的农田里发现了一具女性的尸体。

发现尸体的,是个养牛的农户大叔。一大早,他在准备喂牛用的草时,突然发现草堆下面露出了一条女性的腿。大叔吓坏了,赶紧报了警。

警方经过现场勘查,确认死者是刚高中毕业的受害者E。她才18岁,是在附近城市玩耍后回家途中被害的。E的双手也被反绑,口中塞着自己的袜子,同样也遭受了性侵。性侵结束后,凶手用E的围巾把她勒死,然后用她的衣物覆盖了尸体,再用草堆来藏匿尸体。

虽说此案看上去和之前差不多,但因为有了藏尸的动作,说明凶手的犯罪手法再次升级了。韩国警方也不得不担心起来,会不会有其他女性已经遇害,但因为凶手的藏尸手段高明,导致案件还没有被人发现呢?

沉寂了半年的连环凶案再次发案,韩国又一次炸了锅。

看来仅仅投入警力进行侦查是远远不够了,韩国警方又派出了大量警力24小时参与巡逻。警方想通过路面巡控的手段来防止再次发案,同时提高民众的安全感,也看看有没有机会抓凶手现行。

但是,人多地广,警力却是有限的。再多警察上街巡逻,街道上也不可能完全没有死角。随着时间的推移,民众和巡逻民警的警惕性也渐渐下降,凶手又出来作案了。

第六名受害者 F 死于一个雨夜。

那天晚上,她撑着伞,到离家门口不远的地方去迎接刚下班的丈夫。在等待丈夫的短暂过程中,她就遭到了毒手。F 的丈夫回到家,并没有看见妻子,他焦躁不安地四下寻找,却一无所获。后来,有人发现了 F 的尸体。F 也是被勒死的,双手被反绑,上半身赤裸,胸部有锐器造成的损伤,作案手法和之前的案件一模一样。

又一个家庭被撕裂了,韩国警方却依然无计可施。

可能是因为 80 年代的技术所限,即便有这么多案件的现场勘查和尸体检验,警方依旧没发现突破性的线索和证据。这似乎形成了恶性循环,每发一起案件,民众和警方就紧张一阵、警惕一阵,而凶手就顺势蛰伏,等大家警惕性下降了,再出来作案。

1988 年的 9 月 8 日,距离第一具尸体被发现已经快两年了,第七具尸体又出现了。

死者 G 是个 54 岁的家庭主妇,她是在外出办事回家途中遇害的。她的双手被反绑,嘴巴被袜子和手帕塞满,然后被凶手勒死。杀完人后,凶手把她的尸体抛在了小河附近的草丛中。凶手的犯罪手法进一步升级,在她的下体里面塞入了桃子的碎块。

而更令人惊讶的是，凶手的犯罪欲望似乎也升级了。

这起案件发生后没几天，居然就出现了第八起案件。

第八名受害者 H 是一个只有 13 岁的未成年女孩。

晚上 9 点，H 独自去教会的途中被人持刀威胁，然后被拖行到稻田的田埂上实施了性侵。在性侵的过程中，H 的双手被凶手反绑，嘴也被内裤塞满。凶手还将一条紧身短裤套在了 H 的头上。在实施完性侵之后，凶手见 H 随身带了一个包，里面还有钱，于是就在 H 的包里翻找，想找出更多值钱的物品。而就在这个节骨眼上，机灵的 H 趁机逃走了。

H 也因此活了下来。

韩国警方很振奋，这起震惊韩国的连环杀人案，终于有一个幸存者了。

幸存者能提供的信息量是巨大的。

在那个时代，给嫌疑人画**模拟画像**，是寻找线索、甄别犯罪嫌疑人的一个很重要的手段。于是，警方就依据 H 提供的证词，对凶手的面容和体态做了模拟画像。

有了模拟画像，警方还真有了进展，他们很快抓到了犯罪嫌疑人阿银。

在性侵 H 的现场，警方提取到了相关的生物物证，认定阿银就是这起案件的凶手，随后法院也判处了阿银无期徒刑。

看到这里，有人可能会不解：什么？杀了这么多人，就判了无期徒刑？

原来，阿银只是一个**模仿犯**。

阿银被抓获后，承认了自己侵犯 H 的罪行，但他坚称自己不是之前那些案件的真凶。他说，他是在媒体上看到了连环杀手的作案手法，觉得很刺激，就去模仿了一下，作了一次案，可没想到立马就被抓住了。

韩国警方本来是不相信他的狡辩的，毕竟所有犯罪分子到案后都会避重就轻。从阿银的角度看，承认性侵，否认杀人，至少可以保命啊。

可是，法医那边的检验结果出来之后，警方也没再继续揪着阿银不放了。

法医是怎么证明阿银不是系列案件真凶的，媒体上没有详说。但老秦分析，应该靠的还是**现场物证的排除功能**。

在没有 DNA 检验技术的年代，警方最常用的技术是血型检验。

大家从生物书上可能都学过 ABO 血型[1]的概念，即我们的

---

1 ABO 血型：根据红细胞表面有无特异性抗原（凝集原）A 和 B 来划分的血液类型。

血型主要分为四种：A 型、B 型、AB 型和 O 型。**单靠血型，无法认定犯罪分子，但可以排除。**

这是什么意思呢？打个比方，如果在现场提取到的精斑是 B 型血，那么，所有 B 型血的人都有嫌疑，但无法判断具体哪个 B 型血的人才是凶手——这就是**"无法认定"**的意思。而如果警方找到的嫌疑人是 O 型血，不是 B 型血，就可以排除嫌疑了——这就是**"可以排除"**的意思。

阿银被排除嫌疑，原因应该是和系列案件的凶手血型不一致，所以法医可以证明他关于模仿犯罪的说辞是真实的。因此，法官也只能认定阿银是侵犯 H 的罪犯，但他只完成了侵犯的动作，而没有完成杀人的动作。故意杀人未遂，判处无期徒刑也是合理的。

说到这里，老秦猜测会有很多朋友惊讶，原来通过精斑也可以验出血型？

既然韩国警方已经掌握了凶手的血型，排查范围不就大大缩小了吗，为什么排查了这么多年，都没能找到真凶呢？

确实，大部分人的精斑是可以验出血型的，但也有小部分人的精斑比较难验出血型，这和人体自身的体质有关。为什么这起案件中，韩国警方在精斑血型方面没有过多提及呢？为什么没有因为血型检验而推进案件侦破工作呢？

请大家少安毋躁，这些疑问在破案后都会有答案。

模仿犯的出现，让韩国民众不寒而栗。

如果连环杀人案一直得不到侦破，模仿犯出现的概率就会越来越高。

一方面，连环杀人案侦破不了，就会有很强烈的引导作用。心怀恶念的人会想，既然这个凶手作案这么多起都没被抓，那我是不是也可以试试呢？

另一方面，有些人会觉得连环犯罪很吸引眼球，出于想体验刺激、满足变态心理等原因，就会学着连环犯罪去作案。

所以，连环案不及时侦破，会带来更深远的负面影响：老百姓提心吊胆，模仿犯罪层出不穷，社会治安每况愈下……说到这里，大家可以体会到我们国家提出"**命案必破**"的必要性和重要性了吧？

在阿银被逮捕后，凶手似乎也消停了。

直到 1990 年 11 月 15 日，新的受害者再次出现（此时阿银正在服刑），人们才意识到凶手的残忍始终没有改变。

此时第一起案件发案已经过去了 4 年多，这也是 F 城连环杀手犯下的第 8 起案件。

死者 I 是一名 14 岁的女孩。案发当天傍晚 6：30 左右，I 放学后和同学们一起结伴回家，在临近她家的一个地下通道里与同学分手。没想到，I 之后就失踪了。I 的家长组织亲友对她家周围进行了地毯式寻找，最终找到了 I 的尸体。

I的尸体被抛弃在离她家不远的一处山野里,生前被性侵了,双手双脚被反绑,嘴巴被文胸塞住,胸部有刀伤,尸体还被很多松枝覆盖。这一次,凶手的犯罪手法再次升级,在I的下体里塞入了圆珠笔、叉子和汤勺。可以看出这个凶手的心理是越来越变态了。

之后,警方又加大了街面的巡控力度。和之前一样,凶手见巡控力度加大,便销声匿迹。大半年后,他再次跳出来作案。

1991年4月3日晚上9点,69岁的被害人J在回家路上遇害,被抛尸在距离她家150米的松林里。J被性侵后,被凶手用长筒袜勒死,下体也被塞入了袜子。她的胸部和生殖器上都有严重的刀伤。

和之前的案件一样,韩国警方依旧没在现场和尸体上提取到有价值的线索。

跨越5年,作案至少9起的凶手,就这样在F城肆意杀戮。警方花费了大量人力物力,就是找不到凶手。值得一提的是,1991年8月,韩国警方引进了DNA技术,但这项技术并未立即在破案上发挥出作用。

这倒不能都怪韩国警方,因为20世纪90年代初的DNA检验技术和现在大不相同。

现在的 DNA 技术，不仅可以对微量 DNA 进行扩增，还能把 DNA 图谱变成数据，以便比对。但在 20 世纪 90 年代，做一次 DNA 检验还是挺费劲的。用银染法、电泳法做出的结果，并不是简单的数据，更没有 DNA 数据库可供比对，警方对微量 DNA 检材也束手无策。

但引进了新技术都没能侦破这一起案件，让很多韩国警察懊恼不已。

比如老刑警阿赫，他曾经被派到 F 城连环杀人案的专案组，经历 5 年痛苦折磨也没破案，这起案件成为他从警多年最无法释怀的案子。阿赫快退休的时候，正是 F 城连环杀人案的诉讼期到期的时候，所以这位老刑警非常愤恨，他在退休前疯狂调查，废寝忘食，却一直找不到凶手。

为了抓捕凶手，有的刑警因为过劳而倒下，有的落下终身病根，有的则为了破案对疑犯进行刑讯逼供，造成了恶劣的后果。有嫌疑人因为受到刑讯逼供而死亡，参与刑讯逼供的警察被解职。

刑讯逼供是很容易出现冤假错案的，尤其是在那个没有警务技术支撑的年代。如果在我们国家，刑讯逼供致人伤残、死亡，是会按照故意伤害罪、故意杀人罪从重处罚的，绝不仅仅是解职那么简单。关于这点，看过电视剧《三大队》的朋友们都会有所了解。

1991 年 4 月 J 的遇害，似乎是 F 城连环杀人案的最后一幕。

此后，凶手人间蒸发，就像是从未在 F 城存在过一般。

但他在韩国民众心中留下了难以磨灭的阴影，韩国警方背负着悬案未决的煎熬，终于在 28 年后迎来了破案的曙光。

追诉恶魔的时效

2019 年 8 月，韩国国立科学调查研究院对 F 城连环杀人案的部分证据重新进行了 DNA 鉴定。实际上，再往前推 10 年，DNA 技术就已经得到了长足发展，对这起案件的物证重检工作就可以展开了。

虽然晚了点，但韩国警方总算是对当年的案件进行了全面的梳理，并且在连环杀人案第 5 起、第 7 起、第 9 起的物证中都找到了同一名男性的 DNA。

在小镇旅馆四尸血案中，老秦科普了物证保管的概念，物证保管有着苛刻的要求，一旦满足不了，很多物证都会因为腐败降解而消失殆尽。老秦猜测 F 城连环杀人案也是这样，很可能因为物证保管不力，很多起命案的物证都失效了，没有检出 DNA。不过所幸还是从现有的物证中找到了恶魔的 DNA，经过和前科人员 DNA 数据库的比对，韩国警方锁定了一名服刑人员，他的 DNA 和那三起案件中精斑的 DNA 是吻合的。

韩国警方惊喜万分,立即组织人员复查。

警方成立了一个由57名警员组成的专案组,对这个名叫大春的服刑人员进行了审查。

大春被发现的时候,已经在监狱里服刑了25年。

他当时被判处的是无期徒刑,原因是杀害了自己的妻妹。

1994年1月,大春给妻妹的食物里下了大量的安眠药,等她睡熟之后,大春对其进行了性侵,并且用钝器击打她的头部,导致她当场死亡。因为1994年韩国已经引进了DNA技术,而且大春这一次杀害的是自己的亲戚,所以案件很快就被侦破了,大春也被绳之以法。

被捕后,大春没有提及以前作案的经历。因为这次作案手法和之前的系列杀人的作案手法完全不同,所以警方根本就没有往系列杀人案件上去想。所谓的系列杀人案件是警方惯用的词,在文学和影视作品中,我们常听到的用词是"连环杀人案",其实两者是同一个意思。

因为警方没有想到这一层,所以大春就一直在监狱里安稳服刑。

下药、强奸、杀人,这么恶劣的作案手法,居然判处的是无期徒刑,这让老秦觉得不可思议。在我们国家,这么严重的主观恶意,这么严重的作案后果,不判死刑倒是很罕见的。或许,大春的轻判和一些国家的"废死主义"有关。

不管别人怎么想，我觉得废除死刑在现阶段是非常荒唐的想法。所谓的人道主义，不应该对犯罪分子施行。而且，法律除了"惩"的作用，更大的作用是"戒"。所以老秦个人认为，死刑是绝对不可以废除的。

但不管怎么说，在监狱服刑的大春，成了韩国警方追踪悬案的最后一环。

警方在获取了足够的DNA证据后，派出了9名经验丰富的犯罪心理分析师和大春谈话。

在大量证据和警方的强烈谈话攻势下，大春认罪了。他不但交代了之前的9起F城杀人案，还交代了他强奸杀害另外5名女性的事实。这些案件，可能发生在F城以外的城市，也可能尸体压根就没有被人发现。除了强奸杀人案件，大春还交代了其余9起强奸、抢劫案件。这些案件里的受害女性，甚至都没有报警。

至此，韩国F城连环杀人案的真相，总算在首次案发33年后浮出了水面。

大春这个名字听起来很普通，在身边人眼里他也是一个很"普通"的人。

他在父亲眼里是个很温柔的孩子，在母亲的心里是很乖巧听话、不反叛也不闹事的儿子。即便是在邻居和同辈的眼中，大春也是一个安静善良、从来不抽烟喝酒的平凡人。直到案件真相大白，也没有人愿意相信他就是让整个韩国笼罩在阴云之中33年的连环杀人案凶手。

大春也有家庭，在外人看来这也是一个"普通"的家庭。但实际上，大春的妻子每天都生活在恐惧当中。结婚后，大春常常家暴妻子，并对妻子进行性虐待，甚至还会虐待年幼的儿子。

监狱里的大春又是另一副嘴脸，他看起来老实巴交，在服刑期间，也从来没有惹过事，没有受过什么惩罚，表现好到甚至可以被假释。监狱的狱警都不敢相信大春就是警察找了33年的凶手。

在大春的身上，大家看到了两极分化的表现：面对强者和势均力敌的人，他安静无害；面对弱势的人，他立即就化身成恶魔。

事实上，在33年间，韩国警方曾经两次接近了真相。

根据韩国警方的说法，在第6起案件发生后，大春就被认定是犯罪嫌疑人了。当时警方怀疑大春，主要是从调查角度出发的。可能是他具备作案时间，也可能是他解释不清自己的反常行为。

但是警方的调查工作只能提出怀疑，却不能认定，因为最终的认定还需要物证支持。当时经过法医检验，大春的血型是O型，而法医认为连环杀人案凶手的血型是B型，所以警方便将大春的嫌疑排除并将他释放了。

看到这里,你一定很惊讶。这么大的案子,在血型检验上居然出现了失误?

韩国警方为什么会出现这么大的失误,媒体没有进一步深挖报道,所以老秦不得而知。

不过,老秦可以猜测出一种可能性。

我们已经聊过人的 ABO 血型,法医通过血液很容易进行血型检测。但是通过人的其他体液,比如唾液、精液等,能不能验出 ABO 血型呢?这就和老秦在前文说的人的体质有关了。

从 ABO 血型物质的角度,人分为两种体质,一种是**分泌型**,另一种是**非分泌型**。

所谓的分泌、非分泌,是指人的其他体液中有没有血型物质。我们人群中有 80% 是分泌型,也就是说这 80% 的人的其他体液中也有血型物质,因此是可以检测出血型的。而另外 20% 的人是非分泌型,从他们的体液中检测不出血型物质。

对于非分泌型的人的精斑和唾液,想要做出血型结果,就不能使用法医经常用的中和试验[1]了,得用其他更加复杂的方法。这些方法不仅复杂,结论的准确性也是要打问号的。而韩国法医在现场提取到的都是凶手和死者的混合体液,进行血型

---

1 法医物证学中,检验精斑中 ABO 血型物质的一种方法。

检测的时候，难度倍增。

这或许就是韩国警方得出错误血型结论的原因。

当然，这只是老秦的猜测，也可能有其他原因，比如试剂原因、设备原因或者法医工作失误的原因。不管怎么说，这个错误结论让凶手逃脱了法网，让更多无辜的人失去了生命。

尽管20世纪80年代技术不够发达，也算是一个客观原因，但这一起案件告诉我们，不管什么时代，技术发展到何等地步，技术工作者都必须一丝不苟，严保结论的客观、准确。因为技术工作者的一次失误，就可能导致一系列不可预料的严重后果。

大春逃脱了这次血型的排查，还逃脱了另一次询问。最终，还是因为没有确凿的证据，警方不得不释放大春。

经过这两次被警方调查，大春不仅没有收敛自己的罪行，反而更加自信和老到了。比如在杀害妻妹的案件发案后，他很老练地只承认警方发现的这一起案件，对其他案件闭口不谈，没有因为慌乱露出任何马脚。

实际上，这时候的大春已经是一个冷酷而变态的杀人狂魔了。

韩国某家媒体挖掘了大春的经历，报道说大春曾经做过坦克兵，退伍之后因为无聊，作案杀死4人，且表现得毫无罪恶感。媒体并没有提到大春是否因为这些犯罪而被追究责任，只说了他因此被鉴定为明显的病态人格。

这里说的病态人格并非精神病，精神病患者是可以免受法律制裁的，病态人格者则是不可以被免罪的。

韩国的某位警察厅厅长也曾公开对记者说：他们认为大春的性格和经历使他在实际生活中处于缺乏掌控权的状态，因此他通过性侵和杀人获得成就感。

韩国某大学犯罪心理学专业的一位教授认为，追求变态性满足是大春的犯罪动机之一，另一个作案动机可能是嫉妒心，大春容不得别人比自己过得好，所以就想破坏别人的生活。

大春则向警方透露，自己小时候被同乡的一个姐姐性侵过，所以儿时的经历才是扭曲他性心理的主要原因。

讲到这里，老秦想说，**任何成长环境都不能成为一个人犯罪的理由，外界的环境因素更不能成为犯罪的借口**。

虽然韩国警方找到了F城连环杀人案的真凶，但对大春的审判却迟迟未开始，至少老秦很难查到相关消息。

目前最常见的说法是，确定大春是真凶的2019年，距离F城连环杀人案的诉讼时效已经过去十几年了，根据韩国的法律，诉讼时效过后，无论是凶手本人还是在调查过程中有过疏漏而导致冤假错案的警察，都不再接受法律制裁。

但也有专家表示，如果从1994年起算F城连环杀人案的追诉时效，那么还是可以追究大春的法律责任的。

韩国相关部门究竟追没追究大春的法律责任，老秦目前无法从媒体的报道中得出确切的结论，但至少，老秦在写这篇稿子的时候，大春还没有得到应有的制裁。

看到这里，老秦相信很多读者会觉得韩国法律规定的追诉时效非常不合理。老秦也觉得这个追诉时效有问题。

在老秦的理解里，韩国的追诉时效，应该是指凶手逍遥法外的时间超过了他所犯刑法的最高刑期，就不再追诉了。资料显示，本案在韩国的追诉时效只有15年。

那么，我们国家有没有类似的法律？又是怎么规定的呢？

根据《中华人民共和国刑法》（以下简称《刑法》）第八十七条，犯罪经过下列期限不再追诉：（一）法定最高刑为不满五年有期徒刑的，经过五年；（二）法定最高刑为五年以上不满十年有期徒刑的，经过十年；（三）法定最高刑为十年以上有期徒刑的，经过十五年；（四）法定最高刑为无期徒刑、死刑的，经过二十年。如果二十年以后认为必须追诉的，须报请最高人民检察院核准。

这听起来和韩国的法律差不多，但是我国的《刑法》第八十八条还规定：在人民检察院、公安机关、国家安全机关立案侦查或者在人民法院受理案件以后，逃避侦查或者审判的，不受追诉期限的限制。被害人在追诉期限内提出控告，人民法院、人民检察院、公安机关应当立案而不予立案的，不受追诉期限的限制。

简而言之，在我们国家，一旦案发，公安机关立案后，即便是在 20 年之后才破案，也不受追诉期限的限制。只有那种发现尸体并立案的时候，已经距离凶手作案超过 20 年了，才有追诉期限之说。**但如果此案的情节特别恶劣，罪恶重大，不追究不足以平民愤，经最高人民检察院核准同意，也可以不受追诉期限的限制。**

老秦坚定地认为，法律绝不可以给犯罪分子钻空子的余地，咱们国家的《刑法》第八十八条，就是防止有漏网之鱼的必要补丁。只有不断完善法律，才能有效惩治犯罪、戒备犯罪，给善良的人们一片安居乐业的天地。

所以，前些年，我国的"甘肃白银案""南医大奸杀案"等陈年积案，在现在的 DNA 技术的帮助下都已经告破，而犯罪分子也都陆续伏法。

我们与恶的距离

追了33年的凶手,终于在复核证据的时候被找到。

由此可见,留存这些命案积案的现场证据是多么重要。这些证据不仅可以甄别出犯罪嫌疑人,在法庭上证明事实真相,还可以甄别出模仿犯,串并起连环案。

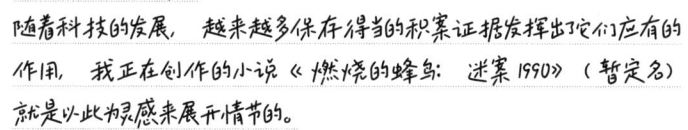

随着科技的发展,越来越多保存得当的积案证据发挥出了它们应有的作用,我正在创作的小说《燃烧的蜂鸟:迷案1990》(暂定名)就是以此为灵感来展开情节的。

韩国的这个连环杀手大春,为了满足自己的兽欲和杀人的快感,居然残忍杀害了那么多无辜的女性。可以想象,当年的韩国民众该有多么恐慌。

世界上总会有恶人的存在,这恐怕是无法预防的。而我们警察、法医的使命之一,就是通过重拳快速打击犯罪,以有效防止系列案件的发生。

我想,这也是"命案必破"的意义吧。

调查提示

如何从尸块推断死者年龄？
怎么判断证词是否可信？
在杀人现场守株待兔有用吗？
辨别分尸手法有何意义？
警方为什么觉得他是连环杀手？

母亲的"寄生虫"

📍 G省

旅行袋人头案

004号 档案

旅行袋中的头颅

00 档案

"七星阵"

超硬核索引

法医人类学

窒息征象

犯罪分子刻画

嫌疑物X

深挖隐案

行踪诡异的"无脸男"

为了贴补家用,李婶在G省T市城中村的一家旅馆找了份服务员的工作。

2012年7月3日晚上,李婶正在清扫旅馆的楼道,打算干完活儿后就下班回家。当踏上三楼楼梯的时候,她忽然发现,地面似乎有些异样。小旅馆的装修比较简单,地面铺的不是地毯,而是瓷砖。而瓷砖上一旦有了污渍,就会格外显眼。

李婶蹲下身子,仔细看了看地上那几滴可疑的猩红的污渍,怎么看都觉得像是血迹。

她不放心,又拿扫把蹭了蹭,血滴居然还是湿的。

一般情况下,血滴在地上,没过多久就干涸了。现在血滴还是湿的,可见这血迹还很新鲜。李婶很奇怪,心想滴了这么多滴血，应该不是流个鼻血或是破个手指的出血量。

作为旅馆里唯一的服务员，李婶并未听说有住客受伤的事。她努力回想了一下，突然记起刚刚自己上楼打扫卫生的时候，恰好碰见住在306号房间的男人拎着一个旅行袋下楼。从时间来看，要是有谁受伤流血了，大概率就是刚才那位男住客。

李婶是个非常有责任心的人，意识到旅馆的客人可能受伤了，立刻就决定去看看情况。她二话不说，丢下扫帚就追下了楼。好在，那个男人还没走多远。李婶喊住了他，问他是不是受伤了，需不需要帮忙。

男人被这么一问，立刻就说自己没事，只是不小心在房间里割破了手指，流了一点血，问题不大，不用管。说完这些话，男人就急匆匆地骑上门外的摩托车，飞快地离开了。

看着男人离去的身影，李婶还是觉得有些奇怪。她自己干活的时候，也难免会受伤，弄破手指也不是稀罕事。但她在楼道里看见的血滴，比黄豆还要大，怎么都不像是弄破手指能流出来的。何况，那血有很多滴，要是流了这么多血，男人怎么也要包扎一下手指吧？可刚才匆匆一面，她并没有看到任何包扎的痕迹。

直觉告诉她，这个男人在说谎。

本该是下班的点儿了，但一想到这奇怪的血迹和匆忙离开的男人，李婶就感到深深的不安。

最终，她按捺不住好奇心，做出了一个大胆的举动——用旅馆的备用钥匙，悄悄打开了 306 号房间的房门。李婶万万没有想到，她拉开的不仅仅是房门，也是一桩神秘凶案的序幕。

306 号房间是一个单人间。

单人间面积不大，十来平方米，对独自入住的客人来说，倒也够用了。李婶对这家旅馆的房间，已经熟得不能再熟了。但一进 306 号房间，她就有一种非常诡异的感觉——房间里太干净、太整洁了。

一般人住旅馆，很少会主动打扫。即便有一些爱干净的人会把床单、被子整理好，但也很少有人会把桌子、茶几都擦拭干净。即便是一个有强迫症的住客，也不可能亲自把地面都擦拭一遍。

而这个 306 号房间，简直是一尘不染，甚至比李婶自己打扫过的还要整洁、干净。

很明显，这是一个反常的迹象。李婶愈加紧张起来，她打量了房间一圈后，缓缓地推开了卫生间的房门。卫生间的角落里，赫然放着一个旅行袋。这个旅行袋很眼熟，和刚才那个男人拎着下楼的旅行袋很相似。这是什么情况？这个人为什么匆匆忙忙地带走了一个旅行袋，又在屋子里留下一个旅行袋？

李婶壮着胆子，用手指隔着旅行袋戳了几下。

这一戳，她感觉到旅行袋里装的是一个硬硬的球形物体。

硬硬的球形物体，大家可以联想一下，会是什么东西？

李婶当时就有了一个毛骨悚然的猜想，她不敢再碰那个旅行袋，一路慌慌张张地奔下了楼，冲到前台拨打了110报警电话。

先期赶到现场的派出所民警小心翼翼地拉开了旅行袋。

旅行袋里，露出了一颗沾满血液的女性头颅。

在小镇旅馆四尸血案里，老秦给大家介绍过现场保护和现场勘查的规范程序。T市刑警支队的警察们就是按照这样的规范程序，对这个小小的单人间进行了现场勘查。

和李婶观察到的情况一致，这个房间被凶手精心打扫过，连血迹都找不到一滴。而卫生间的旅行袋里，除了装着一颗头颅，还有两条人类的大腿。

没有全尸，只有尸块，那么，法医此时能做什么呢？

法医首先要做的，是**尸源认定**。

心细的读者朋友或许能注意到此案发生的时间是2012年，此时DNA技术已经得到普遍应用，所以法医是不是很快就能找到尸源呢？其实，这项工作比大家想象的要困难得多。中国地大物博，人口众多，想从茫茫人海中匹配到尸源，是一件很难的事情。但如果法医能够明确死者大致的生活区域，以及死者的特征（性别、身高、体重、年龄），就会缩小搜寻的范围，找到尸源的概率也就高了。

旅行袋人头案中，死者是刚刚被分尸的，虽然没有发现躯干，但从面容和大腿来判断性别也不困难。接下来就要推算死者的年龄了。有朋友会疑惑，既然有头颅，也能看到面容，那判断年龄还不容易吗？

确实，有一些专家是可以根据经验，从尸体的皮肤和容貌来判断年龄。但一个人保养得好不好，会造成巨大的个体差异。在不知道死者生前的生活习惯和生活条件的情况下，单从面容来判断年龄，容易形成很大的误差。

在这种情况下，我们就要依靠**法医人类学**的相关知识来进行判断了。

我在很多小说里都写过，用骨头来推断年龄，最合适的是**耻骨联合**[1]。

可惜，这起分尸案里没有耻骨联合可供警方参考，在这种情况下，我们可以通过牙齿和颅骨来进行年龄推断。

用牙齿来推断年龄的技术已经不是秘密了，古人就已经用上了这种方法：古人买马的时候，要判断马有几岁，就是看马的牙齿。看人的年龄也一样，这种方法是有科学道理的。

每个人要活着，就得吃东西，要吃东西，就得靠牙齿来咀嚼。人活的时间越长，咀嚼的次数越多，牙齿的磨损程度

---

1 耻骨联合：两侧耻骨的联合面之间借纤维软骨连接的结构。

自然就越严重。我们的牙齿有牙尖，表面包裹了一层牙釉质。当牙尖被磨平、牙釉质被磨损到一定程度，就会暴露出来一个一个的小黑点，我们叫它齿质点。随着牙釉质继续被磨损，齿质点就会连接成面，最后，整个牙齿咬合面的牙釉质都会消失。随着年龄的增长，人的牙齿状态也有一个变化的规律。

根据统计学，有专家学者计算出了一个公式，法医将观察到的齿质点的形态折算成分数，再代入公式，就可以计算出年龄了。

不过，用牙齿推断年龄也会有很大的误差，毕竟这只是统计学意义上的推断。这种误差同样是个体差异导致的。每个人生活条件不一样，喜欢吃的东西不一样，咀嚼习惯不一样，口腔环境不一样，这些都会给牙齿磨损程度带来不一样的结果。比如有些人喜欢吃粗粮，有些人吃的东西很精细，那么他们处于同样年龄时牙齿的情况也肯定不一样。有些人喜欢用左边的牙吃东西，那么他左边的牙和右边的就不一样。南方人和北方人的饮食习惯不一样，他们的牙齿磨损程度也都不一样。还有一些极端的情况，比如如果一个人的上磨牙缺失了，那么他的下磨牙的磨损程度就会变得很低。

一般来说，用牙齿推断年龄，误差范围大概在正负5岁内。旅行袋人头案中，假如法医根据牙齿计算出的死者年龄是30岁左右，那么死者的实际年龄应该是25~35岁。

这么大的误差，有什么办法可以将其缩小一点呢？

有的。那就是尽可能用更多的方法来推断年龄，最终得出一个平均数值。虽然都是统计学意义上的推断，但是方法越多，最后平均出来的数值就越接近真实年龄。

比如在这个案子里，法医还可以用另一个方法来推断年龄，那就是看颅骨。

颅骨也能用来推断年龄？

是的。颅骨不仅能帮助法医推断年龄，还能推断性别和身高。

老秦曾经在微博上开玩笑，说某某的颅骨是标准的男性颅骨。确实，法医有一套理论，是可以根据颅骨判断死者的性别的。男性的颅骨眉弓高，额骨坡度缓，下颌角小，枕外隆突明显，这些特征都和女性颅骨有显著差别。在一些案子里，现场只有一颗白骨化的颅骨，那这个方法就很有用了。用颅骨推断身高，也有一套公式，可以依据颅骨的整高等数据进行计算。

而利用颅骨来推断死者年龄，主要方法是观察颅骨上的诸多骨缝。

我们的颅骨上有很多骨缝，比如颞骨、额骨、顶骨、枕骨与相邻骨头之间都有接缝。这些骨缝随着年龄的增长，会规律性地愈合。因此，法医就可以根据骨缝的愈合程度来推断死者的年龄。

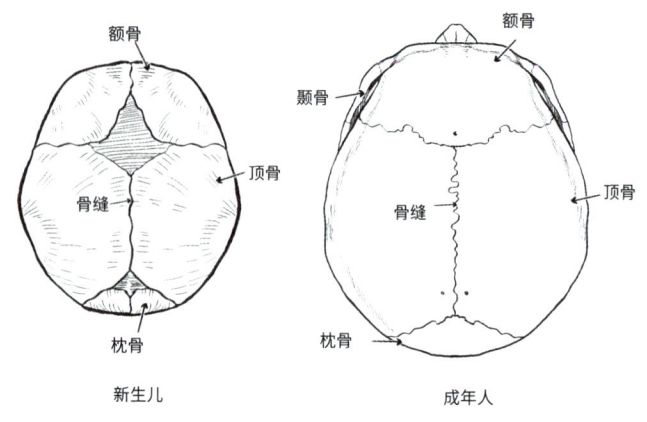

颅骨骨缝位置示意图

当然，以上说的都是统计学意义上的推断方法，都可能存在误差。

为了更接近真实数据，法医会尽可能利用现场发现的尸块。比如在本案中，旅行袋里还有两条大腿。而大腿骨，也就是股骨，是推断身高最好的骨头了。

所谓"最好的骨头"，就是指对某一项指标，用某种骨头或相关结构做出推断的误差最小。比如前文说的，**推断年龄最好的是耻骨联合，而推断性别最好的是骨盆，推断身高最好的就是四肢的长骨**。

总而言之，警方运用了一切方法，通过现场旅行袋里的尸块推断出死者是一名年约30岁、身高约一米六的女性。被害时，死者留的是长发。因为尸体还没有腐败，死者的面容也可以作为寻找尸源时的甄别依据。

在有了寻找尸源的依据之后，法医接下来就得判断死者的死亡原因了。

经过对尸块的检验，法医认为死者**死于勒颈导致的机械性窒息的可能性大**。

等等，只有一个头和两条大腿，就能推断出死者的死因吗？

其实光是尸体的头颅就可以给法医提供很多推断死因的线索。比如，死者的眼球结膜有出血点、面颊部有出血点、口唇青紫发绀，法医把颅骨锯开以后，发现死者脑组织淤血，且颅底的颞骨岩部有出血，这些都是所谓的**窒息征象**，是推断死者是窒息死亡的重要依据。如果再结合颈部的索沟，以及舌骨、甲状软骨的骨折，就可以判断死者死于勒颈窒息了。

但有这么多证据了，为什么还要加一个"可能性大"呢？

那是因为法医学是法庭科学，是一项要求严谨的科学。对于死因的认定，不仅需要有直接认定的依据，还得排除其他可能的死因。

本案中，警方尚未发现躯干，因此，还有很多种死因是无法排除的。

打个比方：两个人杀一个人，其中一人用绳子勒住受害者的脖子，在受害者快被勒死的时候，另一个人又在受害者胸口插了把刀，导致受害者心脏破裂死亡。这样尸体也会有窒息征象，但如果警方没找到受害者的躯干，就不知道这把刀和心脏破裂的存在。法医如果贸然认定受害者是被勒死的,那么法医就不仅定错了死因,还定错了案件嫌疑人的主次关系。

因此,在没有进行全面、系统的尸体解剖检验之前,法医对于死因的判断都是倾向性的意见,不能做最后的确定。

到这里为止,警方初步掌握了死者的基本情况和可能的死因。

尸块上还有一个特征引起了警方的关注。那就是尸块切割端较为整齐,且分尸手法较为独特。具体独特在哪里,警方没有公布,老秦也不能瞎猜。总之,警方据此认为凶手分尸手法比较老练,很有可能是医生、屠夫等职业的人员,抑或是曾经有相似作案经历的人员。

这个推断,也是犯罪分子刻画工作的一部分。**犯罪分子刻画,就是通过现场勘查和尸检获取的信息,对犯罪分子的个体特征、职业和经历等信息做出分析,以便缩小侦查范围。**

老秦曾经写过一个故事:警方发现了很多碎尸块,因为分尸手法老到,刀刀都落在关节面和软组织间隙,所以法医推断凶手应该是一个屠夫。因为这个推断,警方迅速锁定了死者的一个重要关系人(一个屠夫),果然,侦查后确认,此人便是凶手。

旅行袋人头案的调查还在进行。

负责现场勘查的刑警也有了发现。尽管凶手已经精心打扫了现场，但警方还是从卫生间的墙角和地面缝隙中发现了不少残留的血迹。经过 DNA 检验，确定这些血迹和旅行袋中尸块的血迹来源一致。警方因此得出结论，凶手不是拎着尸块来住店的，而是在旅馆里完成了杀人、分尸的动作。

此外，警方还发现了一枚隐藏在床垫角落的血指纹。

血指纹比汗液指纹的证明力更强，道理大家应该可以理解。尤其是在旅馆这种公共场所里，汗液指纹几乎没有证明力。血指纹的血迹，如果经过检验确定是死者的血，那么这枚血指纹很可能就是凶手杀完人后留下的。

只可惜，这枚血指纹的纹路不是很清晰，即便是抓获犯罪嫌疑人，进行一对一比对认定都具有较大难度，更不用说放进指纹库里去比对了。虽然警方无法依靠这枚指纹直接侦破案件，但他们还是从指纹的形状上获取了另一个有用的信息：凶手是一名男性。

通过指纹的形状来判断性别，和前文说的通过骨头判断性别有一定的相似之处。**男性的手指一般较女性的手指粗壮，指腹也会更宽；因为代谢旺盛，男性的指纹也会更加清晰。**

说到这里，大家大概也能猜到了，那个拎着包匆匆逃离酒店的男人，很可能就是本案的凶手。按理说，2012 年了，既然是住店客人作案，警方应该能直接获知他的身份。只可惜，对于入住酒店实名登记，那时候还没严格监管。这家旅馆又是城中村里的一家"黑旅馆",管理非常不规范,对住店的客人完全没有进行实名登记。306号房间住客的身份也就无人知晓了。

警方进一步询问了发现藏尸旅行袋的服务员李婶,她说,那个男人是在当天下午两三点钟入住旅馆的。当时,他是一个人交钱入住的,并没有随行人员。这家旅馆的客流量不小,经常会有人来来往往、上楼下楼,几乎没人特别留意到这个男人的存在——他就像是"无脸男",面目模糊,没有给人留下任何印象。

不过,隔壁307号房间的住客倒是提供了一个线索:

当天下午4:15,他听到306房间传出过女性的叫喊声。

监控里的红衣女人

307号房间的住客听到了一声惨叫,听起来这应该和被害者的死亡时间有关。

但是,这个线索可靠吗?

在老秦的办案经历中,有很多案件的证人证言不仅不会推进警方的侦破工作,甚至还有可能误导警方的侦查。

比如,老秦曾经写过一个故事:一名女性在家中被人强奸杀害,胸口上有一处圆形的创口。法医在现场对尸体进行尸表检验的时候,用探针探了探创口,发现创口下方居然有十几条伞状的创道。这样的损伤，很有可能是霰弹枪射击所致。因为很少见到枪弹伤，所以法医在现场情不自禁地说了一句："哟，这怕不是枪伤吧？"

也不知道是什么原因，法医的这句感慨就被传了出去，一传十、十传百，尽人皆知。等侦查员们调查了一圈回来，居然发现有十几个邻居都说自己前一天晚上听到了枪响。

可是此时法医已经对尸体进行了检验，确定死者胸口的创伤是被无刃刺器，也就是铁钎捅击所致。凶手用铁钎捅进死者胸口，没有将其拔出，而是在死者体内继续乱捅，这才形成了伞状的多条创道。案件破获后，凶手确实是用铁钎杀人的，跟枪一点关系都没有。

那么邻居们众口一词的枪响是从哪里来的呢？倒不是邻居们商量好了一起做伪证，而是因为**传言可能会影响一些人的思维和记忆，大家先入为主，在脑海里搭建了这些错误的场景，并对此深信不疑**。就像我们有的时候看到一些网络谣言，因为第一次看的时候选择了相信，那么即便之后真相反转，我们也可能因为先入为主而不相信辟谣所言。

所以不管是当事人还是证人，其证言的可靠程度是需要警方进行甄别的，出于种种原因，他们说的可能并不是事实，而如果警方选择轻信，就会误入歧途。

最终，警方经过甄别，确认 307 号房的证人没有受到什么因素的干扰。毕竟案件是刚刚发生的，证人还能清晰地说出具体的时间点，由此警方认为这起案件的案发时间应该就是当天下午的4：15。

有了具体的时间点，警方就研究起旅馆的监控来。

这家"黑旅馆"虽然安装了监控，但监控的质量实在不怎么样。监控不仅清晰度极差、像素极低，而且还存在故障，几个小时的录像里就有多处断点。

警方从这些模糊的监控片段里，只能获取有限的信息：嫌疑男子穿着白色的上衣，有些秃顶，身材偏瘦，年龄30多岁，身高一米七左右。当天下午5点多，这名男子就独自离开过房间，画面中的他看起来很是镇定，感觉他内心毫无波澜。

而结合证词，4：15是他杀人的时间，杀完人不到一个小时，他就可以神态自若，说明此人很有可能有前科劣迹，绝不是第一次作案。

在调查案件的过程中，警方曾考虑过"守株待兔"。因为房间里还遗留了一个旅行袋，万一凶手心存侥幸，回来取走这个旅行袋，警方不就可以直接把他拿下了吗？

虽然这是一个破案的思路，但肯定是无法实施的。

从监控里观察到的情况来看，凶手的心理素质很好，警惕性很强，离开旅馆时还能从容应对服务员的询问，那么他即便要回来取走旅行袋，也一定会先确认安全再行动。而现在旅馆附近既有警察又有围观群众，凶手肯定能猜出事情已经败露了。凶手不逃离 T 市就算好的了，指望他重返案发现场，实在是痴人说梦。

那怎么才能找到这个男人呢？

还是得从尸源入手。

在碎尸案中，找到了尸源，就相当于案件破获了一半。

这是为什么呢？因为大多数碎尸案，凶手之所以要大费周折去分尸，就是因为凶手和死者之间有密切的联系，一旦警察知道死者是谁，就一定会怀疑到凶手身上。在这种情况下，凶手选择分尸、抛尸、藏尸，都是隐藏自己的表现。如果死者和凶手互相不认识，凶手就没必要多此一举了。

当然，也有例外情况。比如凶手心理变态，或是想尽快把尸体运走，也会选择分尸。

为了查找尸源，警方又展开了一轮现场勘查，果然有了新发现。

技术员在旅馆的床头柜里，发现了一个黑色的小塑料袋，塑料袋里面装着一个紫色的礼品袋，礼品袋里则装着一些使用过的廉价化妆品，还有一袋开封了的零食。既然是化妆品，那么这个礼品袋很有可能就是女性死者的东西，而不属于男性凶手。

警方一方面把礼品袋带回去仔细检验，另一方面依据这个特殊颜色的礼品袋，对旅馆周边的监控进行扩大搜索。

别说，这个办法还真有效果。

前文提过,这家旅馆位于城中村,人员密集,流动性也很大。警方原本打算从监控中寻找嫌疑人,却很难开展这项工作。有了紫色礼品袋这个线索后,查监控的目标也就变得更明确了。

果然,监控显示,案发当天下午4点左右,这个紫色的礼品袋出现在一个红衣女子的手里。她和一个男人并肩而行,向案发旅馆的方向走去,两人之间还有交谈。

经过仔细辨认,警方确认这个男人就是本案的嫌疑人。

警方发现,嫌疑人是下午3:50离开旅馆的,十几分钟后,就带着这个手持紫色礼品袋的女人回了旅馆。4:15,根据隔壁房间住客的证词,他杀害了这个女人。这一切信息,似乎都可以对上了。

一个男人单独开了旅馆的房间,之后去外面接了一个女人回来,然后杀人分尸——这个行为模式,看上去像是一桩招嫖后杀害卖淫女的案件。但前面老秦讲过,碎尸案中,凶手和死者一般会有某种联系,嫖客和卖淫女的关系似乎不太符合上述推断。

警方也没有轻易下结论,他们继续查监控。

监控显示,下午5:13,男子独自离开了旅馆,晚上9:00,他再次返回旅馆时,驾驶了一辆摩托车,并在摩托车的后面放置了两个旅行袋,其中一个旅行袋正是后来遗留在现场、用来装尸块的旅行袋。

很显然,男子杀完人后,出去找来了分尸、装尸、运尸的工具。他全程都是一个人作案，并没有同伙。遗憾的是，那时候的监控还很少，没有组成一个体系，所以监控无法反映出男子杀完人后的逃离方向，警方也就无法沿着监控直接找到凶手躲藏的地点了。

既然没法直接找到凶手，那么能不能找到死者是从哪里来的呢？

警方发现，红衣女人最早出现在监控中的地点，是一个很大的十字路口，路口附近有几个长途客运站。也就是说，死者既有可能是本地人，也有可能是外地人，她可能是搭乘长途大巴车来到 T 市的。如果红衣女人是外地人，这可就麻烦了，在毫无方向、毫无定位的情况下，去别的城市寻找一名失踪女性，真的如同大海捞针。

好在，警方还有别的办法。

有时候，案发现场会出现一些看似不起眼却至关重要的线索或者物证，整个案件的侦破工作也因此出现重大突破。在旅行袋人头案里，就出现了这样一个特殊的**"嫌疑物 X"**。

前文说过，警方在调查监控的同时，还在仔细检验那个紫色的礼品袋。

经过技术员的检验，礼品袋里的化妆品都是平平无奇的东西，很常见，没有特别之处，要是想去查化妆品的厂商来源和销售途径，那可就复杂了。而礼品袋里那一袋开了封的零食，则让技术员眼前一亮。

这袋零食本身没什么特别，但零食的包装袋上贴了一张价格标签，上面印有"Z市物价检查所"的字样。其实这种标签很常见，大家平时根本就不在意它，但是在案件侦破的关键时候，它就起到很大的作用了。在T市买的零食，不可能贴着Z市的物价检查标签，所以这就说明死者很有可能是Z市人，她在上车前买了这袋零食，然后搭乘大巴来到了T市。

这就是需要警察明察的"秋毫"了。

从嫌疑物里寻找破案的关键线索，可以说是我们的常见操作。

尤其是为了明确尸源，法医可以说是什么办法都能想到。哪怕是尸体的头发里面夹杂的一些杂物，法医都不会放过，只要能通过它分析出死者有可能从什么样的地方来。

我曾在《尸语者》里写过这样一起碎尸案，尸块是从高速公路的大桥上被抛下来的，高速公路四通八达，如何判断凶手是从哪个方向、哪个城市开车过来抛尸的呢？

于是法医就把包裹尸块的塑料袋一个个地进行检验，发现其中有两个塑料袋来自两家不同的超市，而且这两个连锁超市都不多见。于是，法医开始分析研判全国各地哪个区域同时拥有这两家超市，从而分析出了案发的城市和区域。

遗憾的是，本案发生在 2012 年，那时搭乘大巴车并不像现在这样需要实名购票，所以警方也不可能通过调取从 Z 市到 T 市的大巴车的乘客信息来找到尸源。但根据公共场所的监控，警方能查到死者是案发当天下午 3：40 左右出现在汽车站附近的，这样范围已经小了很多。

通过耐心寻找，警方找到了一辆大约在下午 3：30 抵达 T 市的 Z 市大巴。这辆大巴的驾驶员依稀记得，自己确实搭载了一名穿着红衣的女性乘客。根据这一线索，T 市警方和 Z 市警方互相配合，终于找到了和死者特征非常接近的失踪人员的信息，再与失踪人员亲属的 DNA 进行比对，确定了死者的身份是 Z 市一名 30 岁的女子，名为小静。

小静平日在 Z 市的一家足疗店上班，7 月 3 日这天，小静对足疗店老板说自己家中有事，需要请假两天，之后小静就失联了。她不仅没有去上班，也没有给家里人打过一个电话。以前从来没有发生过这样的情况，所以小静的丈夫小强寻找妻子无果之后，于 7 月 5 日报了警。

小静和小强是从外地来 Z 市打工的，此前从未去过几百公里之外的 T 市，他们在 T 市也没有什么亲戚朋友。小静为何突然请假去 T 市，就连小强也摸不着头脑。

但明确了红衣女人就是小静之后，警方就有了新的调查方向。

警方发现，小静在被害前和一个归属 T 市的手机号有着频繁的联系。

案发当天下午 3:55，小静还和这个手机号有过通话。结合警方前期掌握的监控信息，下午 3:50，男人从旅馆出门，下午 4:00，男人带着小静回到了旅馆，时间点就完全对上了。这通电话应该就是凶手打给小静的，这个手机号应该就是凶手的号码了。

找到了凶手的手机号，案件应该就要告破了吧？

非常可惜，还不能。

案件发生的 2012 年，不仅很多小旅馆不用登记就可以入住，就连手机号也可以随便交易。那时候，街头巷尾有很多贩卖手机卡的小贩，不需要身份证就可以买卡，买了就可以打，话费用完了就可以扔掉。这种一次性的手机卡十分常见，而凶手和小静联系的这个手机号，恰恰就是一次性的、无须实名登记的手机号。

虽然无法从手机号获取嫌疑人的详细信息，但警方发现，这个手机号虽然归属地是 T 市，也确实是在 T 市购买的，但它大部分时间都在 J 市漫游。

J 市距离 T 市不远，凶手完全可以通过驾驶摩托车两边流窜。因此，T 市警方认为凶手应该是居住在 J 市，于是他们携带着本案的资料来到了 J 市公安局，请求他们给予支持和帮助。

J 市公安局在听完 T 市公安局民警的介绍后，大喜过望。

因为在小静这起杀人碎尸案发生的 7 个月前，J 市也发生了一起杀人碎尸案。由于现场环境和尸体条件所限，那起案件至今还没有破获。

老秦一直在强调，命案不破，就是公安机关欠老百姓的账，每一名刑警都会耿耿于怀。看到兄弟单位拿来了相似的案件，J市警方立即组织人员，会同T市警方对两起案件进行研判。

J市的案子发生在2011年12月4日，有人在江里发现了一具遭到肢解的无头女尸。警方后续从江里打捞上来的尸块，包括女性的躯干、两条胳膊以及左侧下肢。经过DNA比对，这些人体部分都属于同一名女性，但剩余的人体部分则不知所终。

法医推断出死者是一名20多岁的女性，身高大概一米六。

J市警方虽然对现场进行了勘查，也进行了大量的走访调查，但都没有查到尸源。因此，这起杀人碎尸案也一直没有进展。

经过研判，警方认为这两起案件有着明显的共同特征：一是死者都是较为年轻的女性；二是杀完人后都有分尸、抛尸的过程；三是分尸手法极为相似。

有读者可能会问，什么叫**"分尸手法极为相似"**？

这很难用文字表达出来。有经验的法医很容易就能根据尸体上的损伤推断出凶手的习惯性动作，而如果习惯性动作高度相仿，那就很有可能是同一个凶手。

大家别忘了，T市警方发现尸块后，还做出了一个推断：凶手分尸手法老到，那么他很有可能就不是第一次作案。

于是，T市警方认为，这两起案件很有可能是同一人所为。

在T市的旅行袋人头案中，警方就分析凶手有过作案前科，所以手法老到，而在J市的发现，让T市警方更加确信了这一点。于是警方暂时将两起案件并案侦查，并且把嫌疑人的活动范围缩小在了J市。

因为有了T市警方的前期调查结果，J市警方不仅可以通过监控中拍到的模糊面容来寻找嫌疑人，还能通过其衣着体态、步伐姿态、摩托车形态等一系列线索来寻找嫌疑人。这就是并案的好处，从一起案件中不曾获得的信息，有可能在另一起案件中有所体现。

很快，新线索出现了。

上千个隐藏的受害者

嫌疑人的相貌公开后，有人到公安局提供线索，说他曾在一个村子里看到过外貌特征和嫌疑人十分接近的男子。警方如获至宝，立即对这个村子进行了外围调查。多亏有了这个线索，小静被杀5天后，警方终于锁定了嫌疑人的身份。

犯罪嫌疑人叫小曾，37岁，来自外地。他之前在老家是一名印刷厂的工人，几年前才离开家乡，到T市和J市打工。相对老家来说，T市和J市都算经济发达地区，小曾是奔着挣钱来的，却因为学历不高，一时找不到什么好工作，只能骑摩托车拉客赚钱。我们在前面提到过，凶手杀害小静后，是骑摩托车带着旅行袋离开的，这和他的工作性质也是非常吻合的。

7月8日，T市和J市两地警方联合对犯罪嫌疑人小曾进行了抓捕。

说到这里，有朋友会问，这个案子证据确凿吗？现场不是只有一枚模糊的血指纹吗？

其实证据链的组成方式有很多种，不是仅仅靠物证。比如在这起案件中，通话记录和手机的对应关系、旅馆服务员的辨认以及监控内体态、步伐的比对，都可以是组成证据链的重要证据。而现场提取的血指纹虽然模糊，也是可以进行一定程度的对比的，有一定的证明效力。

在这么多证据面前，小曾很快就承认了杀害小静的事实。

问到杀人动机，小曾讲了一段自己的故事。

他说，他曾经有一段幸福的婚姻，为了过上更好的生活，他才和妻子离开老家，一同前往T市打工。小曾本以为只要两个人在一起，哪怕辛苦一点，日子总能渐渐好起来，但没想到妻子竟然跟一个条件更好的男人好上了。

这段失败的婚姻并没有完全击垮小曾，和前妻分开后，他依旧对人生充满期望。后来，他认识了一个名叫阿梅的老乡，两人一见钟情。他和阿梅一开始相处得还不错，可没过多久，阿梅居然也像前妻那样变了心。妻子跟他离婚，阿梅跟他分手，说来说去都是同一个理由，就是他的经济条件不好，说白了，就是嫌他穷。

痛苦不已的小曾又过上了独自一人的日子，他在打工的城市没有一个亲戚朋友，日子久了就有点寂寞，渐渐迷上了网络聊天交友。2012年，正是网聊盛行的时候。最初，小曾以为在网络世界里能够宣泄心中的苦闷，可是事与愿违，他发现自己在现实中的不如意无法博得网友的同情和理解。那些网友得知他是一个很穷的打工仔后，也纷纷瞧不起他，不愿意跟他多说话。

小曾的自尊心遭到了严重的打击，他豁出去了，心想，反正是网上聊天，谁知道彼此的真实身份和生活条件是怎样的，他为什么那么老实，要说自己是个打工仔？于是，小曾换了个思路，他开始在网上假装自己是个私企老板，借此和不少女网友打得火热。

通过伪装自己，小曾的虚荣心得到了极大的满足，但后来他越来越不满：这些女孩子自身条件不也就那样，长得不好看也没钱，还嫌贫爱富，她们凭什么看不起人？他渐渐生出了仇恨之心，想给这些女孩子一点教训。

这时小曾的心理已经完全扭曲、变态了，已经出现了人格障碍。他不再去想怎么通过努力过上更好的生活，而是把自己过得不如意的矛头都指向了别人，说别人嫌贫爱富。因为自己受过感情的伤害，他就要把这种仇恨宣泄给每一个女性，这是很明显的人格障碍的表现。老秦已经说过，人格障碍不是精神疾病，是不能逃脱法网的。人格障碍也不是凶手犯罪的理由。

据小曾交代，他以一个私企老板的身份跟小静聊天，小静表现得异常热情，还主动提出要和他见面。在答应小静的那一刻，小曾就想好了，他要对小静劫财劫色。他说，他要让小静遭受现实的毒打，这就是对她嫌贫爱富的惩罚。

7月3日那天，小静如约而至。小曾也按照原本的计划，在旅馆的房间里对小静实施了抢劫。但没想到，小静性格刚烈，奋起反抗。一想到隔壁的住客可能会听到小静的叫喊声，小曾立刻就慌了，决定杀人灭口。他用随身携带的绳子勒死了小静，等心情平复下来后，又离开了旅馆，去市场购买了分尸所需的工具和藏尸用的旅行袋。

接下来的几个小时，小曾在宾馆卫生间里将尸体肢解，并且细心打扫了房间。晚上10点，他准备外出弃尸，正好被服务员碰到了。

至此，T市的旅行袋人头案真相大白。

虽然小静被杀碎尸的案子告破了，但J市的无头女尸案却没有进展。

无头女尸案的发案地，距离小曾居住的出租屋很近，只有几公里，但小曾矢口否认作案。

因为尸体是在江里被发现的，尸块也没有找齐，关键的物证更是难以找到。但两地警方都坚定地认为这起案件也应该是小曾干的。两起案件的分尸手段很相似，而且在旅行袋人头案中，小曾表现出的这种熟练和冷静绝对不是偶然。既然他没有相关职业经历，那他就应该有类似前科。

于是，警方对小曾居住的出租屋进行了全面搜查。

这么一搜，还真查出了端倪。警方在小曾家里搜查到了一台笔记本电脑和一台数码相机，里面储存了大量的女性生活照和家庭照，看上去，这两个物品的主人都不是小曾。此外，屋子里还有两部没有卡的手机，从手机的款式、颜色来看，也绝不是男性使用的。警方还找到了不少女性的衣物、配饰，比如女式手表。这些都是贵重物品，且都是女性物品，很显然都是赃物。

警方打开了小曾的电脑，发现小曾竟然有8个QQ号，这些QQ号里的好友加起来有数千人之多，而且大多数都是女性。考虑到小曾和小静也是通过网络聊天认识的，所以警方怀疑这些QQ好友中可能还隐藏着受害者。于是，警方根据这些QQ聊天记录，开始拉网调查。

警方为什么要查QQ聊天记录？为什么小静的案子告破后不结案，而要把犯罪嫌疑人当成连环杀手继续调查呢？因为现实中有很多隐藏的案件，都是在某起案件破获后，通过继续"深挖"犯罪嫌疑人，才得以发现的。

警方怎么判断要不要"深挖"犯罪嫌疑人呢？

一般来说，警方会通过现场勘查、尸体检验，对凶手的行为模式进行分析，如果分析出来的结论是犯罪嫌疑人"作案手法老到""有反侦查意识"，就会猜测他可能有过前科劣迹。同时，警方在对犯罪嫌疑人进行审讯时，有经验的侦查员也可以通过审讯时的交锋，感受到嫌疑人心里是不是藏着别的事情。

所以，一旦觉得另有隐情，警方就会对犯罪嫌疑人进行"深挖"。

当然，警方并不会逮着一个人就毫无根据地"深挖"，每一次"深挖"都是建立在警方大量的勘查、调查工作和相关经验之上的。

"保持怀疑、坚持深挖"也是警方高度负责态度的一种表现。因为只有一直秉持着这种态度，才能挖出那些未破的积案或隐形的命案，让真相不被埋没。

警方经过对 QQ 聊天记录的几轮筛选，筛出了几名可能和小曾见过面的女网友，然后逐一联系她们。好在，这些女孩子都没有遇害，但她们都向警方承认了自己被小曾抢劫的经历。而警方在小曾家里搜出来的赃物，经确认也都是抢劫所得。

小曾的疯狂行径让警方咋舌，原来，就连那辆摩托车也是他抢来的。

受害女孩们告诉警方，小曾冒充私企老板约见她们，约见的理由主要有两种：一种是以感情为诱饵，比如假装深情，邀请对方跟自己一同生活；另一种就是邀请对方到自己经营的公司上班。

不管是以什么理由"钓鱼"，等见面后，小曾就会先和女孩们发生性关系，然后对她们实施抢劫。抢劫后，小曾还会把她们的衣服带走。这个行为，我们称为**卸装行为**，就是实施抢劫的案犯会脱光被害人的衣服，并且把衣服带走。这样做的目的，是让被害人因为羞耻之心而无法及时离开现场报警。这样犯罪分子就可以拖延发案时间，获取更多逃离的时间。

因为小曾挑选的这几名受害女性，在现实中都是有伴侣的，所以她们偷偷约见异性网友，又和对方发生了性关系，即便被抢劫了，也难以启齿，只好自认倒霉。几乎所有受害女性都想着破财消灾算了，不报警了。

正是因为她们都选择了缄默，小曾才会越来越疯狂、嚣张、有恃无恐地作案。

小曾疯狂到什么程度呢？当旅行袋人头案曝光后，媒体进行了铺天盖地的报道，但小曾丝毫没有受到影响，就在案发后的第二天，他还在QQ上约见其他的女网友，而原本约见的日期就是他被捕的次日。

在梳理小曾的QQ聊天记录的同时，警方还分析研判了小曾的手机通话记录。

警方发现，6月12日前，小曾和一个M市的手机号有过频繁的通话记录。但是从6月12日起，这种频繁的联系戛然而止。警方怀疑这个号码的主人也是一名受害者。

M市警方在接到协查通报后，立即组织人员调查，并顺利找到了这个手机号的主人。她叫大凤，46岁，离异，有一个女儿。6月13日，大凤的女儿曾向警方报案，说自己的母亲失踪了。

根据警方当时的笔录，大凤的女儿称自己的母亲喜欢上网聊天。在失踪的前一天，大凤告诉女儿说自己要去T市，因为T市有个朋友要给她介绍一份工作。6月12日，大凤离开了家，当晚起便再无音信。

在证据攻势之下，小曾又承认了自己杀害大凤的经过。

小曾说他和大凤见面以后，觉得大凤虽然年纪不小，但保养得很好，容貌也很出众，于是有心和她交往。可是自己曾经编造的谎言根本隐瞒不了多久，所以他就把自己的实际情况告诉了大凤。没想到，他的诚心告白却被大凤视为一种欺骗，两人因此发生了争执。在争执中，小曾一不小心就杀害了大凤。

那么，在J市江里发现的无头女尸就是大凤吗？

显然不是。那一具尸体，法医推断的年龄是20多岁，而大凤46岁。

一般情况下，法医对于年龄的推断不会有这么大的误差。

所以对于小曾的罪行，还有继续深挖的必要。

在警方坚持不懈的攻势之下，小曾的心理防线终于被彻底攻破。

他承认自己除了杀害大凤和小静，还杀害了同乡女友阿梅。江里的无头女尸，就是阿梅的尸体。算起来，阿梅才是第一个受害者。

小曾交代，自己和阿梅交往之后，深深坠入了情网。他本以为自己能够迎来新的幸福生活，两个人却因为结婚买房的事情发生了无数次争执。最后一次吵架的时候，阿梅骂小曾没用，是个穷光蛋。自觉受辱的小曾看着眼前嫌贫爱富的阿梅，不禁联想起了前妻的背叛。于是他怒火中烧，就把阿梅掐死了。

为了藏匿尸体，他把阿梅的尸体分解，分别抛入了滔滔江水之中。

至此，小曾杀害三名女性的案件，终于彻底告破。

看小曾的证词，我们可以感觉到，他交代了所有罪行，却丝毫没有认罪、悔罪的意思。他一味强调自己是感情的受害者，声称受害女性都是嫌贫爱富之人。因为被他杀害的女性已经无法为自己辩护，所以他就可以随心所欲地为自己找理由。

说白了，他就是在避重就轻，为自己的罪恶找借口。

不过，不管他如何狡辩，如何抹黑受害女性，法律可不吃他那一套。小曾最终因犯抢劫罪、强奸罪、故意杀人罪、诈骗罪等，数罪并罚，被判处死刑，并于 2017 年 3 月执行。

披上"画皮"的活死人

虽然2012年已经过去很久了,但像小曾这样利用伪装来诱骗受害者的人依然还活跃在网络上。我们现在经常用"杀猪盘"来形容这种套路,骗子通过虚拟的人设、虚假的情感,来诱骗受害者上当,以达到骗取钱财的目的。

大家在网络上聊天交友都很正常,但面对自己从来没有实际接触、了解过的人,一定要小心、谨慎,多加防备。不要不长心眼,别人说什么就信什么。

古话说得好:害人之心不可有,防人之心不可无。面对无事献殷勤的陌生人,要保持警惕心。不管怎样,都要保护好自己的人身和财产安全。

老秦看这个案子的时候,总是会联想到聊斋里"画皮"的故事。

小曾这个人,长了一张平凡无害的脸,做的却是残忍又冷血的事。

他杀害了这么多名女性,又从容冷静地分尸、抛尸,被捕后却把所有的责任推给那些被残害的女性。他说前妻和阿梅对他的背叛导致他走上了不归路,不过就是为自己的残暴和毫无人性套上了一层画皮。即便阿梅真的背叛了他,他也可以选择放下这段感情,而不是夺走别人的性命。

小曾一直在编织谎言、编造美梦,喂养自己畸形的自尊,直到它扭曲、膨胀、散发出腐臭。一个在网络上装大款的男人,内心深处却不过是一个极度自卑的小丑。

真是可笑又可悲。

调查提示

尸体的臭味会有穿透力吗?
目击者只有 7 岁,会说谎吗?
吞下温度计里的水银会死吗?
怎么寻找作案工具的来源?
如何串起杀亲案的证据链?

17号案

杀人仪式

双重"狼人杀"

📍 B市
被褥裹尸案

005号
档案

母亲的"寄生虫"

被诅咒的

超硬核索引

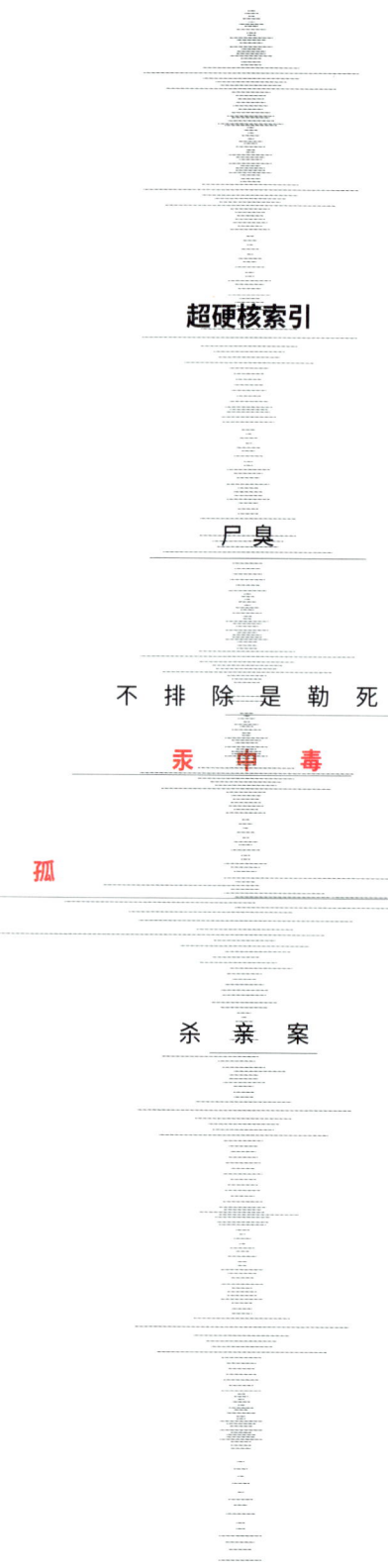

尸臭

不排除是勒死

汞中毒

孤 证

杀亲案

笼罩居民楼的恶臭

2014年4月,正是春风拂面的好时节。可是对B市某小区的居民来说,他们却根本没机会感受和煦的春风。从过年期间开始,小区四处飘散着若有若无的臭气。而这股臭气的源头似乎是在10号楼,人们一进楼道,就被一种莫名的臭气笼罩。

这股臭气困扰了他们三个多月,终于有居民忍无可忍,选择了报警。

110指挥中心在接到报警以后,立即指派辖区派出所民警赶赴现场。对派出所民警来说,这种因为闻见臭气而报警的警情不少,经过现场查验,大部分情况都是下水道堵塞、咸菜变质等原因导致的。如无意外,这次的情况应该也差不太多。

抵达现场后,民警先是询问了报警人基本情况。

报警人王大婶说,她可以确定,这股臭气来自 10 号楼的 1105 室。

王大婶说自己的鼻子特别灵。早在过年前后,也就是 1 月底,她就已经闻到了异味。当时她就循着臭味去寻找源头,最后在 1105 室的门口闻见了更臭的气味。由此王大婶断定,这漫天的臭气就是从 1105 室的门缝里散发出来的。

1105 室的住户是刘奶奶,王大婶和她挺熟。因为两人总能在扔垃圾的时候遇上,闲来无事也会唠唠家常,所以关系也就熟络起来。

王大婶告诉民警,1105 室住了三口人,正好是一家三代女性。

刘奶奶的丈夫亡故,女儿小昆有过两次婚姻,现在处于离异状态。小昆离婚后就回到了娘家,还带着自己的女儿丹丹一起。不过,听刘奶奶说,小昆平时很懒,不愿意做家务,也没有正经的工作,整个家都是刘奶奶一个人在操持。不过刘奶奶又安慰自己说,每天能看到外孙女丹丹可爱的小脸蛋,她就算再累也值得了。

王大婶刚发现 1105 室传出臭味时,就去找过刘奶奶。她想问问刘奶奶,家里是不是有什么东西变质了。可是王大婶在 1105 室门口敲来敲去,就是没人开门。王大婶没辙,只能嘀咕着回到自己家里。

第二天，王大婶正准备再去敲门询问的时候，在楼下看到了小昆。当时，小昆正带着女儿丹丹站在楼下邻居的家门口商量事儿，因为平时小区里的好几家邻居关系处得都很好，所以看到这一幕王大婶也没觉得奇怪。

她听到小昆和邻居商量，想让邻居帮忙照顾孩子，让丹丹在邻居家暂住一个礼拜。小昆说母亲因病住院了，需要进行一次大手术，刘奶奶只有小昆这一个女儿，所以小昆责无旁贷，得去照顾她。但要照顾母亲，小昆就没有余力照看女儿了。虽然丹丹乖巧、听话，但她毕竟只有7岁，是无法独自生活的。邻居也是个热心人，一听这情况，二话没说就答应了帮忙照看丹丹的事儿。

听他们聊完正事儿了，王大婶赶紧上前插了一句，她问小昆："你知不知道你们家里有臭味啊？"

小昆一脸坦然地回应："我知道，是我妈腌的咸菜臭了。等我妈出院回来，会处理好的。"

小昆的这番说辞非常合理，所以王大婶就放下了心。可没想到的是，随着日子一天天过去，这股臭气越来越浓重，楼里的居民成天都笼罩在臭气当中，苦不堪言。邻居们虽然都知道小昆去医院照顾住院的刘奶奶了，家里臭了的咸菜没人处理，但是楼道里一直这么臭，实在不是个事儿。

于是王大婶忍不住又联系了小昆，却发现怎么也联系不上她。她问那个帮忙照顾丹丹的邻居，发现对方也快一个月联系不上小昆了，小昆不会是在外面遇到什么不测了吧？

丹丹没有家里的钥匙，看着丹丹可怜的小脸，王大婶决定报警求助。

既然熟人都联系不上小昆，警方一时半会儿也不可能找到她。于是民警决定先打开1105室的大门，清理完家里的臭咸菜再说。

确认敲门无人应答后，民警找来了开锁师傅，打开了1105室的大门。

大门一开，更加浓烈的恶臭扑面而来，令人作呕。虽然味道更冲了，不过这也让民警确信，困扰本楼居民的臭气确实是从这家屋子里散发出来的。

1105室是一套三居室的房屋，里面的陈设都很正常，并没有什么异样。进入现场后，一名民警直接去了厨房，想找找那个传说中的腌咸菜的坛子，而另一名民警则发现了一处蹊跷：三间卧室之中，居然有一间的房门是从外面用挂锁锁起来的。

自己家卧室的房间，居然要用挂锁锁上？这很可疑。

于是民警拉住了正在收拾工具的开锁师傅，让他再开一把锁。

开锁师傅动作很麻利，很快，卧室的门便打开了。乍看卧室里面的陈设，并没有什么异常，但民警一看地面上淌出了绿色的液体，顿时感到不妙，那股越来越浓的恶臭味正是从液体上散发出来的。顺着液体流出的源头，民警掀开床单，发现卧室的床下有异物。

床底下塞着一坨被子，被子湿漉漉的，吸饱了那种墨绿色的液体。民警正准备掀开被子检查，门外围观的人群中，一个清脆的童声打断了他的动作。

"你们不要掀被子，那下面不是我姥姥，我姥姥在医院呢！"

说话的是刘奶奶的外孙女丹丹，因为警方要撬开她家的房门，邻居也把丹丹带到了现场。童言无忌，但丹丹这句话，明显有此地无银三百两的意味，民警心里有数了。

他们立即退出了现场，设置了警戒带，采取了现场保护措施，一边通知刑警部门立即赶赴现场，一边也安排人把丹丹带回了派出所。

看到这里，大家应该也都猜出来了。

困扰了整栋楼居民三个多月的臭味，不是腌咸菜的气味，而是尸臭。

有朋友会好奇，尸臭真的有那么臭吗？尸臭能持续这么久吗？怎么过去三个月了还能闻到？

对法医来说，尸臭算是职业生涯中必经的挑战。

尸臭，是伴随着尸体腐败降解的过程一直存在的。

教科书上说，机体在死亡后几个小时，在肠道里腐败菌的作用下，就开始产生尸臭味。这种腐败产生的气体，会从尸体的肛门等位置排出。虽然这时候人还闻不到臭味，但敏感的苍蝇已经可以捕捉到了。苍蝇会在机体死亡后几小时就抵达现场，也可以侧面证明上述理论。

如果死亡时间在夏天，经过3~7天，尸体就会变成巨人观，算是腐败到顶点，尸臭味也随之达到顶点。但这并不是说尸体变成巨人观后就没有尸臭了，直到尸体白骨化，整具尸体上的软组织都消失殆尽，尸臭都还会存在一段时间。

被褥裹尸案发生在冬天，冬天的尸体腐败速度相对较慢，尸臭释放的时间也会更长。而尸臭是一种穿透力、黏附力都很强的气味，所以三个多月中，邻居们始终能闻见这种臭味。老秦曾经在小说里写过，尸蜡化的尸体，尸臭味也很强，别人都戴着两层手套去解剖，老秦嫌手感不好，就只戴了一层，结果最后整双手上都是臭味。

本以为，法医解剖尸体戴的是橡胶手套，密闭性还算可以，没想到它压根抵挡不住尸臭味的侵袭。我试过很多种方法来去除尸臭味，用洗衣液、洗衣粉、香皂……各种清洁用品在尸臭味面前，其作用都微乎其微。最后，我听了法医前辈们的建议，去菜市场买了一把香菜，用香菜搓手，才让香菜味儿盖过了尸臭味儿，暂时摆脱了痛苦。这是我亲身经历的真实事件，小说出版后，香菜还成了一个"法医哏"，也是让人啼笑皆非。

所以对法医来说，尸臭确实是极大的困扰。现在的法医也都加大了防护力度，**面对高度腐败的尸体，不仅要穿全套式隔绝防护服，还会戴两层橡胶手套，这样可以有效防止尸臭味的渗透**。

1105室的被褥裹尸案发生后，B市刑警部门立即派出警员赶赴现场，对现场进行勘查，对尸体进行检验。经过现场勘查，整个家里看不到打斗的痕迹，物品陈设也都很自然。现场的出入口，只有房门。而门上被锁匠卸下来的门锁，经过痕迹检验也都是完好的，并没有外人侵入的痕迹。

法医通过现场的初步尸检，可以断定这是一起凶杀案件，因为尸体颈部被衣物缠绕了很多道，死者的双手、双脚也都被透明胶带捆绑。

确认是命案后，警方投入了更多的警力参与侦破工作。一组警员继续留在现场进行勘查，一组警员去派出所会同丹丹的老师和丹丹谈话，另一组警员开展外围调查工作，而法医则去法医中心进一步解剖检验尸体。

法医按照程序，在解剖室内对尸体进行第二次尸表检验。因为尸体高度腐败，给检验工作带来了很多麻烦。细心的法医在卸下死者手脚部的透明胶带的时候，发现胶带上除了脱落的尸体表皮和腐败液体，还有一些模糊的痕迹。

胶带是很容易留下指纹的载体，即便因为尸体腐败而受到干扰，警方还是通过胶带掌握了使用胶带捆绑死者的人的指纹。经检验，死者手、脚被胶带捆绑的勒痕都是生前形成的，也就是说，死者生前有被捆绑的过程。

在尸体检验的同时，法医也提取了死者的生物检材进行 DNA 检验，用以认定其身份。虽然案发现场是刘奶奶的家，但毕竟尸体高度腐败，面容不可识别，丹丹还一直在强调死者不是刘奶奶，所以警方必须进行这一步程序，从而确认尸源。经过检验，证实丹丹说的是谎话，死者就是刘奶奶无疑。

法医经过解剖检验，确定死者刘奶奶眼结膜和面颊部有出血点，指甲甲床紫绀，心血不凝，颞骨岩部出血，这些都是可以证明死者死于窒息的征象。结合刘奶奶颈部缠绕的衣物，法医最终判断刘奶奶不排除是勒死。

看到这里，大家可能会觉得**"不排除是勒死"**这个表达有些拗口。

其实这是法医经常在鉴定意见里使用的措辞。那么，"不排除是勒死"是什么意思呢？

在某些情况下，高度腐败或者其他一系列原因导致尸体毁坏，当这样的尸体呈现在法医面前时，已经不具备出具确切死因鉴定结果的条件了。即便是在正常情况下，法医对一名死者的死因鉴定，也是先排除，再认定。就是先要把各种常见死因都排除掉，再根据尸体现象来确认唯一的死因，以确保结论的准确无误。

比如在这起案件中，如果尸体没有腐败，那么法医就要先排除中毒、机械性损伤、疾病、电击、高低温等各种可能的死因，再根据机械性窒息征象和勒痕来确定死者死于勒死。但尸体已经毁坏了，不能下确定性的结论，就只能使用排除法。

排除了前述各种死因，就剩下机械性窒息这种死因了，但因为尸体腐败，看不到颈部索沟，法医就无法下确定的结论。说白了，就是法医不能确证，只能给出这个倾向性意见。

在尸体解剖检验工作的尾声，法医打开了死者的胃，想要看看死者的胃内容物有什么成分。这一打开，着实把法医吓了一跳。

死者的胃里有一些银光闪闪的颗粒，根据经验分析，这都是水银啊！

当着孩子的面给母亲灌下水银

警方的理化检验部门接到法医送检的胃内容物后，经过检验，确定死者胃内的异物就是汞（水银）。上学时化学学得不错的读者朋友会感叹了，汞可是重金属啊！服用重金属是会中毒的！

那么，法医之前做出的"不排除是勒死"的结论还靠谱吗？

法医也考虑到了这个问题，他们认为，解剖检验显示死者胃壁未见穿孔，故口服金属汞不构成其直接死因。

这到底是怎么回事呢？别急，老秦这就和大家聊聊汞中毒的事儿。

汞中毒确实是可以导致人死亡的，但它并不是我们想象中那样，吃到嘴里立即就会死。"一吃就死"的死亡，法医常称为闪电型死亡，比如服下毒鼠强、氰化物，就会导致闪电型死亡。

而汞中毒导致人体死亡，则需要达到足够的量。

网络上有句流传很广的话，叫"抛开剂量谈毒性就是耍流氓"。汞中毒也是这样。

汞中毒比较少见，一般都是现场有高浓度的汞才会发生，所以在有汞环境下工作的人出现职业性中毒最为常见。当然，也有自杀的人直接吞服大量的汞，或者吸入高浓度的汞蒸气而导致死亡的案例。

汞中毒分为急性中毒、亚急性中毒和慢性中毒。

急性、亚急性和慢性，主要是根据中毒的量或者中毒的严重程度来确定的。这三种中毒都非常严重，都可能导致机体死亡。

急性汞中毒会出现一系列症状和体征，比如嘴里面有金属味、头晕、头痛、恶心、乏力和腹泻这些明显异常的现象，甚至患者会发高烧，还会咳嗽、咳痰、口腔发干。最严重的症状就是会有一系列多脏器损害。

牙齿上出现汞线，是汞中毒最具标志性的一个表现。汞线可以帮助法医判断死者是否死于**慢性汞中毒**。但是在急性汞中毒的情况下，一般最先出现的还是消化道的问题，比如出现腹痛、腹泻、血便等等，如果发生胃肠穿孔而出现腹膜炎，就会导致机体死亡。而**亚急性汞中毒**则介于上述两者之间，症状较急性汞中毒轻。

在刘奶奶的案子里，因为汞没有造成胃穿孔，也还没进入肠道导致肠穿孔，所以法医不考虑刘奶奶是急性汞中毒导致死亡。同时，这也说明刘奶奶口服汞之后很快就死了，虽然汞的量可能达到了致死量，但作用时间还没有达到。

那刘奶奶到底喝下了多少汞呢？

法医通过对刘奶奶尸体胃里的汞进行收集，发现她胃里的汞还真不少，绝对不止一根温度计里的汞的量。有时候小孩子咬温度计玩，会咬碎温度计，不慎吞下汞，但刘奶奶胃里有那么多汞，她总不会一口气咬碎了好几根温度计吧？她究竟是怎么吞服的呢？是自愿吞服，还是被人硬灌的呢？

为了得到问题的答案，法医想到了一个办法：普通人一般是弄不到金属汞的，最方便的来源就是温度计了。只需要调查三个月前，是刘奶奶还是其他人去买了很多温度计，就可以明确犯罪嫌疑人了。

寻找作案工具的来源，也是侦查工作的一个重要组成部分。

刚才老秦提到了小孩子咬碎温度计的事情，有很多家长朋友看完可能会焦虑，甚至不敢用温度计了。毕竟温度计每家都有，这岂不是很危险吗？**万一小孩子咬碎或打碎了温度计而大人没有注意到，哪怕是不小心吸入了汞蒸气，这可咋办？**

大家有这样的焦虑也很正常，很多朋友可能在网上看到过这样的科普：温度计在地板上打碎了，里面的水银珠泄漏出来，如果不管它，它会变成蒸气被我们吸入，引起中毒；如果用手触摸它，它可以通过我们的皮肤被吸收到体内，从而引起中毒。

看上去，左右都是陷阱，到底要怎么处理呢？

在这种情况下，我们要立即开窗通风，然后用扫帚把它扫到一起，用密封袋密封，再丢弃到安全的地点，防止其他人误触。最后，最好再用清水清洗被污染的地面。

即便已经吸入了汞，也不用太焦虑。汞被吸入人体后，如果没有达到足够的量，并不会危及生命。当然，有可能发生汞中毒时，肯定要第一时间去医院。

在去医院之前，可以先吃一些生的蛋清、牛奶、豆浆这些富含蛋白的物质。因为汞进入人体之后，它最重要的作用就是让人体的蛋白质失去活性，从而导致一系列器官功能的障碍。

吞食一些高蛋白食物，如牛奶、豆浆、蛋清后，这些物质里面的蛋白质会和人体内的蛋白质竞争性地与汞结合。简单说，就是用这些蛋白质当"替死鬼"，尽可能地让汞中毒的程度降到最低。

到了医院后，及时催吐导泻，再用一些药物，是可以避免汞对身体造成大的伤害的。

当然了，这都是误食以后的处置方法，要预防危险，最重要的还是不能让小孩玩温度计，把温度计放在一个安全的地方。大人在使用温度计时，也要多加小心。

了解完汞中毒的特性后，我们再来看看刘奶奶的情况。

法医判断，刘奶奶生前被人捆绑，保持固定的屈曲体位，被人灌入水银后，再被勒死。经过法医初步推断，刘奶奶应该是在三个月前的春节前后，也就是她在邻居们视线中消失的时候就已经死亡了。究竟是谁如此残忍，用如此残酷的方法来折磨、虐待一个老人，非要置她于死地呢？

有人肯定会说，这还用猜吗？必然是她的女儿小昆啊。

确实，警方锁定的第一嫌疑人就是小昆。不过，怀疑可以，要抓人，必须证据确凿。如果小昆杀了母亲，这就是一宗**杀亲案**，而杀亲案要完善证据，是非常困难的。

打个比方，如果是入室杀人案件，那么房间里的指纹、死者指甲里的DNA都是很重要的物证。但如果是丈夫在家里杀死妻子的话，丈夫的指纹、妻子指甲里丈夫的DNA，甚至丈夫身上有妻子的少量血迹，都不能直接证明丈夫犯罪。

道理不言自明，家本来就是大家共同生活的地方，也会留下大家共同的生活痕迹。

正因如此，杀亲案件中，很多证据都会变得无用。

警方只有挖掘出更多的证据，完善证据链，才能证明犯罪的事实。

所以，刘奶奶被害的1105室里，有女儿小昆的指纹、足迹，都不能证明她犯罪。警方还有哪些证据能用呢？

让我们一同来试着搭建本案的证据链。

首先，胶带上提取的指纹，警方经过比对，认定是小昆留下的。胶带是直接的作案工具，其上的指纹就有一定的证明力了。不过，仅仅靠这个证据，证明力显然不够，因为小昆完全可以狡辩，称这是自己曾经使用胶带时留下的指纹。

其次，法医之前提出寻找温度计的来源，也十分重要。经过侦查，警方发现在案发前不久，小昆确实从药店买了数支温度计，这说明她有充分的犯罪准备。但是这个证据也不能单独使用，因为小昆完全可以反驳说，自己买温度计是正常行为，只是有人去她家里利用了这些温度计而已。

最后，丹丹的证词也是关键的一环。丹丹此地无银三百两的说辞，说明她在帮自己的母亲隐瞒什么，也说明她很有可能知道事情的真相。所以警方找来了儿童心理专家，和丹丹的老师一起，与丹丹深入地聊了一次。让警方大吃一惊的是，丹丹居然描述了母亲杀死姥姥的全过程。

也就是说，小昆在弑母的过程中，丹丹就是现场的目击者！

更让警方吃惊的是，小昆杀死母亲后，居然带着丹丹和尸体同处一室，共同生活了一个月。最后，或许是因为臭气实在无法忍受，小昆才把丹丹丢在邻居家里寄养，而自己则不知所终。丹丹害怕警察发现姥姥的尸体而说出的那些谎言，也都是小昆教的。当然，因为丹丹是未成年人，其证词的有效性是要打折扣的。

由此可以看出，**上述三个证据，每个证据单独拿出来就是孤证，不能用来证明小昆杀人。但要是联系在一起，再加上以下四个旁证，就组成了证据链，具有足够的证明效力了**：

旁证一，王大婶看见小昆拜托邻居照顾丹丹是在两个月前，而法医判断刘奶奶是三个月前死亡的，这和丹丹说的母女俩和尸体共处一室长达一个月的情况是吻合的。

旁证二，丹丹供述母亲捆绑姥姥，强迫其吃下水银，最后勒死的过程，和法医检验结论是一致的，说明丹丹有准确描述事情经过的能力。

旁证三，刘奶奶家里找不到任何存折和银行卡，于是警方对刘奶奶的经济情况进行了调查，发现小昆使用密码提取了刘奶奶卡里的9000余元存款，这也是卡里的全部余额。虽然女儿取母亲的钱并不是什么可疑点，但这个情况至少可以提示小昆作案的动机。

旁证四，警方对小区的邻居进行了全面的调查，发现刘奶奶和小昆母女关系非常紧张，邻居们都知道她们经常吵架，而且小昆很不孝顺，是个不折不扣的"啃老族"，平时无所事事，天天找刘奶奶要钱。

综合上述证据，警方认为小昆有可能因谋财弑母，有重大作案嫌疑。

4月中旬，警方经过缜密侦查，找到了小昆的行踪，在她的临时住地将她抓获归案。

而7岁的孩子丹丹，结束了寄居在邻居家的生活，依旧孤身一人，只能被送去福利院照料。经历了这次事件，她幼小的心灵遭受了严重的伤害，尽管有心理老师对她进行心理疏导，但心理创伤的愈合是需要时间的，年幼的她背负了太多的伤痛，不知道何时才能走出阴霾。

屋檐下的畸形关系

小昆到案后，在强大的证据攻势下，她对自己所犯的罪行供认不讳。

她在交代弑母原因时，表现出来的那种冷漠和残忍，让所有听到的人都感到心寒和毛骨悚然。

"她不给我钱，我怎么要都不给，所以我就杀了她！"

小昆的杀人过程，和警方的推断基本一致。

2014年1月底，小昆回家后又一次向母亲借钱。此前，她陆陆续续已从母亲那里借走了20多万元。她总说会还，却一直不见动静。

这次她借钱的理由是想要做生意，谋个正经生计，并表示以后一定会还上母亲的钱。可刘奶奶是真的没有什么钱了，她原先借给女儿的钱，都是老伴儿出车祸的赔偿款，现在也基本已经败光了。最后那点存款，她寻思着必须藏起来，好为自己留条后路。

小昆为了要钱，对母亲纠缠不休。刘奶奶拒绝了好几次，最后也是气不打一处来，说的话也就变难听了："我没钱借给你！真希望我没生出你这个只会啃老的没用东西！这儿早就不是你家了，我没钱！"

听到妈妈和姥姥吵架，丹丹还从房间里跑出来想劝架。

可小昆早已做好了弑母的准备，她的口袋里装着提前准备好的温度计，听到母亲的斥骂，她便气势汹汹地冲了上去，将体弱的母亲按倒在地，用胶带和电话线将母亲的双手捆了起来。她掐捏、掌掴母亲，想要逼问出存折的位置，可刘奶奶誓死不从。于是，小昆当着母亲的面把几根温度计打碎，把水银都倒在了勺子里，然后捏住母亲的下巴，强迫她张开嘴巴。

这时候，丹丹还在房间里。

"孩子当时就吓哭了，我就带她去了隔壁的卧室，锁了门。"

在法庭上回忆这一切时，小昆居然很平静，好像在说别人的事。

水银灌下去后，刘奶奶并没有死，而是拼命地踢小昆，于是小昆又用胶带绑住了她的腿。然后，小昆又用衣物缠住了母亲的脖子，堵住了母亲的嘴。慢慢地，刘奶奶不动了。小昆见母亲已经死亡，就开始在家里找钱，她从家里拿走了2000元现金，后来又从卡里取走了9600元，共计11 600元。

2016年8月，小昆弑母案开庭。法院认为，小昆因家庭矛盾与其母发生争执后，对其母进行捆绑、殴打等并致其母死亡，其行为已构成故意杀人罪；小昆以非法占有为目的，秘密窃取他人财物，数额较大，已构成盗窃罪，依法与其所犯故意杀人罪数罪并罚。但鉴于小昆到案后，如实供述了自己故意杀人的主要犯罪事实，在被依法采取强制措施后，如实供述司法机关尚未掌握的盗窃罪细节，情节构成自首，法院将依法对其从轻处罚。

B市法院当庭公布了此案的判决结果：以故意杀人罪，判处小昆无期徒刑，剥夺政治权利终身；以盗窃罪，判处小昆有期徒刑6个月，并处罚金1000元；决定执行无期徒刑，剥夺政治权利终身，并处罚金1000元。

B市的法院本着"少杀、慎杀"的法律精神和人道主义理念,没有对小昆处以极刑,但是不知道这样的判决能否让一辈子在监狱里的小昆悔悟?能否追回她那泯灭的人性?

每每看到杀亲案件,总是让我心痛不已。

血缘,本是一种奇妙的东西;亲情本身就是世上最美好的感情之一。可为什么总是会发生一些泯灭人性的杀亲案件呢?

或许,畸形的亲子关系是其中的一个原因。

小昆弑母案发生后,引起了强烈的社会反响。很多人都在思考:白眼狼是怎么养成的?

据媒体的挖掘,小昆从小是爷爷奶奶带大的。她出生后不久,父母就去外地赚钱了,从小到大,父母都没怎么陪过她。父母回到B市后,或许是出于弥补的心理,对小昆事事娇纵,溺爱无比,甚至当小昆提出辍学时,他们也都爽快地同意了。

小昆辍学后,吃穿用度都是找父母要钱,她的父亲从来没有说过一个不字。小昆除了找自己的父母借钱,还找老邻居们借钱,并且经常借钱不还。这些借款,到最后都是小昆父亲偷偷帮她还上了。

2009年,小昆的父亲遭遇车祸罹难。小昆的母亲(也就是刘奶奶)精神几近崩溃。而此时小昆刚好结束了自己的第二段婚姻,主动带着女儿搬回家居住。

本来大家以为这是件不错的事,刘奶奶身边需要人照应,小昆感情不顺,独自带女儿也很困难,所以这对母女正好可以互相依靠,抱团取暖。

但后来发生的事情,证明了一切并不是那么简单。

小昆之所以会搬回家里,并不是为了和母亲互相依靠。此前,她几乎耗尽了父母拼尽一生力气换来的积蓄,现在,她又盯上了父亲的车祸抚恤金。她先后找母亲把这20余万元的抚恤金全部借了出来,供自己的新男友"做煤炭生意"。

其实投资做生意这种事儿,如果赚了,算是多了一笔收入;如果亏了,及时止损,也不至于血本无归。可小昆每次找母亲借完钱,就像是忘记了这回事,一直不提还钱的事。

刘奶奶很无奈,这笔抚恤金,说白了是自己丈夫的生命换来的,也是刘奶奶赖以生存的资金。而小昆似乎只是把这笔钱作为取悦新男友的一个工具,对于能不能赚钱、能不能回本,几乎毫不操心。

在多次催要还款未果之后,刘奶奶陷入了深深的苦恼和焦虑当中。她逢人就倾诉失去丈夫的苦楚,数落女儿的不孝,更是对这笔钱能不能要回来表示莫大的担忧。出于焦虑,平时在家刘奶奶会揪住一切机会问女儿要钱,而女儿则能拖就拖,能躲就躲,因此二人发生过多次争吵。

至此,本来就已经畸形的母女关系逐渐恶化。两个本应该是世界上最亲密的人,变成了仇人一般。直到最后,母女关系的巨大裂痕已无法弥合，酿成了一桩惨绝人寰的弑母悲剧。

聊到这里，老秦想起了另外两桩真实的案件。它们也都因畸形的亲子关系，最终酿成了杀亲的惨剧。

一则案件发生在日本。

2019年5月28日，日本某市发生了一起恶性无差别杀人案件。案犯因为心理扭曲，拿着刀到小学门口对小学生行凶，导致2人死亡，19人受伤。不管在哪个国家，遇到这种恶性案件，一来要尽可能限制媒体报道，防止模仿犯罪；二来要速侦、速破、速判，严惩犯罪分子。

不过老秦要说的，不是这一起无差别杀人案件，而是不久后发生的另一个案子。

2019年6月2日，一个76岁的退休官员把自己44岁的儿子给杀了。

杀人的理由很匪夷所思——这名退休官员认为，他儿子很可能会学那个杀人魔，对社会造成危害，为了不让他对社会造成危害，这个父亲就先下手为强了。

有人会觉得，知子莫若父，一个父亲肯定最了解自己的孩子，所以他这么做肯定有他的道理，也说明这名退休官员是很有社会责任感的，算是"大义灭亲"啊。但其实这起杀子惨剧的背后，是这个父亲一直溺爱自己的儿子，没有教他自食其力，才将他"养育"成了一个"恶魔"。

这个儿子长期蛰居在家，一直靠父母养活，活到44岁还在"啃老"。因为长期不与外界交流，儿子逐渐出现严重的暴力倾向。只要心情不好，他就会对自己的父母叫嚣："你们把我生下来，不管我干什么事情，你们都要担起责任，我不去工作，你们也要担起照顾我的责任。"

你看，这个啃老族啃得理直气壮的。

不仅如此，这个儿子还开始对自己的父母动粗，稍有不快就对父母拳脚相加。

可能是因为看到了逐渐恶化的状态，这个76岁的父亲，最终选择举起了屠刀。讽刺的是，在儿子变成杀人凶手前，他自己先成了杀人凶手。

第二则案件发生在我国台湾地区。

有这样一个家庭，70多岁的老母亲带着45岁的女儿和44岁的儿子一同生活。

这对姐弟从来不出去工作，他们的生活全部都靠母亲的退休金。他们花母亲的钱，觉得理所当然。他们就像是两条"寄生虫"，紧紧地依附在母亲身上，不仅花母亲的钱，生活起居还要靠年迈的母亲照顾。

有天早上，45岁的女儿再次向老母亲伸手要钱。当然了，这种伸手要钱的行径对姐弟俩来说算是家常便饭。但这个姐姐有个毛病，如果要钱而老母亲不给，她就用尽一切办法撒泼要赖。有时候，她会把大便涂抹在客厅的地板上，有时候，她会在洗衣机里放许多羽毛，目的就是整她的母亲，直到母亲屈服给钱。

这次，当姐姐伸手要钱的时候，弟弟不干了。

他自视为一个孝子，不能容忍自己的姐姐撒泼耍赖，所以就拿出一把刀，把姐姐给捅死了。这个弟弟下手还非常狠，根据法医的检验，他姐姐身中5刀，其中2刀捅进了心脏，其他3刀分别在腹部和腰部，姐姐最终因失血过多而死亡。

杀完人后，这个弟弟像没事人一样坦荡，他认为自己是在替天行道。而且，姐姐这么一死，他以后就可以独享老母亲的退休金和照顾了。

真是奇葩的家庭出奇葩的人，奇葩的人做奇葩的事。老秦完全不能理解这对姐弟是怎么活到40多岁的。他们对亲情的淡漠和对法律的无知，令人发指。

老秦在法医秦明系列小说《白卷》里也写过一个故事，一个不受管束的初中生因为父母不满足他的一个要求，就在网络上"雇"了一个同是未成年人的"杀手"，让他来到家里杀害了自己的父母。

听起来匪夷所思，但这样的案子，是在我们身边真真切切发生过的。

我想，面对这样令人痛心的悲剧，我们都应该反思。

在触手可及的地方独立行走

杀亲案件有很多，一般是夫妻之间因感情纠纷而引发。这类案件的作案动机一般是婚外恋、离婚纠纷、财产纠纷、抚养权纠纷、家庭暴力等等。而亲生父母和孩子之间发生的杀亲案件，其实并不那么常见。

除去有精神障碍的人作案，这类案件大部分都是由不正常的亲子关系引起的。

如何才能培养正常的亲子关系呢？

仁者见仁、智者见智，每个家庭都不一样，也没有一个标准答案。老秦不是教育专家，无法告诉大家什么样的教育方式是正确的，但老秦曾经在《白卷》里写了很多和亲子关系有关的案子，或许大家读完后，会有自己的答案。

如果一定要用一句话来形容老秦心目中理想的亲子关系，我觉得应该是"让孩子独自行走在你触手可及的地方"。

本案中，刘奶奶和丈夫出于对女儿小昆的歉疚，给了她过度的宠溺和帮助。当女儿开始在外欠债时，夫妻俩也没有引导女儿面对问题、解决问题，而是无偿帮她还债，用看似简单粗暴的方式"消灭"了问题。他们没有教育女儿自食其力，只是一味"输血"，而从未试图"造血"。说白了，夫妻俩缺乏让孩子独自行走在他们触手可及的地方的"训练"，小昆缺乏独自解决问题、主动解决问题的能力和经验，便习惯性地把问题推给父母。

但这只是外界原因，凶案发生的主因当然在小昆身上。

小昆已经是一个成年人了，她的不学无术、好吃懒做、恣意妄为、见利忘义,才是她最后丧尽天良的最主要原因。

溺爱会纵容出罪恶,还有一些杀亲案件的发生,是因为漠视。父母对孩子疏于管教,让孩子脱离了自己的视线。孩子被一些不良因素引导,野蛮生长,也可能会出现无法预估的后果。

所以,父母是要关注孩子、爱孩子的,但别把溺爱当真爱,别让孩子的未来迷失在不当的亲子关系里。父母的爱是要有底线和边界的,要能给予孩子面对困境的力量,而非剥夺他们的成长和自立的能力。

而孩子呢,总有一天要学会独立、学会负责任,父母可以在你迷茫、困窘时给予你帮助,但你要明白,他们不是你永远的免费港湾。

调查提示

密室杀人案在现实中存在吗？
怎么用温度计算出准确的死亡时间？
找到了血鞋印，就能抓出凶手吗？
在凶案现场栽赃嫁祸，滴血有用吗？
警方为什么要分析凶器的形状？

"七星阵"杀人仪式

📍 澳大利亚

澳大利亚凶宅血案

006号档案

双重"狼人杀"

世界冠军

超硬核索引

自 产 自 销

封 闭 现 场

案件动机分析

现 场 重 建 技 术

滴 落 状 血 迹

澳大利亚

别墅床上的四具尸体

2009年7月18日,北半球的中国还在夏天,南半球的澳大利亚却已进入冬季。

澳大利亚N市的早晨,空气清新,一名男子和往常一样买了早餐,边走边吃。他走到了一家报刊亭门口,准备照例买一份当天的报纸。

可没想到,报刊亭居然没有开门。

男子很是疑惑,他是这家报刊亭的老顾客,每天早晨都会来这里买报纸,还会和报刊亭老板老林聊聊家常。老林是一个非常讲诚信的生意人,他几乎每天都准点开门营业,即便家里有事或者身体不适,他也会提前通知顾客。有再急的事情,他也至少会在报刊亭外贴上一张告示。正是因为他的责任感,他的报刊亭生意非常好。

但像今天这样，报刊亭毫无征兆地没有按时按点开门，这么多年来还是头一次。

男子不仅是报刊亭的老顾客，也是老林的好朋友，于是他连忙给老林拨打了电话。可是一连打了好几通，都是无人接听的状态。这种反常情况让男子心中有了一丝不祥的预感，他决定给老林的妹妹打个电话问问情况。

老林的妹妹叫阿巧，她曾经和丈夫大斌在另一个城市经营一家餐厅。不久之前，餐厅因为经营不善而关门了。为了生活下去，阿巧和大斌就举家搬迁到了N市投靠老林。目前他们夫妻两人都在哥哥老林的报刊亭帮忙。为了生活和工作方便，阿巧在哥哥家很近的地方租了房子，两家之间的距离相隔不到300米。

老顾客是知道这些的，于是男子拨通了阿巧的电话。阿巧接到电话时还在睡梦中，她听到男子说联系不上自己的哥哥时，也是心中一沉，连忙叫起了身边的丈夫，一起赶去哥哥家看看是什么情况。

老林家住的是一栋两层别墅。

到了老林家的大门口，阿巧发现大门居然是开着的。阿巧小心翼翼地往里看去，房子里面黑洞洞的，隐约散发出一些血腥味，这让她胆战心惊。阿巧试着向屋内喊了几声，她的声音因为极度紧张和恐惧，都是颤抖的。可是，整座房子悄无声息。

阿巧恐惧极了，在丈夫大斌的陪伴下，穿过空无一人的一楼，来到了二楼。那种若有若无的血腥味变得浓重起来，简直就是扑面而来。到了二楼卧室的门口，大斌一把抱住了妻子，说："房间里有尸体，别看。"

但阿巧的心情已经超越了恐惧，她想知道哥哥一家到底发生了什么，便冲进了卧室。

迎接她的，果真是满屋的血迹——她跌跌撞撞地冲进一个又一个房间，不断出现的尸体让她精神更加崩溃。

这些尸体几乎都已经面目全非，被血污覆盖。

但阿巧对哥哥家很熟悉，这三间卧室里的四具尸体，她都能认出身份：

43岁的嫂子、嫂子39岁的妹妹，还有两个年幼的小侄子（一个12岁，一个9岁）。

眼前的一切如同晴天霹雳，把阿巧轰得昏天暗地，她颤抖着拿出手机报警。

在警察到来之前，阿巧心里面还抱着一点希望。因为她看了二楼的几间卧室，都没看到哥哥老林的尸体。或许他因为什么事情逃过了这场劫难？但转念一想，阿巧又心生恐惧，她害怕这四条人命是被自己的哥哥亲手杀害的。

不过，猜测终究是猜测。澳大利亚警方抵达现场，对现场进行初步搜索之后，否定了这种猜想。因为警方在二楼的一个角落里发现了一床被子，被子的形态很异常。

警察把被子一打开，发现里面包裹的正是45岁的老林的尸体。

喜欢看悬疑小说的朋友，看到这里，估计第一反应是：这个案件会不会是"自产自销"啊？

"自产自销"是中国法医经常使用的一句俚语，形容的是凶手杀完人之后自杀的案件。在这种情况下，现场的多名死者中，有一名死者其实就是凶手。

自产自销的案件时有发生，在死亡人数较多的案件中尤为常见。这类案件的侦办，实际上比普通杀人案件的侦办要难。因为知道整件事情的所有人都已经死亡，都不能开口说话了，那么警方在无口供的情况下，要把整个事件过程还原，就需要大量的证据来互相印证。

自产自销的案件有很多特征，比如，凶手的死亡方式和其他受害者不同，凶手所在的位置并不是在尸体的集中区，凶手的姿态和其他人不同，凶手的死亡时间和其他人不同，等等。但这些都只是可以分析出倾向性意见的依据，不是确证。

确证自产自销案件最好的依据是**现场封闭**。

所谓的现场封闭，就是整个现场处于一个完全封闭的状态，其他人无法进入，也无法离开。在这种情况下，凶手就应该在死者当中了。比如阿加莎·克里斯蒂的小说《无人生还》

里就描述了一个复杂的自产自销案件。

确定案发现场是不是封闭现场，是一项技术活，要排除诸多可能性。比如这个封闭现场是不是凶手故意设置的。东野圭吾的《放学后》就是一个典型的凶手设置封闭现场来误导警方侦查的故事。在很多文学、影视作品中，编剧也会发挥聪明才智，设计各种各样的"密室杀人"。**密室，就是封闭现场**。实际上，伪造封闭现场是非常困难的，这些想法也只能存在于文学、影视作品中。因为我们说过，不管如何伪装现场，总会在现场留下解释不了的物证，从而被警方发现并识破。

当然，因为封闭现场存在很多不确定性，所以警方绝不可能仅依据现场是个封闭现场，就判断案件是自产自销。警方还需要依据技术人员在现场发现的痕迹，进行一系列推断。

举个例子，凶手用锤子把其他人都打死了，然后上吊自杀。这样的案件发生后，不管现场封闭不封闭，警方最重视的就是：疑似凶手的这个死者，他的死亡方式是什么。疑似凶手的死者吊在房梁上，那么他是不是缢死呢？是不是自缢呢？这里都有很多的学问。警方确定缢死的这个死者是自缢，排除了他缢的可能性，这样对这个案件是自产自销的判断就会有强烈的支撑作用。

当然，仅靠这一点还不够。疑似凶手的死者也有可能是被真凶强迫自缢的，所以警方还必须关注现场有没有凶器，凶器上有哪些人的痕迹物证，凶器和现场有没有打扫或伪装的痕迹，现场有哪些人的血足迹或者血手印，血足迹的行动方向是什么样的，有没有除现场死者之外的人的血足迹，等等。

如果这些勘查线索全部指向自产自销，可以形成完整证据链，可以排除其他所有的可能性，警方才会宣布案件闭环，也就是宣告此案**"事实清楚、证据确凿"**。

那么在澳大利亚的这起血案中，老林的尸体和其他尸体不处于同一位置，是不是暗示着此案有可能是自产自销？

警方很快就否定了这种可能性。因为老林和其他人一样，都是被锤类物体击打头部，导致重度颅脑损伤而死亡的，死亡后才被人用被子盖住了尸体。那么这就不可能是自产自销案件，而是一个全家几乎被灭门的案件。

确定这是一起杀人案件后，警方就要思考凶手的动机是什么了。

老秦之前在小镇旅馆四尸血案的故事中科普过，分析作案动机对圈定侦查范围有非常重要的意义。读到这里，有的读者或许已经开始推理了：一夜之间，五个人惨遭毒手，其中还包括两名儿童，这么惨烈的案件，是不是因仇杀人？如果是为了钱，凶手再丧心病狂也没必要把那么小的孩子都杀掉吧？

但**对作案动机的分析**，没有这么简单。

警方不仅仅是靠现场死了几个人、死的是什么人、有没有翻动迹象来快速判断的。

比如老秦曾经写过一个案件，一家六口都被杀害了，看起来就是一起寻仇报复的灭门案。但法医在尸体上发现了特征性损伤——威逼伤，而且现场有大片垂直滴落的血迹，这说明凶手用刀顶着被害者，让他在某个地方蹲了很长时间。这种威逼行为，提示凶手是为了逼问钱财的位置或者银行卡密码，所以，这一起案件的作案动机应该是侵财而不是寻仇。

通过一处损伤和一处血迹，法医就矫正了原先出现偏差的侦查方向。

当然，也不是所有案件的作案动机都很单纯。有些案件的作案动机是非常复杂的，比如凶手和死者有仇，凶手来寻仇的同时，也把他的家洗劫一空，甚至还性侵了死者，这种案件的动机基本涵盖了所有的动机类型。警方可以通过现场的点点滴滴来推断出凶手的主要作案动机是寻仇，从而确定侦查方向。

回到本案，澳大利亚的警方经过现场勘查，认为现场没有任何侵财的迹象，因为屋内很多重要位置都没有被翻乱。凶手在作案过程中非常利落，几乎没有多余动作。因此，警方最后确定凶手的主要作案动机是寻仇。

既然是因仇杀人，那么凶手肯定是死者的关系人，这样就给警方的侦查框定了范围，破案的希望也就大了很多。

谁用钥匙打开了地狱大门

经过尸检，法医基本确定，案发时间是在 7 月 18 日凌晨 2：00—3：30。

这里我们可以聊聊两个关于破案的知识点：死亡时间推断和现场重建技术。

先来说说**死亡时间推断**。

很多朋友可能还记得，老秦在纸箱女童藏尸案里，详细介绍过推断死亡时间的方式，而且也告诉大家，死亡时间的推断是有误差的，有时候这个误差的范围还很大，但在这个案子中，警方推出的死亡时间范围居然能够精确到"凌晨 2：00—3：30"，这是不是有点太精准了？

确实，在实际办案中把死亡时间框定在一个半小时范围之内，难度是非常大的。因为死亡时间推断本身就是法医界的一个难题，受到个体差异的影响，很难用一种方法来准确推断。

但在某些特殊情况下，推断条件特别好，也可以推出更为准确的死亡时间。

第一种特殊情况，是现场有其他的线索可以指向死亡时间。

比如老秦曾经写过一个故事，一名健身教练在家中被人杀死,现场有严重的搏斗迹象。法医连尸体现象都没有观察,就推断出了死亡时间,并且精确到了几点几分。为什么呢?因为健身教练手腕上的机械手表被犯罪分子一锤子给砸坏了,手表上的时间也就定格在了它被砸坏的时间,从这个线索就可以准确判断出死亡时间了。

第二种特殊情况,是死者被发现得非常早,且在相对恒定的环境下。

老秦在纸箱女童藏尸案里说过,用早期或者晚期尸体现象都可以判断死亡时间,用早期尸体现象来推断会比较准。但之前介绍的方法都是估算,而利用尸体温度降低的规律来推断死亡时间,就是一种更为准确的方法了。

那法医怎么利用尸体温度降低的规律来推断死亡时间呢?

法医见到尸体后,发现人刚死不久,就会对尸体的内部温度进行测量。我国普遍使用的方法是用一支肛温计插入死者肛门,测量其内部温度。在其他国家和地区,也有用肝温计刺破肝区皮肤,插入肝脏来测量尸体温度的。

在得到此时的尸体温度之后,代入公式进行计算,再根据季节乘以一个季节系数,就可以得出结果了。有学者认为机体死亡后,在前10小时内,每个小时下降1摄氏度;10小时之后,每个小时下降0.5摄氏度,直至下降到环境温度。这是春秋季节的情况,如果是夏冬两季,还需把计算出来的时间再分别乘以相应的季节系数(夏季是1.4,冬季是0.7),最终计算出死者的死亡时间。

但利用这个指标来推断死亡时间，尸体必须发现得足够早。因为尸体温度逐渐降低，等降到和环境温度一致的时候就不再降了，也就失去了推断的价值。

澳大利亚的这起血案是凌晨发生的，尸体在清晨就被发现了，只有几个小时的时间差，这时利用尸体温度来判断死亡时间就相对较准了。

为什么老秦在"死者被发现得非常早"后面还要加一句"且在相对恒定的环境下"呢？

因为，如果是在野外发现的尸体，日夜温差大会导致尸体温度下降不均匀，判断误差也就会很大。如果死者是在一个温度、湿度较为恒定的环境下，尸体温度下降均匀，判断误差就会小很多。

而本案中，五具尸体都在恒定的室内环境下，所以也具备准确推断的条件。

此外，本案还有一个比较好的推断条件，那就是尸体数量多、死亡时间相近，且处在一模一样的环境中。在之前的旅行袋人头案里，老秦说到过一个名词"统计学意义"。在同一个环境中，如果测量、计算出来的每具尸体的死亡时间相距很近，那么从统计学意义上来讲就很有可信度了。

综上所述，本案中法医之所以能把死者的死亡时间框定在一个半小时之内，是因为有很多适合推断的条件。

不过，法医即便推断出自己都很确信的死亡时间，也不会轻易把这个死亡时间写进鉴定书里。打个比方，如果一个凶手是在凌晨1:50杀的人，而法医判断的死亡时间是凌晨2:00—3:30，虽然这个误差很小，算是推断得很准确了，可如果法医把这个推断写进鉴定书，就给凶手的律师提供了辩护的空间。因为律师只需要证明凶手在凌晨2:00—3:30没有作案时间，就可以帮助凶手脱罪。

因此，法医鉴定书上即便写死亡时间推断，也只会写几点钟左右，因为左多少、右多少，并没有一个特定的说法。但在专案会上，法医会尽自己所能，大胆缩小死亡时间的范围，因为这样可以帮助侦查人员有效缩小侦查的范围，帮视频侦查部门有效缩小寻找监控的范围。

我们再来聊聊第二个知识点：**现场重建技术**。

这是一项警方必须掌握的重要技术，意义重大。

现场重建具体要做什么呢？老秦以本案为例来展开讲解一下。

首先，警方要知道凶手是如何进入现场的。

从这起案件公开的资料来看，警方判断凶手先是从户外切断了林家的电源，然后用钥匙开门进入林家。这个推断，就是通过现场重建得出的。通过现场勘查，警方应该可以确定现场的门窗都是关闭且完好的，没有被损坏的痕迹，外人也无法进入。法医推断的死亡时间是凌晨时分，这也是通常人们都熟睡的时间。结合现场情况和死亡时间，警方得出了凶手用钥匙开门的结论。

有朋友会问，锁没有被破坏，也可能是凶手敲门入室啊？那我们再看看案发现场。

五名死者都是在二楼卧室遇害的。除了老林，其他人的尸体都在自己的床上。那么只要有人敲门，肯定会有惊醒、穿衣、开门等动作。而从老林的衣着来看，他没有起床穿衣的过程。警方从现场看不出这些信息，就可以得出用钥匙开门的结论了。

这个现场重建得出的结论很重要，因为能拥有死者老林家钥匙的人非常有限，侦查范围就很小了。

其次，警方要知道凶手在现场的活动轨迹。

现场五个人都是被锤击头部而死亡的，死状面目全非。那么，行凶过程中就会造成大量的出血。而这些血会流到地上，覆盖在地面。凶手毕竟不会"轻功"，只要他在地面上行走，就会在脚底黏附血迹，就一定会留下血足迹。而根据血足迹的鞋尖朝向、成趟足迹的行走方向、足迹互相覆盖的先后顺序，就可以判断凶手的整个作案过程了。

这个作案过程分析出来之后，澳大利亚警方发现凶手在现场根本没有多余的动作。他最先来到老林夫妇的卧室，用锤状的工具将正在熟睡的夫妻二人锤杀在床。在锤击的过程中，老林可能惊醒了，想要逃离，但是没逃出几步就倒地死亡。凶手用被子覆盖了老林的尸体，又来到了林家的客房，在那里杀害了老林的妻妹。最后他来到两个男孩的卧室，也把他们残忍地杀害了。杀完人，凶手直接就离开了现场。从这个行为动作，就可以分析出凶手的心理：他不图别的，就为复仇。

最后，警方要沿着重建出来的凶手行为轨迹，寻找凶手遗留在现场的痕迹物证。

但非常可惜，这个案件的凶手有比较强烈的反侦查意识。

警方根据行为轨迹想要寻找一些痕迹物证，却几乎一无所获。凶手作案全程都戴着手套，走的时候还带走了作案工具。整个案发现场能够提取到的痕迹物证，就是一些血鞋印和不具备鉴定价值的血手套印，除此之外就没有再提取到其他的痕迹物证了，更不用说找到凶手的生物信息了。

讲到这里，有读者可能会提出反对意见：现场不是找到了血鞋印吗，这怎么算是没有价值的物证呢？

确实，血鞋印也有一定的意义。血鞋印相比于普通的灰尘鞋印要有意义得多，因为这是死者流血以后留下的，如果可以排除是现场死者或进入现场的报案人、急救医生、警察等人的鞋印，就可以断定这是犯罪分子的鞋印了。

除了对现场重建有支撑作用，血鞋印也可以作为一个单独物证呈上法庭。比如抓获犯罪分子之后，警方找到了他在作案时穿着的鞋子，经过鞋底花纹的比对，确定就是这双鞋子，那就是一个很好的物证了。

虽然同一个型号的鞋子，其鞋底花纹都是一模一样的，但每个人穿着一段时间后，鞋底的状态就不一样了。因为每个人走路的姿态不同，着力点不同，磨损的痕迹也就不同。根据鞋底花纹和其花纹的磨损痕迹，就可以将嫌疑鞋子和现场血鞋印进行比对鉴定。

之所以说血鞋印这个物证没有指纹、DNA那么好，是因为鞋子很容易被犯罪分子毁掉。现场如果有指纹和DNA，就可以直接甄别犯罪分子。但是如果只有血鞋印，那么警方找不到犯罪分子作案时穿的鞋子，它的作用就不大了。即便找到了这双鞋子，犯罪分子也可以狡辩称自己的鞋子被别人穿走了去作案。类似的狡辩和破解方式，老秦在前文也聊过。综上，血鞋印有证明效力，但作用是有限的。

到现在，我们已经获得了两个重要的推理结果：凶手是因仇杀人，有钥匙打开现场大门。

虽然可能有人偷偷配了老林家的钥匙，但警方的侦查范围也已经很小了。警方还通过现场重建发现了一个很重要的线索——凶手在林家二楼的几间卧室门口都留下了鞋印，唯独一间卧室门口是没有的。

这间卧室是林家大女儿小君的房间，而案发当天小君出国游学不在家。她也因此成为这个家庭中唯一的幸存者。

这个线索提示警方，凶手非常熟悉林家的情况。毕竟，某个成员在不在家里，可不是通过简简单单的踩点就可以获知的。

综合以上信息，警方做出了下面的判断：

1. 凶手是一名成年男性，因为他必须有足够的力量，才能把几个人的头颅都砸烂。

2. 这个成年男性的鞋码为 42~44 码。毕竟现场的血鞋印不可能非常完整，所以警方放宽了排查范围。

3. 凶手对林家非常熟悉，甚至对近期哪些人住在林家、哪些人不在家，分别住哪间卧室都非常熟悉。

4. 凶手有机会获得或者复制死者家的钥匙。

信息汇总后，警方的怀疑对象集中在了一个人身上，那就是案发后第一时间抵达现场的阿巧的丈夫——大斌。

沉默羔羊与贪婪的狼

澳大利亚警方的怀疑并不是没有道理的。

首先，大斌是非常符合上述犯罪分子刻画的。

他们家距离凶案现场非常近，只有 300 米，作案非常便捷，来回无需太长时间。因为他是死者的妹夫，又在死者的店里打工，所以他对死者家的情况是非常了解的，他知道小君当天晚上不在家，而且他的妻子阿巧也有林家的钥匙。他正值壮年，鞋码是43码。

其次，大斌向警方提供的口供存在多处矛盾。

案发后他曾经向警方提到，他们夫妇进入林家以后看到了血迹，妻子阿巧非常害怕。到了老林夫妇卧室附近的时候，他就把妻子抱住了，说你不要往里面看，这里面有尸体，太吓人了。

于是警方就根据他的口供做了一个现场实验。

警方派了一个人站在他描述的位置往卧室里面看，结果根本就看不到里面的尸体。那么，大斌是怎么知道卧室里有尸体的？

此外，大斌在被警方首次询问时，告诉警方他和妻子在案发现场共发现了五具尸体。但他的妻子阿巧却对警方说，自己只看到了四具尸体，当时她还期盼自己的哥哥逃过一劫，也担忧过是自己的哥哥作案。而警方进入现场后，是从二楼角落里掀开一床被子才发现了老林的尸体。作为报案人，大斌不应该知道现场有五具尸体。

大斌的口供暴露了他，疑点也因此出现，这就是我们在前文的案件中提到的**案后反常表现**。而警方发现大斌的反常，自然就把大斌作为了本案的第一嫌疑人。

当然，大斌的案后反常表现不止口供矛盾这一点。

澳大利亚警方把大斌列为第一嫌疑人后，对大斌的案后行为进行了复盘。

他们对大斌进行了背景调查，发现大斌曾经是一名医生。作为一名医生，在第一时间抵达现场，看到亲人受伤且生死不明的时候，他的第一反应应该是去检查亲人的生命体征，确认他们有没有死亡。因为一旦发现有微弱的生命体征，有急救知识的医生就会对伤者进行施救。警方认为这是一名医生最起码的下意识反应。

而大斌抵达现场后做了什么呢？他只是在卧室门口看了看，然后就告诉妻子卧室里面的是"尸体"。他没有去检查受害者的生命体征，也没有进行施救，而是将惊魂未定的妻子独自留在案发现场，自己则驱车将岳父母接过来准备处理后事了。

有了这样的复盘，警方基本上心里有数了，凶手很有可能就是这个大斌。

不过，嫌疑归嫌疑，要确定他就是凶手，必须有证据。

于是澳大利亚警方开始调查大斌在案发前一天的行为轨迹。

案发时间是 7 月 18 日的凌晨，那么，7 月 17 日的晚上大斌在做什么呢？

很巧，7 月 17 日是老林家的"家庭日"。按照惯例，老林和阿巧两家人晚上会一起去市区的父母家里聚餐。当天晚上聚餐后，老林因为有事就自己先回家了。之后大斌驾驶车辆和阿巧一起回家，顺便把老林的妻子和一对儿子捎回老林家。

在问到当天晚上大斌夫妇回家后的行为时，大斌一口咬定自己回家后就再也没有出去过。能够证实他说法的，只有他的妻子阿巧，但阿巧的口供却前后矛盾。

她一开始说自己半夜时分已经睡熟了，所以不清楚丈夫有没有出去过。后来她却突然改口，开始维护起丈夫来。她说自己平时睡眠浅，如果丈夫起床出门，自己肯定会醒来。

阿巧的供词突然转向对大斌有利，警方就只有想别的办法了。警方申请了搜查令，对大斌的住所、办公场所进行了全面的搜查。经过搜查，警方虽然没能在大斌的住处找到和血鞋印匹配的鞋子，但在大斌的办公室中发现了一个可疑的金属按摩器。

为什么警方觉得这个金属按摩器可疑呢？

这就和**致伤工具的推断**有关了。

澳大利亚法医对五名死者进行尸检的时候，除了要判断死者的死亡原因和死亡时间，还需要对致伤工具进行推断。

致伤工具的推断也是一门学问，很复杂。尤其是钝器损伤，有时候，法医可以通过尸体上的创口或皮下出血的形态，直接推断出致伤工具是什么东西。比如有些案件中，死者的头皮上出现了螺旋样的擦伤，法医就可以通过这一处特征性损伤分析致伤工具是扳手。因为扳手的中央有螺母来调节扳手齿间的距离，这个螺母的形状如果印在了皮肤上，就可以给法医提示。

再比如老秦曾经在《第十一根手指》里写过一个故事，法医通过致伤工具推断，分析凶器是一头扁平、一头尖锐的东西。后来经过警方判断，法医推断出的致伤工具其实是铁路工人使用的铁路工具锤。也正是因为这个推断，警方将犯罪嫌疑人锁定为铁路工人。

但这些都是一些条件比较好、比较成功的案例。毕竟钝器有千千万万种，而且形态不一，所以想通过特征性损伤来直接确定钝器究竟是什么，还是比较难的。但是法医可以通过损伤形态估计出这种钝器具备哪些特点，比如有棱边、有圆弧、有球体等等。

林家的案子也是这样，澳大利亚法医肯定是根据尸体上的损伤，对致伤工具的大概形态有所判断。警方也就根据法医说的这些特征形态，发现了这个按摩器。警方认为，这个按摩器的形状与杀死几个被害人的凶器是很相像的。

警方如获至宝，连忙把按摩器带回去进行了检验。他们希望能从按摩器上找到几名死者的血迹，这就等于找到了核心证据。

可惜，结果不尽如人意，警方没有在按摩器上找到任何血迹。

一方面，有可能是当时的 DNA 技术还不像现在这么发达，对微量的 DNA 物证没有足够的检出能力。另一方面，大斌有很强的反侦查意识，他把凶器带回去后很有可能进行了仔细的清洗。如果他清洗得足够干净，警方也是无法找到血迹的。

没人能够证明大斌的行踪，也没有核心证据可以证明大斌犯罪，关键的凶器也无法确认，案件一时陷入了僵局。与此同时，林家唯一的幸存者小君，也正面临一个难题：全家人都被杀害了，而她才 15 岁，还是个未成年人，她今后该如何生活呢？

因为小君的爷爷奶奶年事已高，生活勉强能够自理，不具备对小君的监护能力，所以她的姑姑阿巧就自告奋勇向澳大利亚政府提出，要把小君接到自己家里生活，由她来作为小君的监护人。

这本来是无可厚非的事情，但是大家别忘了，阿巧的丈夫大斌可是本案的嫌疑人啊！

即便小君不知道大斌是本案嫌疑人，澳大利亚政府也心中有数啊！要么警方获取证据，将大斌绳之以法，要么警方抓获真凶，洗清大斌的嫌疑，这两种情况都还没发生，怎么能让本案唯一的幸存者住到嫌疑人家里去呢？那不是送羊入虎口吗？

在咱们国家，这样的事情是不可能发生的。因为警方必须保护每一个无辜的人，不能让她冒任何有可能存在的风险。

但在澳大利亚,不知道为何,阿巧还真的成了小君的监护人,小君也就搬到了阿巧和大斌的家里居住。

这一住,小君居然就住到了一年多以后的 2010 年。

2010 年末,澳大利亚警方声称为了保护小君的安全,需要在大斌家里安装监控设施。在获得司法机关的批准之后,警方顺利在大斌家里秘密安装了多个监控。

从后续此案的结果来看,澳大利亚警方安装这些监控设施,主要还是为了获取大斌作案的证据。但如果是为了获取证据,就要把无辜的小君送去险境作为安装监控的借口,那就实在令人不齿了。

不过咱们也不能以小人之心度君子之腹,也有可能澳大利亚的法律就是如此规定的,阿巧就是可以成为小君的监护人,澳大利亚警方也是为了保护小君才安装监控的,而后续获得的证据,可能只是意外所得吧。

不管怎么说,监控还是发挥了作用,它记录下了大斌的很多反常举动。

从监控里,澳大利亚警方不止一次看到大斌跟自己的妻子阿巧交代,要求她面对警方的调查时一定要和自己统一说法,省得出现互相矛盾的证词,带来麻烦。

发现了这一疑点后,警方决定"打草惊蛇"。

他们找来阿巧，告诉她警方在现场提取到了一个血鞋印，肯定是凶手留下来的。经过警方的调查，这血鞋印来自一双某品牌的运动鞋，这款鞋的款式很特殊，2005年之后就不再生产了。警方说，有了这个调查结果，他们已经开始在大面积排查寻找这双运动鞋了，希望通过找到鞋子锁定凶手。

阿巧听警察这么一说，回去就把这些信息告诉了大斌。

当天晚上，警方就从监控里看见大斌从家里的杂物室里找出了同一个品牌的鞋盒子，把它扔进切割机切割成碎片，又把碎片倒进马桶冲掉了。这个行为非常可疑，完全可以作为证据链的其中一环了。

其实，案发后，警方对大斌家进行过搜索，当时并没有找到这一双运动鞋。从事发到现在的一年多时间里，警方一直没有找到这双鞋子。由此可见，很有可能在案发后，大斌就把鞋子处理掉了。听了阿巧传递回来的信息，大斌觉得不放心，才去翻找鞋盒子，把鞋盒子也处理掉。

除此之外，根据监控里获取的线索，澳大利亚警方还查出来一个"内鬼"。

根据大斌家会客的情况，警方发现大斌有一个朋友是警察。这个警察后来因贪腐问题被逮捕，据他交代，在林家命案案发之前，大斌找他弄了几滴陌生人的血液。由此警方推测，大斌弄来陌生人的血液的目的，有一种可能就是把这几滴血液滴落在林家现场，冒充嫌疑人的血液误导警方。

如果是这样，那这个大斌的反侦查能力还真是不一般。只不过，澳大利亚警方并没有在满是血迹的现场找到这几滴陌生人的血液。

在现场放置其他人的血迹，真的可以嫁祸他人吗？

答案是否定的。

在现场尝试获取嫌疑人的血迹，当然是法医的一项重要工作。

不过在此之前，法医首先得分析一下凶手有没有可能在杀人的过程中受伤流血。像眼前这个案子，凶手全程佩戴手套，使用的工具是钝器而不是锐器，杀人动作非常简单，被害者完全没有反抗，凶手在现场受伤留下血迹的可能性就很小了。

其次，法医会对现场的血迹进行分析，哪些是擦拭状血迹，哪些是滴落状血迹，哪些是喷溅状血迹，这些血里有哪些可能是从手套里流出来的。也就是说，法医不可能把满是血迹的现场里所有的血都做一遍 DNA 检验，而是只会做那些有可能是凶手留下的血迹的 DNA 检验。

最后，法医还会对现场进行重建，不在重建轨迹上出现的孤立血迹，也同样没有证明价值。

因此，随便往现场滴几滴别人的血，很有可能法医连提取都提取不到，更不用说误导警方了。

退一万步讲，凶手滴血的动作恰好形成了疑点，让法医提取到了，做出了 DNA，警方就会认定血迹的主人是凶手吗？也是不可能的。

老秦在前文说到过证据链的意义，在这里也同样适用。

警方绝对不会利用 DNA 这个孤证来证明犯罪，他们肯定会研究血迹主人的作案动机、作案时间、行为模式等，综合分析血迹主人的嫌疑如何。而研究到最后的结果，很有可能是排除血迹主人的嫌疑，且因为这个干扰项，获取到更多可以分析真凶心理的线索。这就是老秦说过的**案后多余动作**对警方的帮助。

所以，大斌找人要血液这件事情，同样是一个多余动作，这也加重了他的嫌疑，让证明他犯罪的证据链上，多了一项侧面证据。

除了上述疑点，澳大利亚警方还从监控中看到，大斌经常对小君做出过分亲密的举动，甚至有不恰当的身体接触。这就很可恶了，警方之前安装监控的理由就是要保护小君，所以拍到这样的监控录像后，警方决定以涉嫌性侵未成年人为由，再次拘捕大斌。

紧接着，一份 DNA 鉴定报告给本案带来了转机。

这份 DNA 鉴定报告的检材，是 2010 年澳大利亚警方在大斌家中车库里发现的一处疑似滴落状血迹。因为那时 DNA 检验技术水平极为有限,所以澳大利亚警方把检材分别邮寄给了美国的两个专业实验室进行鉴定。

当时,美国的专业实验室也无法做出有效的结果。后来,随着技术的发展,DNA 检验技术能力提升,专业实验室终于把这一滴血迹里的 DNA 检验了出来。

鉴定报告显示:这滴血迹是混合血,包含了四个人的 DNA,而这四个人,就是林家惨案中的四名死者。

2009 年 7 月发生的案子,2010 年在嫌疑人家车库里面提取到了血,这能证明大斌犯罪吗?

其实老秦也有疑惑,为什么澳大利亚警方在案发后那么久才在嫌疑人车库里找到血迹?毕竟案发后不久警方就可以确立重点嫌疑人,而不管血迹有多隐蔽,对嫌疑人居住地的搜索勘查工作也可以将它找出来。

或许是澳大利亚的司法程序比较复杂,抑或是血迹十分隐蔽吧。总之,虽然血迹发现的时效性是有问题的,但老秦之前也说了,警方不可能把这一滴血迹作为一个"孤证"来证明大斌有罪,它只是证据链的一个重要组成部分。

当然,这样的血迹出现在大斌家的车库里,澳大利亚警方也是要排除一些合理怀疑的。比如说,会不会有其他人作案,又来到了大斌家的车库?经过调查,如果可以排除这种可能,那么这滴血的证明效力就会上升。

还有，案发后大斌也进过现场，他也有可能把血迹带回车库里。但老秦刚才描述这滴血的时候，说的是滴落状血迹。进过现场的人，即便踩到过血而带回自己家，在自己家里留下来的也应该是擦拭状血迹。要形成滴落状的血迹，一般都必须有足够含血量的物体，比如皮肤破了可以滴血，凶器上黏附了大量血迹也可以滴血。所以既然提取的检材经过法医判断是滴落状血迹，那么它的证明效力也在上升。

有了这个证据，警方认为证明大斌犯罪的证据链已经比较完整了。

于是，警方于2011年5月以谋杀罪逮捕了大斌。此时，离林家血案的发生已经过去了将近两年的时间。

被捕后，大斌拒不认罪，也不解释可以证明他犯罪的那些证据和他的反常行为。妻子阿巧也声称自己相信丈夫肯定不是凶手，她认为丈夫没有动机去做那样的事情。

人总是有两面性的。

阿巧是受害者老林的妹妹，也是嫌疑人大斌的妻子。很难说阿巧是被人面兽心的大斌蒙蔽，还是自己猪油蒙了心故意袒护大斌，总之，她并没有向警方说出所有的实情。好在，阿巧没有提供给澳大利亚警方的信息，警方倒是通过大斌的狱友获知了。

在大斌被关押期间，他的一个狱友向警方反映，说自己经常跟大斌聊天，大斌多次提到自己的岳父母看不起他，认为他样样都不如大舅子老林。岳父母还说阿巧嫁得不好，她完全可以找到更好的对象。当大斌经营的餐厅破产后，这样的情况就越发严重了。从那个时候起，每次"家庭日"结束，大斌都会和妻子阿巧大吵一架。

有次狱友问大斌，一个人怎么可能杀死五个人？

大斌声称自己是医生，可以通过按压某个穴位让人失去意识，等这个人失去意识以后再砰砰地砸就好了。很明显，这是没有科学依据的。要么是大斌在吹牛，要么就是狱友为了自己减刑而瞎说。

虽然狱友间的聊天不能成为定案的证据，但大斌对老林一家的嫉妒、被人看不起的受辱感肯定是存在的。

大斌被捕后，小君也获知了大斌的作案嫌疑。

此时，小君终于鼓足勇气，在法庭上说出了一个让人震惊的事实。

原来早在案发之前，大斌就性侵过她。案发之后，她搬到了姑姑家，姑父大斌的侵犯行为也愈加严重了。那时候小君并不知道大斌有可能是杀害她全家人的凶手，她只想着姑姑是自己的亲人，想继续跟姑姑一起生活，所以就忍气吞声不敢声张。

老秦之前和大家聊过，性侵未成年人的往往是熟人，对儿童进行性防卫教育是非常重要的，这在本案中也得到了体现。

小君的爷爷一听她这样说，也回忆起一件事情。案发后，小君的爷爷在大斌家过夜，晚上上完厕所回卧室的时候路过孙女小君的卧室，看到大斌竟然趴在卧室门口窥视孙女。大斌看到他的时候，明显被吓了一跳。

大斌对小君的垂涎，似乎也印证了为什么他会选择小君不在家的时候作案。

事已至此，所有的亲戚朋友都已经认定大斌就是本案的凶手。

只有阿巧还在坚信自己的丈夫是无辜的，她因此断绝了和父母、亲戚朋友的关系，为了给丈夫脱罪而东奔西走。老秦实在不能理解阿巧是怎么想的，明明这么多证据都指向她的丈夫，但她就是坚决不信。

2017年1月12日，距离案发已经7年多了，澳大利亚法院的陪审团在综合考虑各方证据之后，判定大斌犯有谋杀罪，判处大斌5个无期徒刑且永远不得假释。

讲到这里，老秦禁不住又想吐槽了。

5个无期徒刑，就是为了安抚5条冤魂吗？对犯罪分子的"人道"，就是对普通人的不人道。关于"反对废死"的观点，老秦在前面已经说过了，这里就不赘述。只是看到澳大利亚陪审团的判决，我总觉得愤怒的心情很难平静。

2021年2月15日，当地刑事上诉法庭驳回了大斌的上诉，维持原判，这就意味着大斌将会在狱中度过余生。

法官认为，大斌共有三大作案动机，分别是侵财、嫉妒和谋色。

老秦曾经讲过，很多案件中犯罪分子的作案动机是非常复杂的，但总会有一个主要的作案动机。本案中大斌的作案动机涵盖了因仇、因财、因色，但他主要的作案动机其实还是因为嫉妒心和感到被羞辱。

那么法官说的因财是怎么回事呢？

其实也很好理解，老林报刊亭的生意非常好，每年都有十分丰厚的利润。2009年案发前，老林在附近又购买了两处房产。假如老林一家全部死了，只留下一个小君，而小君无依无靠，那么大斌和阿巧夫妇理所当然就成了小君的法定监护人。小君作为老林家唯一的幸存者，自然也会依法继承老林所有的财产，而大斌也就自然获得了老林家所有的财富。

当然，对大斌来说，这还不仅仅是获得财富那么简单，他以后就可以肆无忌惮地性侵小君了。

而小君几乎失去了所有的家人，就连姑姑也已和她决裂。后来她回忆案发前自己和同学们出国游学，在飞机场的时候，同学们都和父母拥抱告别，而她没有。她觉得自己反正就出去一个礼拜，很快就能回来见到爸爸妈妈了，用不着搞这种尴尬的举动。

可她万万没有想到，这一次的挥手，居然是最后的告别。

你永远不知道谁是"狼人"

在翻阅本案资料的过程中，我常常会不自觉地带入国内的办案思路去思考，如果老秦和同事们遇到这个案子，我们会从哪些方面着手调查？当案子因为缺少关键证据而没有抓手的时候，我们可以从哪些方面去尝试突破？

所以在讲述案件的过程中，老秦也絮絮叨叨地说了很多法医的工作内容。我国的司法体系与澳大利亚有很大的区别，这决定了我们的办案思路也会有所差别。但相信无论在哪个国家，在哪种司法体制下，所有司法体系的工作人员都秉持着一个目标，那就是惩恶扬善、守护正义。

在澳大利亚的这个案子里，被杀害的这五个人，或许到最后一刻都不敢相信是身边的亲人下的手。在办案实践中，老秦发现，很多恶性杀人案件都发生在熟人之间，甚至是亲友之间。有些杀人动机，只是一些鸡毛蒜皮引发的，简直离谱到让人难以置信。

说实话，在与身边人相处的过程中，我们没有办法事事和谐，也不可能一点儿也不得罪人，但必要的防范还是不可少的。

比如我们自家是避风的港湾，那么港湾的密码或钥匙，则应该是家里的最高机密，不可因为对方是熟人就轻易告诉他密码或给他钥匙；睡觉时，应尽可能保证大门反锁、窗户安全，不给怀恶之人可乘之机；不轻易留不甚了解的熟人在家过夜；和熟人吃饭要管好自己的碗碟防止别人投放药物，和熟人饮酒不要醉到人事不省……

"防人之心"也体现在维护财产安全上，将自己的手机密码、银行卡密码告诉所谓的"熟人"也是有一定风险的。知人知面不知心，即便双方再熟悉，也尽量不要向对方透露自己的财产情况，避免引起不必要的嫉妒或觊觎之心。

此外，最近流行一个说法叫**"幸福者退让原则"**，就是当一个人拥有幸福美满的生活时，面对外界的挑衅或冲突，最好是选择退让而非纠缠。如果和熟人发生了一些纠纷矛盾，自己无法解决，应尽快寻求社区、警方的帮助，及时化解。学习一些自救知识，自己遇险之时，也能懂得怎么保护自己的生命安全。

当然，我们生活在社会当中，也不能因为自己的过度防范意识影响了正常社交活动，只要心里绷着一根安全弦就足够了。

调查提示

死者身后的血迹，是他自己爬出来的，还是被人拖出来的？
对 20 多处刀伤的致伤工具分析，有必要吗？
犯罪现场的仪式感，和当地的风俗有关吗？
凶手的签名行为意味着什么？
无差别杀人的案子怎么破？

被诅咒的儿童病房

♀ Y市
清风公园裸尸案

007号
档案
"七星阵"杀人仪式

暗黑版

超硬核索引

血迹分析

反常脱衣现象

卸装行为

被害人学

激情杀人

冬日公园惊现赤裸男尸

2005年11月26日清晨,和往常一样,Y市的清风公园里到处都是晨练的市民。

公园的位置很好,附近有很多居民区,交通便利,环境幽雅,空气清新,鸟语花香,所以,这里自然成了市民理想的晨练场所。

可这个早晨,一声凄厉的尖叫吸引了市民们的注意。很多人因为好奇,纷纷向尖叫声发出的方向聚拢了过去。

原来,一位市民在跑步经过公园草坪的时候,发现草坪上似乎有什么东西。她跑近一看,草坪上居然躺着一个年轻的男人。这个男人看起来很诡异,他几乎全身赤裸,只有一条蔽体的短裤。更吓人的是,他躺在那里一动不动,皮肤上沾满了鲜血……

这不会是——凶杀案吧？！

围拢而来的市民们一边拨打110报警，一边自觉对现场进行了保护。

很快，民警赶赴现场，确认躺在草坪上的赤裸男人已死去多时。

此时正值11月，是寒冬季节，虽然Y市属于南方城市，气候没有那么严寒，但是在这个季节只穿一条短裤，显然是不正常的。警方发现，男人的尸体上除了有大量血迹，还有很多被虐待形成的损伤。除了尸体周围有血泊，尸体身后还有长达20多米的擦拭状血迹，整个现场散发着血腥味，触目惊心。

在公共场合发生了这么惨烈的案子，警方的压力陡增。

先期抵达的民警确认过现场情况后，Y市警方的刑侦、刑事技术人员也赶到了现场。经过对现场的初步勘查，警方确定死者身后草坪上的擦拭状血迹是他受伤后独自在草坪上爬行留下的，并非别人拖行他的尸体形成的。

这是怎么看出来的呢？

让我们来聊聊血迹分析。

在林家五尸惨案中，老秦介绍过警方可以通过滴落状血迹分析出哪些有用的信息。其实，现场的血迹形态除了**滴落状**，还有很多种，比如**擦拭状**、**流注状**、**喷溅状**和**血泊**等等。每种血迹形态意味着不同的现场情况，在案件的分析推理中，能发挥不同的作用。

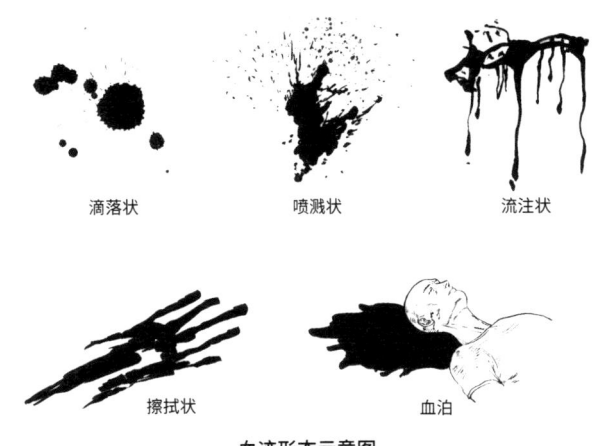

血迹形态示意图（滴落状、喷溅状、流注状、擦拭状、血泊）

喷溅状血迹的位置，有可能提示杀人的第一现场在哪里；流注状血迹的方向，有可能提示死者有没有体位移动；滴落状血迹，有可能提示死者或犯罪分子行动的方向或停留的时间；等等。当然，血迹分析不是把不同形态的血迹分开来看，或是进行单独分析，而是要结合整个现场的情况进行综合分析。

在这个案子中，警方要分析男尸身后长达20多米的擦拭状血迹，也需要进行综合考虑。毕竟，此处的擦拭状血迹，可能是死者自己爬行形成的，也可能是死者被凶手拖行形成的。这两个截然不同的分析结果，产生的区别就很大。

所以，**血迹分析对案件的现场重建、凶手的刻画分析都有非常重要的意义**。

那么具体要怎么进行分析呢？

在这个案子里，法医可以通过血液在尸体上堆积的位置，结合现场的拖擦血痕进行分析。如果尸体的小腿前面和双手掌也有擦拭状血迹，那就有可能是爬行形成的；但如果尸体上的擦拭状血迹集中在大腿、小腿的后侧，方向是从上往下，那就有可能是尸体被人拖行形成的。

法医也可以根据拖擦血痕旁边有没有伴行的血足迹来进行判断。如果有人拖行死者，那他的鞋子上势必会沾上血迹，自然也会留下血足迹或者血足迹轮廓；而死者自己爬行则不会有血足迹的伴行。

当然，上述分析角度都只是举例说明。对于每个案子，根据不同的现场情况和血迹情况，分析的方法是不一样的。但只要有条件做出血迹分析，对案件的侦破工作就是有益处的。

Y市的警方根据血迹分析得知，这个男人被人虐待，受了很重的伤，但凶手似乎并没有要在现场置他于死地的想法。因为男人受伤后，爬行20多米，想要爬到有人的地方呼救，而凶手并没有对他进行补刀或阻拦。遗憾的是，尽管男人有自救的想法和行动,但他试图求救时,公园里并没有什么人,因此,自救行动失败了。

那么,对法医来说,现在急需解决的就是两个问题:第一,这是不是命案?第二,死者究竟是谁?

第一个问题很容易回答,因为死者身上有大量被虐待的痕迹,还有很多开放性创口,有些创口的位置是在自己够不到的地方,说明他确实遭受了不法侵害,这是一起命案无疑。

而第二个问题就没有那么简单了。在旅行袋人头案里,老秦详细介绍了法医是如何利用法医人类学来寻找尸源的。但在现实中,从尸体上获取信息,往往有很多不确定性。有时候,即便尸体高度腐败了、白骨化了,法医还能通过一些线索来找到尸源;而有时候,即便尸体条件很好,也不容易找到尸源。

这起案件的情况就属于后者。

被害人是前一天晚上被侵害死亡的,尸体很新鲜,无论是尸体条件还是现场条件都很好。但他只穿了一条短裤,身上也没有任何有辨识度的特征。所以法医除了直接通过观察和测量来确定死者的性别、身高、体重、年龄,几乎没有获得任何可以用于寻找尸源的线索。

有读者会问,那死者的衣服去哪儿了呢?他穿着短裤死亡,外衣没准儿就在不远处啊。确实,警方在距离尸体不远的草坪上,找到了一些散落的衣服。法医对衣服进行了测量,衣服的大小和死者的体形是吻合的，这些衣服应该就是从死者身上脱下来的。但这些衣服里并没有放置随身物品，衣服本身也没有什么特征性，所以通过衣服来寻找尸源的线索也断了。

好在当时已经开始普及 DNA 检验了，虽然检验手段还不够先进，DNA 库中的数据还很有限，但好歹是有希望通过 DNA 找到尸源的。

不管尸源有没有查清，既然法医确定这是一起命案，那么接下来，尸体解剖和查找死因的工作就要展开了。

法医经过尸体解剖，确定男人的死因是**失血性休克**。通俗一点说，就是失血过多导致死亡。但是和其他常见的失血性休克死亡的尸体情况不同，法医在这名被害人的身上没有找到一刀致命的绝对致命伤。

法医发现，死者身上被人捅了 20 多刀，损伤多而复杂，但这些损伤基本集中在死者的四肢部位，而不是躯干部位。人的躯干部位里有脏器和大血管，受到刀伤很容易出现器官破裂或大血管破裂，进而死亡。虽然四肢部位也有破裂后容易致命的大血管，比如上肢的腋动脉、下肢的股动脉，但这些大血管并不密集而且位置较深，有丰厚的软组织保护，不容易受伤。

事实上，这名被害人的重要大血管也确实没有破裂，破裂的都是一些分支动脉等小血管。

有朋友就好奇了，没有伤到大血管，只伤到小血管也会导致失血性休克死亡吗？

答案是有可能的。

虽然一般情况下，小血管破裂后，血管会挛缩，加之机体自身有凝血功能，血很快就会凝住。但在有些情况下，血是不会自己止住的，比如创口哆开[1]得较大、破裂的血管较粗或是伤到了小的动脉、凝血功能有障碍、损伤较多较复杂等等。在这种情况下，机体自身也就无法进行凝血了，必须有人为的干预，比如医生对伤者破裂的血管进行吻合，对创口进行缝合，等等。所以，这里也给大家提个醒，如果受伤了，即便损伤不重，但创口流血不止，也一定要到医院就医。

本案中的被害人就是这样，虽然他身上没有重要的脏器和大血管的损伤，没有发现绝对致命伤，但因为他身上的创口多而且深，所以无法自行止血。加上没有人及时对其施救，他爬行了20多米，最终还是因为失血过多、体力不支而失去了意识，失去了行动能力。失去意识后的被害人，血慢慢流失到机体可以代偿的极限，就会走向死亡。

不过，看到本案开头的一些关键词，有的读者又有新的疑

---

[1] 哆开：法医学术语，是指皮肤裂开后连续性丧失，因为张力作用而创口张开。

问了：冬天、赤裸……虽然这个男人受了伤，但他的死因有没有可能是冻死呢？

能提出这种假设的读者很厉害，因为冻死确实会有**反常脱衣**现象。

在很多冻死的案件中，当事人因为失温而导致体温调节中枢出现了障碍，在意识模糊的时候，会有**热幻觉**。也就是说，当事人明明在冰天雪地当中，却感觉到很热，因此就会主动脱衣服，这就是法医所说的反常脱衣现象。

因为有了脱衣的行为，所以有些冻死的现场，看起来很像是性侵杀人的现场。有的案例还很夸张，当事人不仅会脱光自己的衣服，甚至还会把衣服整齐叠好放在身边。这样的案例发生后，向家属解释当事人是"意外冻死"，没有被侵害的痕迹，家属通常很难信服。

但是法医对死因的判断，绝不能仅根据死者在冬天没穿衣服这一点。反常脱衣确实是出现在冻死现场的一个现象，但并不能作为死因鉴定的依据。就像很多冻死的尸体会出现**苦笑面容**[1]，皮肤上还会有鸡皮疙瘩，那也只是尸体的一些表现，同样不能作为死因鉴定的依据。

经过尸体解剖，法医要在尸体上找到确切的冻死特征，比如髂腰肌出血、胃黏膜出血等，并且排除了其他死因，才能得

---

[1] 苦笑面容：冻死的尸体，面部表情似笑非笑，被称为苦笑面容。

出冻死的鉴定结论。

老秦在被褥裹尸案里说过,死因鉴定是"排除"和"认定"相结合的。我们不仅要找到认定死因的确凿依据,还要排除其他可能的死因,这时候确定的死因才是准确客观的。

拿本案来说,虽然死者身上没有致命伤,但法医可以找到他失血死亡的确凿依据:现场有大量血迹,尸体上有多处创口,尸斑浅淡,心脏空虚,器官色浅。如果法医再能找到某根小动脉或者多根小静脉破裂,更是"锦上添花"了。但即便如此,法医还是需要排除死者死于窒息、中毒、疾病、电击、低温等其他可能致死的因素,才能最终给出死因结论。

老秦絮叨了这么多,有读者朋友可能会不理解:你说了这么多,失血也好,冻死也好,不就是个死因吗?对破案有什么用?

死因鉴定还是非常重要的。也许对破案的作用不大,但对破案后的整个起诉、审判过程有着不可替代的作用。比如在清风公园的这个案子里,如果法医通过尸体检验确定死者是被刀刺伤后失血过多而死亡的,那么犯罪分子的袭击行为就是直接导致死者死亡的因素;如果法医通过检验认定死者是被刀刺伤后因为失去行动能力而最终被冻死的,那么犯罪分子的袭击行为虽然也是导致死者死亡的因素,但肯定不是直接致死因素,对其量刑就有可能出现不同的结果。

由此可以看出，法医的工作，不仅要为破案提供服务，还要为整个诉讼过程提供服务。

鉴定完清风公园这具赤裸男尸的死因后，警方倒是有了查案的方向。

通过法医的检验，尸体上除了有20多处创口，还有许许多多徒手伤，也就是我们常说的拳打脚踢伤，这些伤痕几乎遍布尸体的全身。可想而知，被害人是被人反复殴打、刀刺，在遭受了长时间的虐待和折磨之后，自救不成，伤重不治而死亡的。

侦查员觉得，凶手的作案手段很残忍，按常理说，作案动机应该是报复杀人。

依照办案经验，抢劫杀人的目标很明确，一般不会对被害人的身体进行过多虐待、折磨。抢劫杀人的凶手想的就是要尽快拿到钱走人，哪有时间来慢慢折磨被害人，除非凶手需要逼问被害人的钱藏在哪里，或者逼问银行卡密码，但在这种情况下，被害人身上留下的损伤一般都是威逼伤，比如凶手用刀顶着被害人逼问留下来的伤。但这名被害人的身上都是虐待伤，并没有威逼伤，所以警方最初定下的侦查方向是从"报复杀人"入手。

通常情况下，报复杀人的案子要比抢劫杀人容易侦破一些。因为报复杀人的案件中，凶手和死者通常是熟人，只要能明确死者的身份，再调查哪些人可能和他存在仇怨，案件就有希望侦破了。

可在这个案子里，尸源一时还查不清楚，就没法通过死者的关系网去寻找犯罪嫌疑人了。

警方也尝试从清风公园周围的居民中寻找线索，希望能找到凶案的目击者或当天晚上在现场附近看到可疑人员的证人。虽然清风公园是一个开放式的公园，周围没有围墙，也不需要门票，可毕竟当时已经入冬，罕有人晚间顶着寒风到公园散步。前期的尝试都一无所获，案件暂时陷入了僵局。

为了找到突破口，各个警种的警察都努力想起了办法。

法医开始研究死者身上这 20 多刀的刀口，对致伤工具进行推断。

在澳大利亚的林家五尸惨案中，老秦和大家聊过关于钝器致伤工具推断。这次，我们来聊聊**锐器致伤工具推断**。有朋友就奇怪了，这要怎么进行推断呢？假设我用水果刀在死者身上割一刀，用菜刀在死者身上再割一刀，这两刀形成的创口应该差不多呀，这也能看出区别？

面对锐器形成的**切割创**，法医确实很难进行致伤工具的推断，但如果是**刺创**，就比较容易推断了。

法医不仅能从刺创创口的**宽度**来推断凶器的刃宽，还能通过刺进去的**深度**来推断凶器的长度。从创口的两个**创角**，法医可以判断凶器是单刃的还是双刃的，还能通过创角的痕迹来判断这把刀的刀背有多厚（法医称之为背宽）。有的时候，整个刀刃都刺进了人体，那么刀的护手部分就会在死者皮肤上留下**印痕**，法医甚至可以根据印痕推断出刀的护手是什么形状的。

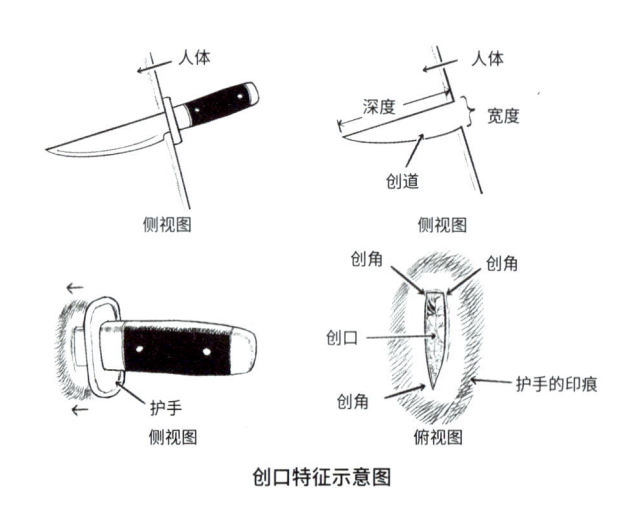

创口特征示意图

有朋友又要问了，即便这些特征都被法医推断出来了，法医也不可能直接找到一模一样的刀啊，这种**致伤工具推断**又有什么意义呢？

那咱们就以清风公园的这个案子为例，看看法医对致伤工具的推断能发挥什么作用。

Y市的法医仔细研究了尸体上所有的创口，发现这些创口虽然都是锐器刺的，但从创口推断出来的致伤工具形态却不一致。这20多处创口，不是一把刀造成的，也不是两把刀造成的，最起码是由三把刀造成的。

那这个推断有什么用呢？

法医认为，既然凶手用了三把刀来行凶，那凶手肯定不止一个人。

正常情况下，凶手行凶只会使用一种工具，因为一把匕首就可以达到他行凶的目的。当然，一个人双手各拿一把刀来行凶也是有可能的，但这种情况还是少数。而一个人用三把刀来作案，现实中这种情况基本上不会发生。

再结合尸体上遍布的徒手伤，法医就可以确切地下结论——凶手肯定不是一个人，很有可能是三人或者三人以上。

这也让本案的另一个疑点得到了解释：死者明明是一个年轻力壮的小伙子，却被虐待、折磨成这样，丝毫没有还手之力，原来是寡不敌众啊。

诡异的"北斗七星阵"

听到法医推出的凶手人数较多的结论，现场勘查员们也来了兴趣。

因为现场勘查员们在对血迹进行勘查之后，又对外围现场进行了搜索。他们发现在距离中心现场草坪不远的一处土地上，插着 7 枚烟头。而且这 7 枚烟头的排序方式和北斗七星如出一辙。现场勘查员一开始还怀疑，这 7 枚烟头出现在现场会不会只是巧合，可如果凶手不止一人，那这烟头会不会是凶手们一起留下的呢？

看到这里，老秦不禁想到了金庸先生所著的《射雕英雄传》里全真教的天罡北斗阵。凶手是不是故意把烟摆成这个模样，为了搞一种神秘的仪式？又或者凶手在以土为炉，以烟为香，搞封建迷信的祭天活动？

这个发现，让Y市警方也忍不住浮想联翩，他们甚至猜想这搞不好和某种邪教有关。比如某七个人共同作案，把死者杀死后祭天，一人插了一根烟？侦查方向甚至一度转向调查迷信、邪教了。

也有人提出，这插烟的仪式，会不会是某种风俗习惯呢？

凶手的案后反常表现，也有可能和当地的某种**风俗习惯**有关。在法医实践中，法医可以利用这一点去缩小侦查范围，寻找凶手。

比如我曾经在《遗忘者》里写过一个故事，凶手在杀完人后把尸体藏进了行李箱，警方经过现场勘查，发现行李箱里居然还有一些大米粒。一般不会有人用行李箱来运输大米，死者身上也不可能随身携带生的大米，那这些大米是有什么特殊的含义吗？

经过调查，警方发现当地有个村落自古以来就有一个风俗习惯：假如有人横死，必须在尸体旁撒一把米。当地人认为，只有这样，冤屈的鬼魂才不会游荡在人间祸害生者。可想而知，凶手也应该受到这个风俗习惯的影响，才在行李箱里撒了一把米。由此，法医把排查凶手的范围直接锁定在了这个村落，案件也就很快侦破了。

类似这样的案件很多，比如，有些人会在死者嘴里放一枚硬币，有些人会把尸体弄成跪姿并且朝向太阳，有些人会把尸体分解后抛弃在十字路口——因为奇特风俗习惯有很多，而各地的风俗习惯都不尽相同，**掌握辖区内各地的风俗习惯，有时候就可以成为警方破案的捷径。**

可惜的是，不管是排查邪教，还是调查当地的风俗习惯，警方都没有找到任何线索。

因为男人被脱光衣服的现象比较反常，警方也尝试对此进行了分析。

被害人是一个年轻男性，不排除会被性侵的可能。不过，尸体上并没有发现被猥亵的痕迹，所以，被害人被脱光衣服和性侵是没关系的。

那么，脱衣服的行为，有可能是为了抢劫吗？

在有些抢劫案件中，犯罪分子为了全面搜索财物，要求被害人把衣服全部脱光，这样就可以把被害人藏在隐蔽地方的钱财和贵重物品找出来。本案中，被害人没有随身物品，衣服里连一分钱都没有，那么就有可能真的是被抢劫一空了，所以这种可能是不能排除的。虽然警方之前推断本案可能是因仇杀人，但很多因仇杀人的案件，凶手在杀人后也会洗劫被害人的财物。

脱衣服还有一种可能，就是**卸装行为**，又叫**约束性脱衣行为**。

这个名词，老秦已经在旅行袋人头案中说过了，那起案件的嫌疑人就是用这种作案手法抢劫了好几名女性。在抢劫杀人案件中，有时我们就会见到这样的作案手法。

我曾在小说《天谴者》里写过一个故事，凶手将一名跑"黑三轮"的女性司机骗到了一个偏僻的地方，对其进行抢劫。实施完抢劫后，凶手准备逃离现场，又怕被害人趁机逃走报警，所以他便想了个办法，威逼被害人把自己的衣服脱光，被害人也照做了。然后他又威逼被害人走到河里去，进一步防止她逃跑。凶手认为，一个女人光着屁股满街跑，肯定会觉得很羞耻，所以他就利用这种心理对被害人实施约束。只是，被害人以为凶手要在河中将她溺死，出于恐慌，拼死反抗，凶手在控制她的过程中最终用刀将她刺死。

凶手对被害者实施卸装行为的可能性，在本案中同样不能排除。

各路调查，提出了各种可能性，却都没有获得突破口，警方不得不回到最初的思路，就是先确定被害人的身份。

于是，警方贴出了悬赏公告，征集有关被害人的线索，试图发动群众的力量，尽快找到被害人的尸源。但悬赏公告贴出去以后石沉大海，一直没有人来向警方提供死者是谁的线索。

如果被害人是Y市的居民，那么在这么大范围张贴悬赏通报后，总会有人认出被害人。而且，警方对辖区内所有派出所的失踪人口线索进行了梳理，都没有找到和被害人条件吻合的可疑失踪人。鉴于此，警方认为被害人很有可能是外地人。这无形中给警方在身份排查方面增加了非常大的难度。本来DNA技术水平在当时就很有限，如果被害人是外地人，那想通过DNA来找到尸源，更是希望渺茫。

但警方没有放弃寻找，在接下来的5年中，警方殚精竭虑，排查着所有在Y市出现过的有可能和被害人有关的线索，也派出了很多警力到周边城市、省份进行协查。

终于，功夫不负有心人。2010年，警方经过线索比对，发现被害人曾经于1998年在本市火车站因为盗窃而被警方行政处罚过。在这份从档案堆里翻出来的多年前的笔录中，警方明确了被害人的身份，他果真不是Y市人，而是外省人。

但是，接下来的调查让警方的心再次凉了半截。因为即便知道了被害人的身份，案件的侦破还是没有迎来转机。警方对被害人的社会矛盾关系进行了全面、细致的调查，并没有发现他和什么人有深仇大恨。

难道"因仇杀人"的推断是错误的吗？

有民警提出一个新想法：既然被害人以前曾因盗窃而被处罚过，那么说明被害人很有可能是个职业小偷。假如这一次被害人是在行窃的过程中被人发现了，那么会不会是几个失主对他进行了殴打，最终导致他死亡呢？

这位民警的思路，其实是来自现在法医界讨论比较多的一门学科——**被害人学**。

被害人学主要的研究方向，就是研究被害人的职业、特征和属性，从而推断加害人的特征。打个比方，如果被害人是卖淫女，那么加害人可能是嫖客，因为嫖资纠纷等原因作案。如果被害人是出租车司机，那么加害人可能是因为抢劫才杀人。

当然，这都是统计学意义上的研究，只能说大概率怎么怎么样，并不能涵盖每一种情况。但只要是大概率的理论，在大部分案件中，就能发挥作用。这门学科现在处于研究阶段，已经有了很多理论成果，正在逐步推广。

不过，从本案的情况来看，这位民警提出的"失主殴打小偷"的可能性并不大。

为什么呢？

因为小偷作案的场所一般都是人员密集的场所，这样小偷才比较容易下手，得手后也比较容易藏匿。可现场是一个人烟稀少的公园，没有什么店铺、住宅，不可能进行入室盗窃；当时又是寒冬的夜晚，附近都没有什么人员流动，小偷怎么会选择在这个地方下手呢？

既然这种可能性不大，那么从丢失物品的失主这一方向展开调查的路也就走不通了，案件再次陷入僵局。

清风公园位于Y市的市中心，在这里发生命案，当年是引起了不小的轰动的。

咱们国家的命案发案率极低，破案率又极高，所以，这种多年未破的命案本来就比较少见，自然会引起Y市市民的恐慌。案发后，清风公园门可罗雀，习惯来此晨练的市民也都选择了别的场所。

悬案未破，Y市的警察们每每路过此地，都会心有不甘。

他们始终没有忘记追查此案，一方面是希望能让惨死的受害者沉冤得雪，另一方面，他们也担心凶手会再次作案。毕竟，现场留下了仪式感十足的7枚烟头，如果这是凶手的**签名行为**，那凶手就很有可能会继续作案。

好在，这种担忧并没有成为现实。

2016年，在清风公园裸尸案发案11年之后，侦破工作终于迎来了转折点。

荒诞而孤独的杀人夜

这 11 年间,我国的刑事科学技术得到了飞速的发展,很多以前不具备检验鉴定条件的物证,随着技术的发展,都有希望检验鉴定出结果了。

Y 市警方就想,这 11 年来,警方的重点一直放在被害人身上,现在有了更先进的 DNA 技术,为什么不试试直接找加害人呢?

别忘了,当年警方在现场可是提取到了 7 枚烟头,这 7 枚看起来很有仪式感的烟头之前被民警们分析了很多轮,现在又可以发挥出另一个作用了。因为技术发展了,从烟头上也有可能检出吸烟人的 DNA。

幸运的是,这个案子的物证保管做得很不错,现场遗留的烟头保存得非常好。借助更加先进的 DNA 技术,警方果真检出了吸烟人的 DNA 数据,并根据其中一个人的 DNA 数据,锁定了他的身份。

这个人是一名吸毒人员,叫小亮。

一锁定小亮的身份,警方立即展开抓捕行动。小亮到案后,并没有坚持多久,就交代了他和另外几个人一起实施杀人犯罪的全部过程。

不得不感慨,刑事科学技术的发展,有时真能让案件的侦破变得非常简单。

虽然小亮很快就交代了罪行，但他的供述还是让民警们震惊不已。因为这几名犯罪嫌疑人在实施犯罪的时候，都只是十几岁的少年。准确地说，这起案件的凶手共有9人，其中8个是中学生（包括小亮），年龄最小的甚至还不满14岁。

这群孩子为什么要杀人呢？

在小镇旅馆四尸血案中，老秦就聊过什么是"案件性质"。我们再来复习一下，**常见的案件性质有图财杀人、图性杀人、因仇杀人和激情杀人**。前三个案件性质，大家都了解得差不多了，最后一个"激情杀人"又是什么意思呢？

激情杀人，是刑法理论上激情犯罪的一种，与预谋杀人相对应，即本无任何故意杀人动机，但在被害人的刺激、挑逗下失去理智，失控进而将他人杀死。

所谓的激情杀人，最常见的就是两个人因为某种原因起了争执，从而互相厮打，其中一人在厮打过程中不慎或者因情绪激动将对方杀死。

在有些国家，会有"谋杀"和"误杀"之说，一部分激情杀人会被归为"误杀罪"。但我们国家的"过失致人死亡罪"和上述"误杀""激情杀人"完全不是一回事。**过失致人死亡，包括疏忽大意的过失致人死亡和过于自信的过失致人死亡**。疏忽大意的过失致人死亡，是指行为人应当预见自己的行为可能造成他人死亡的结果，由于疏忽大意而没有预见，以致造成他人死亡。过于自信的过失致人死亡，是指行为人已经预见到其行为可能会造成他人死亡的结果，但由于轻信能够避免以致造成他人死亡。由此可见，过失致人死亡案中的行为人，是没有杀人或者伤害他人的主观故意的。

但我们所说的激情杀人，依旧有杀人或者伤害的主观故意，所以"激情杀人"者通常会被认定为故意杀人罪或者故意伤害（致人死亡）罪。

相对于图财、图性、因仇等预谋杀人的性质，激情杀人又是一种不同的性质。

不过这四种性质并不能涵盖所有杀人案件的性质，还有其他比较罕见的杀人动机，比如无差别杀人。

那么，这起案件到底属于哪种性质呢？

不着急，我们慢慢看。

因为加害人几乎都是心智不全的未成年人，警方破案后，再回看整个作案过程，诸多不合理的地方也都有了解释。

比如说对一个人殴打虐待，虽然看起来有深仇大恨，但死者身上没有致命伤；比如让被害人莫名其妙、毫无意义地脱光衣服；再比如现场摆成北斗七星形状的烟头。这些现象缺乏一定的常理性，行为与动机不存在密切的联系，说明凶手可能就是心智不全。

但未成年人作案通常不具备反侦查能力，而本案的现场却又没有留下任何可供警方甄别犯罪分子的痕迹物证，这又是矛盾点。

其实当地警方不是没有怀疑过是未成年人作案，可因为现场没有用以甄别犯罪分子的痕迹物证，所以警方也就无法开展有效的排查工作。

好在法网恢恢，疏而不漏，案件总算是侦破了。

要说这群孩子的犯罪起点，只是一个"帮派梦"。

有这样7个上中学的孩子，平时学习成绩很差，无心上学，就想着要在社会上混，还想混出点名堂来。可是他们毕竟年龄还小，别说混出名堂了，到了社会上也只有挨欺负的份儿。为了抱团取暖，不再受欺负，这7个孩子就决定在一起成立一个"帮派"，并要把"帮派"做大做强。

于是，在那个静谧的冬夜，7个人效仿《三国演义》里的桃园三结义，在清风公园的草坪上举行了一场隆重的结拜仪式。7个孩子每人点燃了一根香烟，插在地上，摆成北斗七星的形状，算是"祭天"。结拜完成后，7个人还给他们新成立的"帮会"起名叫"炫耀帮"。

本来这些行为就和小孩子过家家一样，并没有什么大不了的。但这7个"炫耀帮"的成员觉得心里不踏实，因为他们虽然有7个人，但7个人的年纪都很小，如果和别的"帮会"发生了冲突,他们还是没有什么战斗力。

商量来商量去,他们觉得还是得拜一个"大哥"当帮会首领。如果能找到比较厉害的"大哥",他们7个人不仅可以被"大哥"罩着,还更容易吸引一些新的成员加入。

其中一个学生说,他曾经常和一个叫风哥的人来往,这个风哥在社会上混得风生水起,谁都要给他面子,不如就拜这个风哥为"大哥"吧。

他们真的去找了风哥,其实风哥当时也很年轻,他辍学后就在社会上游荡,是街面上的痞子。风哥听说这些男孩要拜他为"大哥",让他当"帮会首领",顿时来了兴趣。风哥对这些男孩说:"既然你们是在清风公园拜把子的,那么我们'炫耀帮'的第一次会议就在清风公园里开吧,你们每个人带一把刀,到清风公园来见我。"

这些男孩听"老大"这么一说,纷纷携带刀具,来到了清风公园。

此时风哥已经在草坪上等着他们了。风哥还带来了一个马仔,也是一名中学生。这9个人一聚头,就开起会来。

风哥说,江湖险恶,稍有不慎就会被人欺负,要不想被欺负,就得心狠手辣。怎么才能锻炼自己,让自己心狠手辣呢?首先必须杀个人、练个胆。要想成为"炫耀帮"的骨干,每个人都得动手,不能袖手旁观。

这帮年轻人在风哥的怂恿下，还真开始在公园里寻找目标了。而被害人此时恰好在公园里独行，他自然而然就成了"炫耀帮"练胆的对象。

其实到最后，也没人知道被害人为什么会在寒冬的夜晚独自出现在公园里。有可能他是出去行窃途经公园，也有可能他本身就无处可去，想在公园里觅个地方过夜。总之，他很倒霉地成了这场闹剧的受害者。

选中目标后，风哥振臂一呼，男孩们一拥而上，把被害人团团围住。

被害人哪见过这个阵势，对方这么多人，他根本就没有抵抗的余地，只能跪地求饶。而这种求饶让风哥更觉得自己威风百倍，于是，他下令男孩们把被害人的衣服全部脱掉，然后殴打被害人。

至于为什么要脱去被害人的衣服，连风哥自己也不知道，也许就是一时兴起下达的命令罢了，并没有什么特殊的目的和意义。

在当时那种氛围的影响下，每个男孩都对被害人拳打脚踢，把被害人打得满地翻滚，痛苦呻吟。可是风哥感觉还不过瘾，他让男孩们拿出随身携带的刀具，去捅被害人。

这些未成年人基本都抱有从众心理，跟着别人一起对被害人拳打脚踢是敢做的，但是用刀子真的去捅人，却又不敢了。风哥只能拿出匕首先捅了被害人一刀作为示范。听到被害人鬼哭狼嚎般的叫喊声，男孩们更加胆怯了。但"大哥"的命令不能违抗，于是他们鼓起勇气，纷纷用自己的刀刺向了被害人的四肢。

这些男孩以为，只要不去捅被害人的胸腹，他是不会死的。他们只是伤人，并没有真的杀人。最终，每个人都捅了被害人几刀，风哥感到十分满意，挥挥手，带着男孩们扬长而去。

经受了非人的折磨后，被害人已经没有力气呼救了，他也知道在冬夜的公园里，再怎么喊也是叫不到人的，只能靠自己爬出公园求救。可是，他身上大量的创口都在不停地流血，爬行了 20 多米后，他失去了意识，丧失了行动能力。

这些男孩回家后，也觉得心惊肉跳。但他们转念一想，他们只是捅了那人的四肢，不会死人的。之前的拳打脚踢，更不会打死人，所以应该没事。可没想到，第二天一早，这一起案件发案后，消息就传遍了 Y 市的大街小巷，这些男孩才知道那个人真的死了。

前文已经科普过，锐器伤即便不伤及躯干也会致死。

那这种拳打脚踢的徒手伤，能不能置人死地呢？

当然是可以的。

徒手伤被写进了《法医病理学》的教材，也是很常见的一种致死方式。

严重的徒手伤有可能导致人体器官、血管的破裂，从而引发死亡。

比如，用脚踢中了人的季肋部，踢在右侧有可能导致肝脏破裂，踢在左侧有可能导致脾脏破裂，这两个实质性脏器的破裂都是可以导致死亡的。

又比如，一拳打在了人的太阳穴上，也会导致死亡。太阳穴，自古被人们称为"死穴"，就是因为这里受伤很容易导致人死亡。太阳穴的位置，是顶骨、额骨和颞骨的交界处，我们称之为"翼点"，这里的骨骼相对于其他位置的颅骨要薄很多，很容易骨折。更要命的是，翼点的下方有一条重要的颅内动脉——脑膜中动脉经过，一旦翼点发生骨折，其下的动脉也就很容易破裂。颅内动脉一破裂，就可以直接致命了。

有时并不严重的徒手伤，也有可能导致机体死亡。比如一拳击打在人的胸口，导致肋骨骨折。本来肋骨骨折并不直接致命，但是万一骨折的断端刺破了胸膜，甚至刺伤了肺脏或心脏，就有可能致命了。

还有一种比较常见的徒手伤致死的机理，就是反复击打被害人，导致被害人全身大面积皮下出血，超过了人体代偿的极限，就有可能引发急性肾衰竭而致死。这种死因被称为**挤压综合征**。

有时候，很轻微的徒手伤，也可能导致死亡。

我虽然没有做过详细的数据统计，但几乎每年都能遇到几十起轻微外伤致人死亡的案件。这些案件的行为人都认为自己并不是想杀人，只是想教训教训对方，甚至还有在闹着玩的过程中导致人死亡的。

这种案件发生后，很容易引起争议，也会衍生很多谣言。

比如在有些案件中，一拳打到心前区，或者踢球时被球撞击到心前区，导致**心脏震荡**死亡。这种死亡事件发生的概率很小，但只要发生，因为很难让人理解，就会产生很多疑议，甚至促生很多谣言。

比如某人有冠心病，他的冠状动脉本来就粥样硬化并且狭窄了，在与他人发生纠纷、两人撕扯的过程中，此人的血管一收缩，就彻底堵死了，这也是可以致命的。

还比如两个人打架，其中一人一脚踢到了对方的会阴部，虽然这一脚很轻，但是人的会阴部神经丰富，猛然受到刺激后，就有概率导致心搏骤停而死亡，这就是法医常说的**抑制死**。电视剧里，有人能用掌劈脖子的方法把人打晕，也是运用了这个医学原理。人的颈动脉窦有压力感受器，这个位置猛然受力，就有可能导致晕厥甚至死亡，这样的死亡也是抑制死。不过抑制死的发生概率和心脏震荡一样，都是很小的，电视剧里算是夸张的表现手法。

我们有时候会看到这样的宣传语："不要打架，打输住院，打赢坐牢。"这话也真的是有科学道理的。**人的生命有时候很顽强，但有时候也非常脆弱。**

再回到这几个孩子犯下的命案上。

通过案情回顾，大家应该可以看出来，这居然是一起"无差别杀人案"。也就是说，那天晚上，无论谁经过那里，都会成为9个男孩的目标。

当年，得知被害人死亡后，孩子们内心的恐惧不言而喻。他们重新聚到一起，彼此约定成为攻守同盟。每个人都赌咒发誓，不管什么人来问，不管在什么情况下，对此事必须闭口不提。

这些学生在作完案之后，就像什么事都没发生过，继续在学校里上课。无论是老师、同学还是他们的家人，都没有感觉出他们的异常，更不知道这些男孩曾经参与了一场荒谬的杀戮。

后来，警方调查了这些孩子的成长经历，发现他们大多数都有着家庭教育缺失的背景。有的是因为父母工作繁忙而疏于管教，有的则是父母出门打工的留守儿童。年幼无知的他们，在家庭教育缺失的情况下，特别容易走上偏执疯狂的道路。

当然，犯罪就是犯罪，什么都不能成为侵犯他人生命的理由。

第一次杀人后,"炫耀帮"并没有解散。

当凶案逐渐淡出市民的视野,这帮小孩又不安分了。

风哥在独自上网的时候,被人索要香烟,对方人多势众,风哥不敢反抗,但事后越想越憋屈。他认为自己已经是帮会老大了,居然还被别人索要香烟,于是他召集了"炫耀帮"的男孩们,要为自己找回面子。

他们在网吧里搜寻那些人的踪迹,最后找到了两个疑似欺负过风哥的人,对其进行了殴打。实际上这两个人根本就不是索要香烟的人,只是两个无辜的网吧顾客,他们莫名其妙成了泄愤的对象。这次群殴,造成了一死一伤的严重后果。

"炫耀帮"中,除了小亮和另一个男孩,其余6名男孩及风哥都参与了此案。

案件发生后,这帮孩子没有像上次那般幸运了。警方很快通过各种线索锁定了风哥和其余6人,并且把7个人全部抓捕归案。

面对审讯,这7个人都牢记之前约定的攻守同盟。他们只交代了这次作案的经过,对上次作案却缄口不言,甚至没有流露出任何慌张的神色。当时,因为缺乏物证的支持,警方也很难把清风公园的案件和这7个人联系上。

经过法院审判,参与群殴事件的这些孩子,除了不满14岁的嫌疑人,其余均被判处了有期徒刑。"炫耀帮"也就随之瓦解了,但清风公园案却被他们当成一生的秘密,埋在心底。

随着时间的流逝,当初叛逆冲动的少年长大了。狱中的教育改造让他们萌生了重启人生的希望。出狱后,他们都有了各自的生活。有的人成了公司的职员,有的人开了网络公司当上老板,还有的人组建了自己的家庭,有了自己的孩子。

但 11 年后,真相的"回旋镖"还是转了回来,他们依然要为那段年少无知的罪行付出代价。即便他们把这件事情深埋在心里,也逃脱不了法律的制裁。

懵懵懂懂走向绝路的孩子们

这个案子，老秦觉得是全书最荒诞的一起。

不仅因为它是一起"无差别杀人案"，更因为这个案子里有太多荒诞不经的现象和情节。比如冬夜裸死在公园，比如烟头摆出的北斗七星阵，又比如杀人动机居然就是为了成立"帮会"而练手。

老秦在文中提到一个词叫"签名行为"，在这里也稍微展开聊聊。

"签名行为"，顾名思义，就是凶手会在犯罪现场留下某种特殊的符号或仪式，作为自己犯罪的"签名"。老秦在小说《清道夫》里描写过这样一凶手，每次杀完人，他都会在现场留下"清道夫"三个血字，这就是他的签名行为。而这种签名行为，在凶手的心中，就是在完成某种仪式。

在我国，这种含有"签名行为"的案件非常罕见，一旦发生，就有可能是连环杀人案。比如十几年前的董文语连环杀人案，凶手在作案后就在墙上留下了血字："杀人者！恨社（会的）人。"

其实，无论是杀人仪式还是签名行为，都在某种程度上暴露了凶手的心理。凶手会因为这多余的举动，给警方留下更多的线索和证据。比如清风公园裸尸案里，烟头就成了破案的关键，而在《清道夫》的案子里，凶手的书写习惯也成了破案的关键。

当然，清风公园裸尸案中的这些荒诞情节，也正提示凶手的心智不全。这些未成年的孩子，从小没有接受过"死亡教育"，对生命没有丝毫的敬畏之心。一场闹剧，酿成一桩惨案。他们也许不明白死亡对一个人来说意味着什么，也不懂自己对他人生命的践踏会造成多么严重的后果。当他们懵懵懂懂地踏上犯罪的不归路时，老秦对他们的选择感到十分惋惜。

近些年，网络上经常会报道一些未成年人杀人的案件，《刑法》中的有关法定年龄也经过了修改。《刑法》第十七条规定，已满12周岁不满14周岁的人，犯故意杀人、故意伤害罪，致人死亡或者以特别残忍手段致人重伤造成严重残疾，情节恶劣，经最高人民检察院核准追诉的，应当负刑事责任。这意味着，虽然已满12周岁不满14周岁的未成年人通常不负刑事责任，但在特定情形下，经特别程序，他们需要为自己的行为负刑事责任。

虽然法律被修改得更加完善，但老秦还是呼吁全社会要重视青少年死亡教育体系的建立。因为只有将**"珍惜自己的生命、尊重别人的生命"**扎根到所有青少年的心里，才能从根源上杜绝此类案件再次发生。

调查提示

光看统计数据,也能发现隐案吗?
法医能查出猝死的死因吗?
医疗纠纷,法医也能管吗?
无差别杀人怎么圈定凶手?
为什么有人既杀人又救人?

11号案
"捉迷藏"

世界冠军分尸案

📍 英国

死亡天使杀人案

008号
档案
被诅咒的儿童病房

超硬核索引

阴性解剖

窒息

医疗事故的鉴定

完美犯罪

孟乔森综合征

英国

双胞胎姐妹的"遗传厄运"

这个故事发生在英国。

英国某地有家历史悠久的医疗中心,在科研攻关和临床诊疗方面都很有建树。因此,其他医院遇到患有重症或疑难杂症的患者,就会申请转院到这家医疗中心,为患者进行进一步的治疗。

1991年4月底,医疗中心的工作人员在进行数据统计的时候,发现有一项转院数据存在异常。

正常情况下,原医疗机构只有因为医疗技术不足或者设备缺乏等,无法对患者进行妥善治疗,才会申请转院。因为医疗资源有限,所以每家医院向医疗中心转院的病员数也是有限的,一般来说,一年也就只有两三个转院的名额。

事情蹊跷就蹊跷在这里。

数据统计结果显示，G医院在最近三个四月里，接连办理了好几个患者的转院申请。疑难病症患者怎么会突然扎堆出现？医疗中心的工作人员把情况和相关的转院清单一起同步给了G医院的负责人，希望他们能查清楚原因。

不过，在接到这份转院清单前，G医院的负责人就已经察觉到了自家医院里发生的怪事：最近几个月里，不仅儿童重症、疑难杂症的病例突然变多，更可怕的是，儿童猝死的病例也陡然增多了！这……会是纯粹的巧合吗？

听到猝死这个词，很多朋友会觉得有些纳闷。猝死？一般在老年人身上才会发生吧？当然，新闻里偶尔也会提到连续加班的打工人猝死，但这里提到的是儿童，难道小孩子也会猝死吗？

猝死确实不分男女老幼。无论是中老年、青壮年，还是婴幼儿，都有可能发生猝死。

什么叫**猝死**呢？简单说，就是机体原有的潜在性疾病突然发作，导致意料之外的死亡。

这里提到的潜在性疾病，指的是平时几乎没有什么症状，可能连患者自己都不知道的疾病，有些疾病甚至在平时的体检中也无法被发现。而这些潜在性疾病，大多数情况下是可以被法医在尸检中发现的。因此，猝死发生后，法医能通过尸检来明确死者猝死的具体原因。

比如，最常见的猝死原因就是冠状动脉粥样硬化性心脏病。很多人患有这种疾病，平时在就医的过程中也可以得到诊断。但也有一些患者病情很轻微，并不知道自己有冠心病。当这样的人因为情绪激动等，冠心病突然发作，就有可能导致死亡。

有时候疾病很轻，用肉眼是无法观察到器官的病理变化的，法医就需要对器官进行组织病理学检验，把器官制作成切片，在显微镜下观察组织细胞的结构，从而发现潜在性疾病。

刚才老秦用了一个词，叫"大多数情况"。没错，并不是所有的猝死案件都能被法医确定死因。有些案件，法医即便经过全部的尸体检验程序，依旧找不到死者的死因。

这种情况，就被法医叫作**阴性解剖**。

出现阴性解剖的原因有很多，不能一概而论。但不管是什么原因，一旦出现阴性解剖，法医就会高度重视，避免漏判了隐形的命案。

阴性解剖最常见的原因是死者存在某种潜在性疾病，这种疾病是**功能性**的，而不是**器质性**的。

这是什么意思呢？打个比方。我们的心脏能够正常地跳动，其背后的机制是"电生理"。如果有一个人，他的心脏没有器质性问题，这就是说，心脏这个器官本身是没有问题的，没有缺一块少一块，但他的心脏存在功能性问题，比如心电传导有问题。这个问题有可能只是一过性的，问题突然出现，然后又突然消失，一下子就过去了，一般情况下不会有大碍。但也有可能，问题一出现，心脏就骤停了。在这种情况下，如果没有人及时对他进行心肺复苏，他就猝死了。

在这种案件中，因为死者的器官是没有问题的，所以法医就很难找出猝死的死因。法医只能把其他各种因素排除掉，得出一个推测性的死因结论，比如：排除外力侵害的可能性，心脏病猝死的可能性大。

但这种情况极少出现，法医遇见的概率非常低。

就像上文所说的，大多数猝死案例中，法医都可以通过尸检明确造成死者死亡的潜在性疾病是什么。只有极少数案例，法医穷尽了检验方法，依旧还是阴性解剖。这样的情况有可能是死者器官出现功能性问题，也有可能是检验能力受到当时的科技水平所限，还有可能是法医工作存在疏忽。

那么，遇到这种找不到死因，甚至找不到可疑的潜在性疾病的情况，法医该怎么做记录呢？有的法医前辈发明了一些名词来描述这些情况，比如青年猝死，就称为**青壮年猝死综合征**，婴幼儿猝死，就称为**婴幼儿猝死综合征**。

当然，这样的情况极少出现，有的法医可能一辈子也就碰上一例。

既然是极少出现的情况，那么在同一家医院，短短几个月内接连出现很多婴幼儿猝死的病例，肯定就是极不正常的。

大飞一家的遭遇，就是其中一个非常具有代表性的例子。

大飞的太太在1991年初生下了一对双胞胎女儿,夫妻俩给孩子取名为小可和小爱。新生命的诞生,让这个小小的家庭洋溢着幸福的气息。可这样的日子还没持续多久,孩子们才两三个月大的时候,4月1日,小可因为突发肠胃炎,被大飞夫妇送到了G医院就诊。

刚出生不久的小朋友,因为身体免疫力差,出现感冒发烧、拉肚子之类的毛病,其实不是什么大事,属于常见情况。所以,G医院的医生没有对小可进行什么特殊的治疗,只是正常对症治疗。

医生对大飞夫妇说,孩子患的是急性肠胃炎,没什么大毛病,你们把孩子带回家,好好休息、好好调养,很快就能康复的。

听医生这么一说,大飞夫妇悬着的心放了下来。他们也知道,一般的肠胃炎都是需要几天恢复期的,所以夫妻俩就在家里悉心照顾着小可,静待她彻底康复。可是,事与愿违,小可回家以后精神状态一直不好,而且每况愈下。

小婴儿还不会说话,也无法把哪里不舒服告诉大人。看着小可越来越憔悴,夫妻俩很是焦虑。他俩轮班照顾孩子,夜以继日地盯着小可,观察她病情的变化。

两天后的凌晨,小可突然开始频繁抽搐,大飞夫妇意识到这是极不正常的情况,连忙抱起小可,连夜送往医院。途中小可一直在抽搐,抽搐着抽搐着就停止了呼吸和心跳。大飞夫妇惊慌失措、疯狂赶路,把孩子送到医院后,医生确定小可已经夭折了。

婴幼儿发烧、拉肚子,情况比较严重的时候,确实有可能抽搐,但不至于在那么短的时间内就病逝。这个突发状况,对大飞夫妇来说就是一记晴天霹雳,他们根本无法接受这突然降临的厄运。可他们又不得不振作起来,因为家里面还有一个孩子——小爱,仍需要他们照顾。

他们强忍着极度的悲伤,在安顿好小爱后,重新回到了医院。他们希望能从医生那里了解到小可究竟是怎么死的。医生审阅了小可就诊的全部资料,又询问了她死亡前的过程,然后告诉大飞夫妇,小可应该是婴幼儿猝死综合征导致心搏骤停而死亡的。

老秦已经跟大家介绍过"婴幼儿猝死综合征"这个名词了,但一般得出这个死因的前提是,尸体已经经过了解剖检验,仍找不到具体死因。医生此时搬出这个词,说明他从小可生前就诊的病历中,找不到小可死因的线索。

医生听说小可还有个双胞胎姐妹小爱,便提出必须对小爱进行一次全面的身体检查。

因为同卵双生的双胞胎基因结构相同,如果小可有某种可以导致婴幼儿猝死的基因问题,那么小爱也会面临同样的风险。只有对小爱进行一次全面的身体检查,才能防患于未然。

大飞夫妇听医生这么一说,惊出了一身冷汗。他们觉得医生说的很有道理，为了避免悲剧重演，他们连忙抱来了家里的小爱，入院进行体检。

祸不单行，小爱入院后不久，突然无缘无故地出现了窒息的情况，险些丧命。

好在医生发现得早，及时对小爱进行了抢救，挽救了小爱的生命。没过几天，小爱再次出现窒息的征象。同样，因为医院对小爱进行了心电监护，所以这次他们也及时发现，并且再次抢救了过来。

虽然小爱的生命被挽救了，但大飞夫妇不禁对医院产生了强烈的怀疑。小爱这次入院，只是为了做一次体检。入院前她非常健康，没有任何生病的征兆，可是为什么一进医院就连续出现窒息的险情？

医生的解释是双胞胎很可能会患有同样的先天性疾病，小可就可能是因为先天性潜在疾病死亡的，那小爱出现这样的情况，也是有据可循的。

但这样的解释显然不能让大飞夫妇信服，毕竟对于孩子究竟有什么病，医院并没有给他们一个明确的答复。用现在的话说，医疗纠纷就不可避免地出现了。

迷雾重重的4号病房

说到医疗纠纷，有朋友就好奇了，这个你们法医也管吗？

别着急，老秦先来说说医疗纠纷是怎么出现的，一般又是怎么解决的。

随着生活条件的日益提升，民众的法治意识和维权意识逐渐提高，医疗机构面临的纠纷也越来越多了。虽然医学的发展速度很快，但医生依旧不是万能的，世界上还有很多疾病迄今无法攻克。更何况，医疗机构和医生水平参差不齐，所以，一旦出现患者不认可的治疗结果，有些患者或家属就会对医院的诊疗提出异议，医疗纠纷也就随之产生。

当然，我们得把医疗纠纷和医闹分开来看。

有些患者或家属会采取很极端的手段来解决医疗纠纷，他们不走正常程序来维护自己的利益，而是去医院大吵大闹，甚至拉横幅、烧纸，干扰医院的正常工作秩序——这叫医闹，是违法的行为。

而医疗纠纷，本质上是医患双方因为诊疗活动而引起的争议。

我国是法治社会，出现了医疗纠纷，应该依法解决。

解决医疗纠纷的合法途径有很多：可以通过医院的医务科或医患办进行协商处理（涉及金额比较小的纠纷常用这种方式解决）；可以向当地医疗纠纷人民调解委员会（简称"医调委"）申请调解；可以向当地的卫健委投诉，由卫健委进行调解处理；还可以向人民法院提起诉讼，通过诉讼解决，法院会依据相关的证据材料进行判决或裁定，如果双方对鉴定结果不服,还可以向法院提出重新鉴定申请。

所以说,一旦医疗行为产生了纠纷,可以解决的合法途径是很多的。我国之所以设置这么多途径,也是为了民众合法维权时更加便利,为了让最终结果更加客观公正。那些采取医闹的方式来"维权"的人,不仅是违法的,而且是不明智的。

那**医疗纠纷**和**医疗事故**是不是一回事呢?

医疗事故,是指医疗机构及其医务人员在医疗活动中,违反医疗卫生管理法律、行政法规、部门规章和诊疗护理规范、常规,过失造成患者人身损害的事故。

如果患者认为医院存在医疗事故,而医院否认诊疗行为违反诊疗规定,那么患者方就可以向卫生行政主管部门,也就是卫健委提出申请进行医疗事故鉴定。在一些较为疑难的医疗纠纷案例中,卫生行政主管部门会委托医学会组织医疗事故鉴定。

医学会一般设有一个叫作"医疗事故鉴定委员会"的机构,该机构有一个专家库,里面有各个医学专业的专家、学者。在接受委托后,医学会会通过抽签的方式,抽取一些医学界的专家、学者,通过审阅病历来确定医院在诊疗过程中是否存在过错。委员会在通过会诊之后,得出本案例是否为"医疗事故"的结论,如果是医疗事故,确认是几级几等医疗事故。卫生行政主管部门会依据这份鉴定,采取调解、处罚等措施。

这里就要说到法医和医疗纠纷的关系了。

很多公安机关的法医也是医疗事故鉴定委员会的成员,在涉及人身死亡的医疗纠纷案例中,法医也会应邀出席会诊。在会诊前,受卫生行政主管部门的委托,公安机关的法医或者社会司法鉴定机构的法医会对尸体进行解剖检验,明确死者的死因,作为医疗事故鉴定的重要依据之一。

综上,大家可以看出,**医疗事故和医疗纠纷是不同的概念**。只要患者或家属提出异议,就是纠纷,但只有通过鉴定明确医生的诊疗行为存在过错,才能称为事故。

说到这里,老秦再介绍一个很容易被人混淆的词:**非法行医**。

非法行医,指的是未取得医生执业资格的人行医的行为。

在我国,**医疗纠纷是民事行为,而非法行医则是犯罪行为**。如果因非法行医造成了纠纷,应该向公安机关报案。有时卫生行政主管部门接到申诉后,发觉有《刑法》规定的非法行医的法定情形,也会将案件移交给公安机关。公安机关接报后,就是按照刑事案件侦查的程序来办理案件了,法医也经常受理此类案件,对尸体进行解剖,对伤者进行检验鉴定。

了解这些概念后,我们再来看看大飞家的悲剧。

大飞夫妇认为,即便孩子存在患有遗传病的可能性,但在同一时间段内先后出现问题,而小爱之前没问题,进了医院就出现问题,肯定有疑点。尤其是小爱已经出现了两次窒息的险情，G医院的医生居然还没查出病因，这让大飞夫妇对这家医院失去了信任。故事再往下发展，就该出现医疗纠纷了。

不过，在打官司之前，救人最重要，所以大飞夫妇决定把小爱立即送到更权威的医疗中心进行救治。比起再也无法醒来的小可，小爱算是幸运的。经过医疗中心的全力救治，小爱终于保住了性命。

但是比起其他孩子，小爱又是不幸的。两次窒息导致的脑缺氧，不仅让她的视力受到了严重的影响，还导致了永久性的脑损伤和部分肢体瘫痪，这些伤害都是无法逆转的。

窒息是非常可怕的。

在纸箱女童藏尸案中，老秦详细介绍过机械性窒息的各种情况。导致窒息的方式非常多，一粒花生米都有可能让我们窒息。窒息很容易导致死亡，有的时候只需要几分钟。发生窒息的人即便没有死亡，被抢救过来了，如果窒息时间较长，也会造成很严重的后果。

很多新闻报道里也有类似的案例，比如有些溺水的人即便生命体征恢复了，最后仍变成了植物人。其原因就是长时间窒息导致脑部缺血缺氧，从而造成脑神经受损。脑神经是很脆弱的，没有办法承受长时间无氧环境，必须对它一直供氧才行。它一旦受损就是不可逆的，脑部不同部位受损，可能会出现失明、失语、肢体瘫痪等功能障碍。

所以我们需要掌握一些基本急救措施，这样在关键时刻不仅可以进行自救，还可以救人一命。

比如我们看见有人吃东西时哽住了，因为呼吸道堵塞，他会很快出现窒息。如果在拨打120急救电话的同时，我们对患者进行了海姆立克急救法[1]，就有可能救他。

比如有人溺水，没了生命体征，或是因为心脏震荡等原因导致心搏骤停，进而全身各器官缺血、缺氧，也很容易死亡。如果我们能及时对其进行心肺复苏[2]，也有可能救他一命。

大家可以自行获取更多的急救知识，老秦在这里就不展开介绍了。

说回G医院发生的儿童猝死事件，发生在小可、小爱身上的悲剧，并不是孤例。其他孩子也出现过谜一般的异常情况，转院后，依然找不出他们犯病或者死亡的原因。

4月22日，也就是小可去世后不久，15个月大的阿莱因为哮喘病发作，被父母带到G医院就诊。本来哮喘病并不是什么疑难杂症，在进行规范治疗后并不会危及生命。但是阿莱在经过治疗病情稳定以后，突然出现了心搏骤停。医生立刻对他进行了抢救，好不容易才让他脱离了危险。但是好景不长，

---

1 海姆立克急救法：一种简单有效的抢救食物、异物卡喉所致窒息的急救方法，利用突然冲击腹部的压力，使膈肌上抬，让肺部残留气体形成一股向上的气流，这股气流具有冲击性和方向性，能迅速冲入气管，去除堵在气管的食物或异物，解除气道梗阻。
2 心肺复苏：为使心搏骤停患者恢复自主循环和自主呼吸而做的急救措施，包括胸外按压、开放气道和人工通气、电除颤，以及药物治疗等。

几天后阿莱再次出现心搏骤停。这一次,他就没之前那么幸运了,最终,这个可怜的孩子因抢救无效而死亡。

小孩因为哮喘病导致心搏骤停,这样的事件发生概率很小。而且同一家医院,连续有孩子出现同样的死亡前症状,就有些说不过去了。总不能说阿莱也和小可、小爱一样,有查不出来的先天性心脏病吧?罕见的婴幼儿猝死综合征也总不能在同一地点、同一时间段内频繁出现吧?医疗中心的提醒,也让G医院对这些异常事件更为重视,他们开始对这类情况进行梳理统计。

经过梳理统计,院方发现,除了小可和阿莱,在短短两个月内,G医院接诊过的孩子里面,因为肺部感染入院的婴儿阿姆和因为癫痫发作入院的孩子阿西也同样在病情已经稳定之后猝死了。

这绝对不是巧合!

院方开始怀疑:孩子的死因究竟是病情突然恶化,还是治疗出现了问题?是医院的设备出现了故障,还是有人故意制造了这些死亡事件?

如果是病情恶化,不会存在这么多巧合;如果是治疗出现问题,不可能出现在得了不同疾病的孩子身上;如果是设备出现故障,应该很容易被发现。如果设备没有故障,那么,就只剩下最后一种可能性了。

为了查出事情的真相,G医院将所有病情稳定后却发生了不明原因窒息、心搏骤停的病例的资料全部翻找了出来，再次进行更加详细的梳理和研判。院方发现，除了前面提到的4个抢救无效死亡的孩子，还有包括小爱在内的6个孩子因为这类情况而造成了严重的身体损伤。另外还有3个孩子虽然也曾出现类似的情况，好在最终抢救及时，他们的身体受到的影响并不严重。

这13个孩子中，有因为生各种病而入院的，也有因为受外伤而就诊的。

如果说生病入院的孩子本身就有疾病，病情加重可能会出现危险，那么那些受了外伤，甚至像小爱这样只是来做体检的孩子，也遭遇了病情的突变，就实在无法用科学来解释了。

于是院方把这13份病例放在一起，细细研究。

经过研究，院方发现了一个共同点：这些孩子在入院以后，都住过4号病房。

在这里老秦要插一句嘴，如果院方在第一时间报警，这些调查、梳理的事情可能是由警方、法医来做的。但G医院一开始并没有认为这是谋杀，而是怀疑4号病房的仪器设备出现了故障，或者4号病房的环境有问题，存在环境中毒的可能。

于是院方做的第一件事，就是对4号病房进行了全面排查。经过排查，院方认定这个病房里的仪器没有问题，也不存在可能造成环境中毒的因素。

不是天灾，那就只能是人祸了。

到这个时候，院方也不得不相信，在他们医院里存在着一个"死亡天使"。院方认为这件事情必然涉及刑事犯罪，于是便把此事的全部资料交给了英国警方。

在了解了具体情况之后，警方认为，此事如果存在凶手，那么这个人一定是医院内部的人。毕竟病房是一个相对封闭的场所，可以进入的人员是有限的，外人很难在不被发现的情况下频繁作案。

警方通过病例，把出事孩子所接触过的医生护士全部罗列出来，并进行交叉比对之后，碰撞出了一个共同的名字——在4号病房工作的护士莉莉。

两副面孔的死亡天使

经过调查，英国警方发现护士莉莉入职G医院的时间是1991年2月。而G医院最早出现孩子异常病重和死亡情况的时间是1991年2月22日。

很显然，莉莉有重大作案嫌疑。

虽然现有的线索都指向莉莉，但这些只是间接证据。要想查明真相，给莉莉定罪，英国警方必须找到更加有力的直接证据才行。

但这些间接证据已经给了警察们足够的信心，他们决心找到能给莉莉定罪的铁证,给这些孩子讨回一个公道。于是,警方联合医院,对莉莉进行了深度调查。

在对莉莉的过往经历以及生活背景进行调查走访的时候,英国警方有了新的发现。

莉莉曾经有过自残行为,还经常谎称自己受伤。从莉莉的既往就诊病历看,她曾经做过阑尾切除手术,但病历上记载,她被切除的阑尾并没有炎症。

于是,警方找到了当时给莉莉切除阑尾的医生询问具体情况。医生的回答让警察惊掉了下巴。医生说,对莉莉这个人印象很深,因为她来提出切除阑尾的要求时,医生发现她并没有阑尾炎。阑尾明明是好的,为什么要切除呢?医生就劝莉莉不要莫名其妙做这个手术,但莉莉非常坚决,强烈要求医生必须给她切掉。

这种事在我们国家肯定不可能发生。但英国这个医生心想,既然你自愿切除,而且给钱,那就给你切掉吧。于是才有了这么个莫名其妙的阑尾切除术。

警方也找到了莉莉的前男友,前男友说莉莉这个人人品有问题,她经常说谎,不管什么事儿都能成为她说谎的理由。她谎称过自己怀孕,也谎称过自己受伤。不仅如此,她说话的时候特别咄咄逼人,让人感觉很不舒服。

通过背景调查,警方认为莉莉的人格可能存在很严重的问题。

但与此同时，警方发现，G医院里所有和莉莉接触过的患者或患者家属心目中的莉莉，又是一个截然不同的形象。这些人对莉莉都称赞有加，他们觉得莉莉说话很温柔，做事又特别细心，是一名非常优秀的护士。

比如大飞夫妇对莉莉的印象就非常好，他们说小爱第一次出现心搏骤停的时候，就是莉莉及时发现，才让医生能够及时进行抢救的。如果不是莉莉发现得早，小爱在第一次心搏骤停的时候就已经死了。所以，大飞夫妇对莉莉心怀感激，认为是莉莉救了小爱的命，他们力邀莉莉当了小爱的干妈。

截然相反的调查结果，让警方一时也拿不定主意。

当英国警方正在怀疑自己的调查结果时，G医院这边也发现了两个重要的线索。

第一个线索是医院找到的一些血液样本。

这些血液样本都是那些经过抢救的孩子的血液，医院在抢救孩子的时候，为了查明病因，都进行了抽血化验。化验工作没有用完抽取的血液，所以医院这边还有一些血液样本的留存。医院对这些血液样本进行了全面系统的化验检查。

这一化验不要紧，医院发现了大问题！这些孩子的血液，有的是钾的数值超标，有的是胰岛素的数值过高，甚至还有的是麻醉药剂成分过高。比如阿莱，他体内的钾含量就超正常水平至少两倍。

钾超标会导致体内的水电解质紊乱，一旦血钾高了，就有可能导致心搏骤停，是非常危险的。

院方第一时间把这一情况通报给了警方。警方调查了这些孩子入院后医生开的医嘱和处方记录。调查的时候，医生都觉得不可思议。这些小孩子虽然因为各种毛病住院，但谁也没有低钾血症、高血糖之类的疾病，医生怎么可能给他们开钾和胰岛素呢？况且孩子们得的都是内科疾病，又不需要动手术，开麻醉剂就更不可思议了。

医生没有开药，那这些药物是怎么进入孩子体内的呢？

G医院发现的第二个线索是护理日志。

医院对4号病房的护理日志进行了调查，发现其他护士的护理日志都很清楚完整，这本来就是从事护士职业的一个基本要求。但莉莉经手的护理日志明显存在篡改和撕毁的痕迹。

医院还对孩子们出现异常情况的具体时间点进行了分析，发现这些时间点都是莉莉在4号病房进行值守的时间点。比如我们刚才说的，小爱发生心搏骤停就是莉莉第一个发现的。

有了这两个线索，英国警方决定进行取证。

在当下这个信息化时代，这种案件的取证是很简单的。因为每个医生用了什么药，每个护士拿了什么药、怎么配药，都是有据可查的。虽然这个案子发生在20世纪90年代，但G医院是一家正规医院，警方也可以通过药物管理等各种渠道，确认莉莉究竟有没有拿过钾、胰岛素和麻醉剂，而这些药又到哪儿去了。

经过调查，警方确认就是莉莉拿了这些药，而莉莉也无法说清这些药的去向。警方随后又在莉莉家里进行了搜查，发现医院护理日志上被撕毁的部分都被莉莉藏在了家里。

这一下，莉莉犯罪的证据就比较充分了。

警方认为，那些病患和家属看到的善良护士形象，只是莉莉的伪装。

莉莉应该是在入职 G 医院后不久，就开始利用职务便利，趁着照顾孩子们的机会，悄悄实施她的犯罪行为。她将自己偷偷取来的药物，注射进孩子们的输液瓶中，导致孩子们突然出现生命危险，甚至死亡。而更令人毛骨悚然的是，莉莉的犯罪行为就是**无差别杀人**。

警方的调查结果让所有的病患家属都大为震惊。大部分人根本不相信，莉莉居然会是夺走孩子们性命的"死亡天使"。有些人曾经也怀疑过莉莉，毕竟从孩子们陆续出现异常症状的时间点来看，莉莉是足够让人起疑的。但他们后来又都打消了自己心中的怀疑，因为在他们看来，莉莉总是满脸笑容，看上去非常善良，她从来没有和病患家属发生过任何冲突，照顾起患儿来可谓尽心尽力——这样一个人，竟然会对无辜的孩子下毒手吗？

患者家属当中，最不敢相信这个事实的，肯定是大飞夫妇了。

因为他们一直把莉莉当成孩子的救命恩人，还让莉莉当了孩子的干妈！对大飞夫妇来说，他们刚刚经历了丧女的痛苦，小爱能够死里逃生，就像是上天对他们的垂怜，而莉莉对小爱的关心和疼爱，对他们夫妇来说，也算是心理上的一丝安慰。可真相大白之后，这个"干妈"居然就是害他们两个孩子一死一残的罪魁祸首！就是终结他们幸福生活的残忍魔头！面对这样残酷的事实，他们怎么能不崩溃呢？

"死亡天使"是媒体用来形容莉莉的词。

我们都说护士是白衣天使，而这个白衣天使却成了杀人的魔鬼。

老秦在现实中也遇到过利用职务便利去杀人的事情，那起案件的凶手也是一个护士。不同的是，她杀的是她自己的丈夫，是有明确作案目标的。这名护士的婚姻并不幸福，可以说她是生活在水深火热之中，丈夫不仅吃喝嫖赌抽"五毒俱全"，还经常对她实施家暴。她觉得自己已经被逼得走投无路，却没有选择离婚，也没有拿起法律的武器保护自己，而是想到了杀人。

有一次，她的丈夫感冒发烧，需要就医。她就跟丈夫说，不用去医院，去医院还要排队挂号，多麻烦，她去药店买点药，在家就可以吊水。丈夫觉得有道理，妻子是护士，在家里输液和去医院输液不都一样吗？

于是这名护士就去医院买了药回来，在里面添加了过量的氯化钾。

输液后不久，丈夫就出现了心搏骤停的情况，最终死亡。

这样的伎俩自然逃不过法医的眼睛。尽管是她的丈夫有过错在先，但杀人毕竟是杀人，最后，这名护士也不能逃脱法律的制裁。

在影视剧里，也经常会有类似的案件。

有时候，大家还会把这种通过注射来实现杀人目的的犯罪行为，形容成"完美犯罪"。

但事实上，完美犯罪是不存在的。因为无论给被害人体内注射什么药物致死，死者身上总是会留下针眼的。在尸体上发现莫名其妙的针眼，自然会引起法医的注意，法医一定会对死者的血液进行全面的分析，常见的药物、毒物都可以很轻易地被发现。

如果凶手是在输液的过程中，把药物、毒物打进输液瓶呢？在这种情况下，尸体上出现针眼是正常的，法医是不是就发现不了疑点了呢？其实，如果死者是在输液过程中或是输液后不久猝死的，法医依然会首先考虑药水存在问题的可能性。所以提取药水、抽取血液进行毒物化验，也是法医必然会进行的工作。

因此，本案中"死亡天使"的作案手段并不是完美犯罪。即便此案发生在刑侦技术还不算发达的1991年，即便法医还没检验尸体，G医院不也直接通过检查血液样本找到了孩子们的真实死因吗？

所以还是那句话——莫伸手，伸手必被捉。

前面聊到，莉莉是凶手的事情曝光后，所有人都很不能理解。因为莉莉和孩子、家长都没有任何矛盾，在孩子入院前，他们甚至互不相识。莉莉居然处心积虑地对至少13个孩子下了毒手，她的这种无差别杀人行为到底源于什么样的动机和心理状态呢？

我们偶尔也会在新闻报道中看到一些无差别杀人的案件，凶手往往会寻找弱势群体下手，从而满足自己的心理快感。这种情况很罕见，但确实存在。凶手的动机有很多种：有些凶手是精神病，杀人没有任何目的性；有些凶手则有反社会人格，认为自己人生的失败是社会造成的，所以要报复社会。报复社会的人，万死难辞其咎。也有很多网友说，古代的凌迟之刑不该废除，就应该用在这种人身上。由此可以看出这种犯罪是最遭人痛恨的。

英国警方对莉莉的心理状态也进行了研究，认为她经常说谎、经常自残、经常假装受伤，其实都是为了引起他人的关注。希望别人关注自己本也无可厚非，但这种渴望一旦发展到极端偏执的程度，一个人用尽各种手段来吸引关注，就是有心理疾病了。

这种心理疾病，叫作**孟乔森综合征**。

伪装受伤，可能有很多目的。有些人诈伤（没有伤却谎称自己有伤）、造作伤（自己对自己制造出损伤），然后到法医那里做鉴定，是为了构陷他人，或者骗取一些赔偿。但孟乔森综合征患者诈伤、造作伤，却是为了获取关注。

英国的心理学家认为，莉莉的症状的确符合这种疾病的特征。不过，她比那些只会自残、诈伤的孟乔森综合征患者要更加极端，极端到会伤害他人。她的这种心理疾病是孟乔森综合征的一种转化形式，称为**代理型孟乔森综合征**。

在这种情况下，患者不再把自己作为引起别人注意的工具，而是把疾病创伤都伪造、制造在别人身上。他们会把别人当成工具人去伤害，然后再加强自己和工具人之间的密切联系，从而达到引起别人关注的目的。

看完这个定义，大家大概可以理解，代理型孟乔森综合征更容易出现在监护人或者代理监护人的身上，比如正在照顾年幼孩子的父母、兄姐或者是保姆等，而所谓的"工具人"，就是无辜的孩子。

4号病房里的这些孩子，实际上就是莉莉的工具人。

莉莉一边用注射药物的方式故意加重孩子们的病情，一边又对孩子们表现得非常关心、极富同情心，借此，她加强了自己和孩子们之间的关联，同时也加强了自己和这些孩子的监护人之间的关联。

比如莉莉在小爱第一次心搏骤停时提供了帮助，小爱的父母大飞夫妇就会注意到她、感激她。而因为工具人的这种病情往往是代理型孟乔森综合征患者人为制造的，所以当患者和工具人切断联系之后，工具人的病情就会有所好转。事实上也是这样，转院后的孩子们病情基本上都得到了控制。

那莉莉为什么会患上这种奇怪的心理疾病呢？

其实，想找一种心理疾病的形成原因是很困难的。因为心理疾病的形成过程都比较复杂，可能有内在的基因原因及外在的社会影响原因、生活环境原因等等。很多种原因掺杂在一起，最后才导致患者患上心理疾病。

对本案中莉莉的心理疾病形成的原因，英国警方和心理学专家也只能推测出部分因素。他们认为莉莉患上代理型孟乔森综合征的可能性之一，就是她在幼年的时期缺乏关注，内心极度渴望被别人关注。当她在某一次经历中获得了极大的关注，从而产生强烈的幸福感之后，心里始终难以忘怀，于是会忍不住制造出同样的经历。

我们来看看莉莉的成长经历。

莉莉的家庭条件不算太好，父亲在酒铺里打工，母亲是学校的清洁工，家里一共有4个孩子。父母都很忙，一上班就是一整天。当父母在工作上消耗了太多的时间和精力，他们能分给孩子们的时间就很有限了。何况,他们有4个孩子,每个孩子能分到的时间就更少了。

当孩子总是被家人忽视的时候,内心就会寻求被关注的满足。假如有一次莉莉生病了,忽然发现爸爸、妈妈、哥哥、姐姐都围着她转,给了她前所未有的关爱,她便收获了前所未有的幸福感。等到病好了,这些关爱消失了,她肯定想再次获得那份短暂的幸福感。于是,她就开始想方设法再现自己患病时候的场景。这就能解释莉莉为什么会自残,为什么要逼医生切掉她没发炎的阑尾了。

可是,自残、装病,别人并不是看不出来,就像是"狼来了"的故事,装得多了,就没人信了。当这些行为不再能够帮她获取关注,她的病症就会渐渐发生转化,形成代理型孟乔森综合征了。

事实清楚,证据确凿,虽然受害者的家属仍处于难以置信的状态,英国警方还是要依法把莉莉移送起诉。

虽说莉莉患有心理疾病,但她是有人格障碍而非精神病。患有精神病是没有刑事责任能力或者只有限制刑事责任能力的,而莉莉虽然有人格障碍,却是有完全刑事责任能力的,所以她必须承担应该承担的刑事责任。

莉莉最终被指控4项谋杀罪,11项谋杀未遂罪以及11项严重身体伤害罪。经过审判,英国的刑事法庭判决莉莉各项罪名成立，判处她终身监禁，且 30 年不能假释。

按照这个刑期推算，到 2021 年，30 年刑期就已经满了。根据法律流程，莉莉可以向假释委员会申请假释，如果经过审查流程，委员会认为她出狱后不会对社会造成伤害，就有可能批准她假释。

有新闻报道，这 30 年里莉莉因为患有代理型孟乔森综合征，并没在监狱里服刑，而是一直被关押在某个医院。考虑到她的病情，也许法官会继续让她待在监狱的医院里治疗。不过关于莉莉现在的精神状态如何，是否已经痊愈，老秦并没有看到后续的报道。

说到这里，老秦又忍不住想聊一下反对"废死"的话题了。

当年那个死里逃生的小爱，如今也已经 30 多岁了。因为那场悲剧，小爱一直都承受着后遗症带来的巨大痛苦，无法独立生活。而大飞夫妇为了照顾这个残疾的女儿，30 多年来从未放松过，他们也很难想象，离开了父母，小爱未来要如何生活。

对莉莉的宽容，是否算是对小爱以及其他孩子的残忍呢？

善待我们的过去和未来

这个案子，是非常让人细思极恐的。

医院是救死扶伤的地方，是人们心里的安全港湾。在医院里却出现了一个专杀孩子的恶魔，白衣天使变成了恶魔天使，如此讽刺，又如此残忍。出现这样的案件，真的会让公众的安全感完全崩塌。毕竟，孩子的安全是社会安全的底线。这也是为什么一旦有孩子被害，尤其是学校门口发生一些无差别伤害、杀人案件，就会引起极大的社会震动。

我是一名法医，也是一名父亲，在工作中最害怕看到的，就是孩子的尸体。每当遇见这样的案件，我都如鲠在喉。遇见了这样的案件，我也会竭尽全力，争取尽快破案。

孩子是一个社会的未来。

每个大人都曾经是个孩子，如果幼小的我们不曾被善待，如果我们没有把善意传递给下一代，那这个世界就会陷入黑暗的循环。

我们国家对加害孩子的案件一直都秉承着"零容忍、快侦快办、严惩不贷"的态度，用重拳打击来防控此类案件的发生。当然，保护孩子，也需要全社会的关心，我们要保护自己的孩子，也要在力所能及的情况下保护身边的孩子，看到孩子遇险，能在确保自身安全的情况下挺身而出、见义勇为，让我们的孩子在安全、温暖的阳光之下茁壮成长。

调查提示

猪肉和人肉有什么区别?
从一双赤足也能看出死者的家境?
碎尸案的四个常见动机是什么?
"表面光滑、质地柔韧"意味着什么?
法医怎么推断死者是被拳击死的?

档案

暗黑版"捉迷藏"

📍 D市
编织袋双尸案

009号
档案
世界冠军分尸案

00
档案

稻田边的

超硬核索引

分 尸 案

机 械 性 损 伤 致 死

头 部 剪 切 伤

徒 手 伤

抓 捕 方 案

菜地里的弃尸编织袋

1995 年 6 月 29 日清晨,D 市某个小镇。

天已大亮,一个老农像往常一样,挑着担子经过自家菜地,忽然发现菜地里横着一个编织袋。他有点疑惑,心想自己并没有在地里扔什么杂物啊,这个看起来塞得满满的编织袋,是谁扔到我家地里的?这不把地里种的菜都压坏了吗?

于是,老农就向编织袋走了过去。一走近,他才发现编织袋的袋口已经被撑开了,里面散发出一股令人恶心的臭味。虽然老农有些老花眼,但他仍能看出,袋子里边好像是白花花的、圆鼓鼓的肉类。看来,这不是一般的垃圾。

会不会是死猪呢?

这段时间,镇上的农户流行养猪。养猪嘛,保不齐就会有猪病死。因为市场检疫检测是非常严格的，所以病死的猪不能卖，也不好处理。有些无良农户就会把病猪的尸体扔到别人家的菜地里。

因此，老农看到编织袋里圆鼓鼓的东西，第一反应就是病死的猪。他还有点气恼，打算走近再细看下，没想到这一看，顿时就给吓蒙了，还差点摔一跤。因为这个袋子里装的，哪是什么病猪，而是人的尸体！

曾经有人在网上发过帖子，觉得某块肉看起来不像是猪肉，越看越害怕，希望老秦能隔空"鉴定"一下。事实上，猪肉和人肉的区别还挺大，的确是可以一眼识别的。

首先，在有皮肤的情况下，人的皮肤是细腻光滑的，而猪的皮肤是粗糙的；其次，人和猪的皮下脂肪颜色不一样，猪的脂肪是白色的，而人的脂肪和鸡的脂肪一样是黄色的。脂肪颜色也是两者最重要的区别。所以，区别猪肉与人肉还是很容易的。

有人可能要问了，刚才说人的脂肪和鸡的脂肪一样是黄色的，那怎么分辨人肉和鸡肉呢？那就更容易了，鸡皮上有鸡皮疙瘩，而且鸡的肌肉颜色浅，不像人的肌肉是鲜红色的。

所以，有着丰富生活经验的老农一眼就看出了蹊跷，于是他赶紧跑到派出所报了警。

派出所的民警接到报警后，迅速赶到了现场，对编织袋进行勘查检验。老农的判断没有错，这里面装着的确实是一具男性的尸体，准确地说，是半具男性的尸体，因为这具尸体的头颅和四肢都被砍下，不知所终，袋里装的只是人体的躯干。

发生了杀人分尸案，可是一件天大的事情。派出所民警立即对现场进行了保护，并且电话通知了D市公安局刑警支队。

D市公安局刑警支队的侦查人员、勘验技术人员和法医抵达现场后，没有动中心现场的编织袋，而是对现场周围的地面、环境进行了外围勘查搜索。这一搜不要紧，法医居然在距离这个编织袋不远处的树丛中，发现了另一个更大的编织袋。

编织袋里面装着的，居然又是一具尸体。

这是一具全裸的女尸，不过没有被分尸，还是完整的。

同一个地方，发现了两具尸体，案件进一步升级。D市公安局立即组织精干力量，成立专案组，对本案进行侦查。

首先，警方需要明确这两名死者是不是被同一个人杀害的。

虽然两具尸体的状态不同，一具被分尸，另一具完整，但两具尸体相距的位置非常近，只有几十米，而且尸体都被编织袋包裹，这说明凶手选择抛尸地点和使用的抛尸方法是非常接近的，应该是同一人所为。此外，两个编织袋还有共同的特征，于是警方决定将两起案件并案侦查。

这很容易理解。如果是不同的人作案，将尸体同时都用相似的编织袋包裹，然后抛在同一个地方，实在是过于巧合了，这是概率极低的事情。

并案之后,警方的当务之急就是要搞清楚两名死者的身份。只有搞清楚了死者的身份,一切侦查工作才有方向。查清尸源的意义,在前面的案子里老秦聊了很多次,这里就不赘述了。

案子发生时是 1995 年,当时 DNA 检验技术还没有在国内普及开来,所以,通过 DNA 检验来寻找尸源是不可能的。在前文的介绍中,大家已经知道,警方可以通过面容、衣着、随身物品、身体特征等来寻找尸源,还可以通过法医人类学来缩小寻找范围,再匹配失踪人口信息进行寻找。可是,在这起案件中,这些手段统统都失效了。

男性死者只有躯干,别说随身物品了,就连面容和指纹都没有。他的躯干上也没有什么胎记、文身和明显的痣,没有什么特征点可供警方查找。

女性尸体虽然比较完整,有面容、有指纹,可她也是全身赤裸的,没有任何衣着和随身物品。经过指纹查询,警方查询不到任何结果,而通过面容来找尸源,实在是大海捞针。

法医虽然通过尸体解剖,利用法医人类学明确了死者的性别、年龄、身高、体重等,但这些要素没有起到立竿见影的效果。因为经过 D 市公安机关的统计,最近这段时间所有的失踪报警,走失者要么是儿童,要么是老人,根本没有符合条件的失踪人口。既然没人报失踪,那对死者身体要素的推断再准确,也发挥不出作用。

警方只能拿着女性死者的面部照片,到处走访调查,想看看有没有谁认识这个女人。可是经过大范围走访,居然没有一个人能提供有价值的线索。

现场勘查工作也陷入了困境。因为现场是菜地,地面载体很差。在菜地上走一遭,甚至都留不下可以进行鉴定辨别的足迹,所以根本无法通过现场搜证找到破案的捷径。

尸源找不到,现场也没有收获,案件就没办法推进。于是,重担就再次落在了法医身上。

在寻找尸源工作遇到困难的时候,法医常常会发挥他们的聪明才智,明察秋毫,寻找出一些不易发现的隐形信息。简单说,**法医会通过寻找一些非常规的特征来缩小寻找尸源的范围**。

举个例子,老秦曾经办过一起分尸案件,现场也只发现了一个男性的躯干,尸源一时无法查找。可是在尸体解剖的时候,我和同事发现死者的肋骨有问题,于是就把死者的肋骨逐根分离出来仔细观察。

我们发现,死者的右侧有七根肋骨长出了骨痂,骨痂生长情况很相似。一般肋骨只有在骨折后才会长出骨痂,不同时期造成的肋骨骨折,其骨痂生长情况也不一样。这说明死者生前有过一次性断七根肋骨的病史。这么严重的肋骨骨折,一般在交通事故中多见,而且伤者肯定是无法自行治疗处理的。于是,我们调取了交警部门的交通事故处置记录,很快就找到了曾经出车祸造成七根肋骨骨折的死者，从而顺利破案。

本案的主办法医也是这样，他们充分利用聪明智慧，还真找出了一些线索。

虽然男性尸体没有头颅和四肢，但法医对躯干部位进行解剖的时候，发现他身上的肌肉很发达，而且并非体力劳动者的那种肌肉，而是通过健身练出来的那种。

有朋友会问了，这两种肌肉有区别吗？

还真有。正常的体力劳动者，目的是把活干好，因此不会刻意地去锻炼每一块肌肉。比如经常锄地的人，就只有锄地动作可以运动到的那几块肌肉（上臂和腰部的肌肉）发达，其他肌肉不发达；比如经常蹬三轮的人，一般都是臀部和腿部的肌肉发达，其他肌肉不发达。

但如果是健身练出来的肌肉，则会比较均衡。因为健身运动是为了自己身上的肌肉好看，那么就必须均衡锻炼每一块肌肉，一段时间练胸，一段时间练腿，一段时间练腰。所以如果我们仔细观察健美健将的肌肉和普通劳动者的肌肉，可以发现二者是有明显区别的。

除此之外，皮肤的状态也可以反映出区别。

比如普通农民，他们平时干活都是要顶着太阳的，经常晒太阳皮肤就会变得黝黑黝黑的；而通过健身运动增强肌肉的人，一般都是在健身房内运动，不需要晒太阳，所以皮肤状态也会好很多。

还有从手上的茧子也能看出分别。如果是普通劳动者，因为需要借助工具来工作，那么握着工具的双手都会布满老茧；而健身运动者虽然也会握着健身器材锻炼，但是器材表面不粗糙，双手也就很难形成老茧。

综上所述，法医可以从这具尸体躯干的**肌肉、皮肤状态**，判断出死者是一个经常健身的人。

有读者朋友会挠头了，说这算什么推理啊，这种推断根本就没用啊。

其实不然。咱们不能忘了，这起案件是在1995年发生的。那时候人民群众的生活水平和现在是不可同日而语的。在那个年代，不是所有人都有足够的经济能力去健身房健身。

因此，法医大胆地推测，这名男性死者，应该是有足够经济实力的人。通俗点说，就是有钱人。

分析完男性死者，再看看女性死者的情况。

从外表以及法医人类学来看，这名女性死者应该是接近40岁的年纪，长相普通，体态丰满，有点胖，皮肤非常细腻白皙，双手细嫩，一点老茧都没有。也就是说，这个女人也不是一个体力劳动者，身上甚至没有做家务的痕迹，应该也是一个家庭比较富裕的人。

支持这名女性生活条件富裕的依据还有一个。法医通过尸体检验，发现女死者的大脚趾是变形的，双脚五趾有明显往一起并拢的倾向。除此之外，她还有明显的骨盆前倾征象。法医根据自己的经验，明确判断上述征象并不是先天性畸形，更不是死亡后的尸体现象，而是死者生前长期穿高跟鞋走路导致的足部和骨盆变形。

不过，1995年，很多女性也已经开始穿高跟鞋了，这个推断又有什么意义呢？

其实，穿高跟鞋并不一定会导致骨盆前倾，什么情况下会导致呢？比如女性在青春期就开始穿高跟鞋，而且是习惯性、长期性穿着高跟鞋，在这样的情况下，因为鞋跟高，身体向前倾，导致腰部压力大，久而久之，骨盆就形成了一种前倾的姿态。

这种姿态很不好，不仅会导致神经压迫，而且腿部的血液也无法顺畅流通。同样，长时间穿着高跟鞋，也会使足部的骨骼形态发生变化，形成这名女死者足部的形态特征。

尤其是少女时期，也就是青春发育期，穿高跟鞋就更不可取了，因为这个时候的身体正在生长、发育、塑形，足部、脊柱、骨盆都还没定型，软骨成分多，通俗点说就是骨质很柔软。在这种时候，要是经常穿高跟鞋，就很容易导致严重的骨盆前倾变形以及足部变形，甚至脊柱变形。

所以从医学的角度看，高跟鞋还是要少穿，尤其是未成年少女。如果一定要穿跟很高的鞋，就要经常做腰部拉伸运动或者臀部运动，来缓解骨盆前倾的情况。如果已经发现骨盆前倾严重，为了减少神经、血管受压造成的影响，应该去医院进行治疗。

所以说，虽然1995年已经开始流行穿高跟鞋了，但这名女死者在此之前就已经穿了很长时间，那么，她应该从小生活条件就很好。

这么一看，两名死者都是家境富裕的人。

女性死者虽然全身赤裸，但是经过检验，没发现她身上有性侵造成的损伤，体内也没有发现精斑。那么可以确定，她生前并没有被性侵害。

两名有钱人被人残忍杀死，说明这起案件发生的原因最大的可能性就是劫财了。

被碎尸掩盖的秘密关系

说到这里，有朋友或许想起了旅行袋人头案里老秦说过的话：碎尸案中，因为凶手和死者一般都是熟识的，找到了尸源，就相当于案件破获了一半。这也是一起碎尸案，怎么动机就变成劫财了呢？劫财的人，有必要分尸吗？老秦也说过，分尸可不是像电视上演的那么简单，那可是对胆量、力气、技术的考验。如果是劫财，有必要这么费时费力处理尸体吗？

这些问题，D市的法医都考虑到了，而且考虑得更细。

他们提出了一个疑问：两名死者被抛尸的时间差不多，但为什么男的被分尸了，女的却留了全尸呢？这能反映出凶手什么样的心理？

为了搞清楚这个问题，D市的法医详细罗列了所有发生过的**碎尸案件的作案动机**，希望从中找到这个问题的答案。

第一种，也是最常见的碎尸动机，就是为了延迟发案时间，避免死者被人认出身份，因为凶手和死者是熟人。

第二种，凶手跟死者有深仇大恨，即便杀人也不能解气，所以通过碎尸来泄愤。

第三种，凶手杀人的地方是闹市区，人比较多，想要抛弃尸体却很难把尸体运出门，只能分成小块，分多次把尸体抛出去。

第四种，就是心理变态者了，这个无法用常人的心理来分析。

凶手既然会藏尸、匿尸，而且选择的目标还很明确，都是有钱人，那第四种可能先排除；两具尸体，如果能顺利运出来一具，那运出另一具也很容易，所以第三种可能也可以排除；虽然男性死者尸体被分尸，但也只是砍下了头颅和四肢，躯干部并没有任何泄愤伤，所以第二种可能性也不像。

想来想去，法医还是锁定了第一种可能。凶手就是怕死者的身份暴露，怕警方顺藤摸瓜把他找出来。

既然锁定了这一种，那么接下来就好分析了。

为什么男死者被分尸，女死者没有被分尸，就是因为男死者在当地熟人多，很容易被认出来，而且男死者和凶手熟识。女死者很有可能在当地连个熟人都没有，凶手不担心她被认出来，即便有人认出来了，因为凶手和女死者不太认识，所以一时也牵扯不到他。

这个观点被法医提出来后，办案人员纷纷表示赞同，认为之前寻找女死者的身份受阻，就是因为当地没什么人认识她。所以不需要去找女死者的身份了，而应该集中全力去找男死者的身份。

法医却摆摆手说：不，还是应该从女死者的身份查起。

为什么呢？大家别忘了，刚才老秦讲过，这名女死者从未成年的时候就开始穿高跟鞋了，而法医推断她现在的年龄是大约40岁。也就是说，她很可能从20多年前就开始穿高跟鞋了。20多年前，那可是20世纪70年代初啊，改革开放还没开始，咱们内地会有女性长时间穿着高跟鞋吗？

因为D市距离港澳台、东南亚较近，所以法医断定这名女死者很有可能是港澳台或者东南亚的居民，而不是D市本地的居民，而且她也不是经常来D市，所以在D市认识她的人很少。

如果这个推断是正确的，那么只要调查一下近期的入境记录，找到符合条件的女性，再一一核实，就能知道是哪个入境的港澳台同胞或东南亚居民失踪了。

这个推理很精彩，具有鲜明的时代特征。

法医的推断，经常需要结合时代背景来进行。我在小说《燃烧的蜂鸟》里也写过一个类似的故事。书中的故事发生在20世纪70年代末，法医根据死者胃中的红皮烤鸭对死者的身份进行了推理，从而找到了死者的尸源。

红皮烤鸭，放在现在这个时代，是再稀松平常不过的食物了，谁都有可能吃，但放在书中那个年代，可不是什么人都能吃到的。法医就是利用这一点来打开案件突破口的。

本案中，也正是因为法医这画龙点睛的一笔，案件的僵局一下就被打破了。

经过调查，警方发现D市有一家五金厂，是两名香港商人合伙开办的。主要负责人叫老陈，是一名男性，生活条件优越，喜欢健身。他的合伙人叫阿雯，是一名女性，但她只是投资人，并不参与五金厂的实际管理，平时都生活在香港。

案发前不久，阿雯有入境记录。但目前警方既找不到老陈，也找不到阿雯。

从这些信息来看，老陈和阿雯的特征与两名死者的特征几乎如出一辙。于是警方找到了老陈在香港的妻子，向她询问具体情况。陈太太说，自己也好几天联系不上老陈和阿雯了。随后，应警方的要求，陈太太来到了D市，对两具尸体进行了辨认。虽然男性尸体只有躯干，但陈太太还是很笃定这两具尸体就是老陈和阿雯。至此，本起案件中的两具无名尸体均完成了尸源的确认。

其实侦查破案的过程，有时候就像是你在一堵墙周围绕，但就是找不到那扇门。一旦你找到了这扇门，就会发现穿过这堵墙其实很容易。从某种意义上讲，侦查破案就是不断缩小可能范围的过程，不管是寻找嫌疑人还是锁定尸源都是如此。在这个过程中，任何一个技术部门的任何一点线索，都有可能让范围大幅缩小。所以对办案人员来说，明察秋毫的观察力和细致入微的推理力都是不可或缺的。

尸源确定了，警方就开始通过老陈的活动轨迹来寻找疑点，从而分析是什么人有可能去杀害他俩。

老陈虽然是五金厂的老板，但是他对厂里的生产过问得并不多，和员工打交道也不多，大家对他平时的生活轨迹都不了解。所以调查的突破口还应该在陈太太身上。

据陈太太回忆，老陈在失踪前两天，也就是1995年6月27日的晚上7点，曾驾车离开工厂，但她不知道他要到哪里去。老陈出发的时候，还给在香港的陈太太打了电话。这时老陈的表现是正常的。可是在28日的凌晨1点多，陈太太突然又接到了老陈的电话。

电话中，老陈的语气明显透露出焦急和恐惧，他声称自己急需80万元人民币的周转资金，让陈太太立即带着钱，赶到

D 市的邻市 S 市的某家酒店。电话中，老陈还再三嘱咐妻子一定要按时交钱，绝对不能拖延。

这通电话非常奇怪，引起了陈太太的高度警觉。所以她一挂断电话，就连忙找到了合伙人阿雯，想让她参谋参谋这件事，商量下一步应该怎么办。

阿雯也是香港人，她十几岁就开始经商，在商海里摸爬滚打几十个年头了，相比于陈太太，阿雯的社会经验要丰富许多。根据阿雯的推断，他们的五金厂最近并没有什么大事发生，一般情况下是不需要这么多钱来救急的。毕竟在 1995 年，80 万元人民币可以说是一笔巨款了。

既然厂子里不需要钱，而老陈又口气很不正常地找家里要钱，那么最大的可能就是老陈被人绑架了，而这 80 万元人民币应该就是救他性命的赎金。

阿雯跟陈太太说，她从小就在香港的各个道口混，知道香港有专门绑架富人的黑社会分子。不过她让陈太太别着急，这些人基本上谋财不害命，只要给钱就会放人，这是道上的规矩。如果报警，绑匪就会撕票，所以千万不要报警，破财消灾，保命要紧。

听阿雯这么一说，陈太太顿时吓坏了。

撕票，就是杀人啊！跟钱相比，当然是人更重要了！

于是，陈太太听从了阿雯的建议，两人共同做出了一个错误的决定——交赎金。

遇到绑架案，正确的决定当然是报警。

陈太太和阿雯非常机智地推测出这是一起绑架案，如果她们及时报警，老陈被营救回来的可能性还是很大的。只可惜，阿雯不仅没有报警，还自告奋勇地带着 80 万元人民币的赎金赶赴 S 市进行交易。她没想到，这个错误的决定，不但没有救回老陈，还搭上了自己的性命。

1995 年 6 月 28 日下午，阿雯和陈太太一起凑足了 80 万元人民币，由陈家的司机阿豪开车，带着阿雯从香港出发，入境赶到了老陈在电话里所说的 S 市的酒店。据阿豪回忆，当时阿雯拎着钱就下车了，下车后，和一个皮肤比较黑的女人聊了两句，阿雯坐上了那个女人的车，然后车子就开走了。

从这一刻起，他们就再没听到阿雯和老陈的消息。

直到接到了警方的电话，陈太太才不得不相信自己的丈夫和好友都已经遇害了。在此之前，陈太太还心存侥幸。她认为阿雯是见过大世面的，阿雯带着钱去和绑匪周旋，救回老陈只是时间问题，损失一点钱也没有什么大不了的。

至此，死者的身份和活动轨迹都得到了确认，但警方的案件侦破工作依旧困难重重。

阿雯很少来 D 市，所以不认识几个人，更没有什么熟人；警方虽然知道绑架老陈的人应该是老陈的熟人，但老陈本身是做生意的，从香港到内地认识无数三教九流的人，社会关系极为复杂；这起案件虽然看起来是绑架案件，但也有可能是老陈在生意场上得罪了人，这人为了报复老陈而杀人，顺便大捞一笔；此外，老陈还是个好色之徒，他的情人众多，也不掩人耳目，那么也无法排除情杀的可能性……这案子，可以说是迷雾重重。

这时，警方将注意力放在了司机阿豪提供的重要线索上：接头人是一个皮肤比较黑的女人。这个女人是接头人，也很有可能就是凶手。警方希望从阿豪的口中得知更多关于这个黑皮肤女人的信息。

阿豪说，不知道为什么，他总觉得这个女人很眼熟。他使劲想了一想，忽然反应了过来，这个女人好像是老陈的情人！之前老陈包养过这女人一段时间，所以阿豪才有印象。但她具体是谁，阿豪也想不起来。

警方立即对此展开了调查，但老陈的情人实在太多了，在调查过程中，不断有新的名字进入警察的视野，有一种越调查越多的感觉。而最难办的还不是数量问题，这些情人有的是歌舞厅的小姐，有的是社会上的"太妹"，绝大多数都不是D市本地人，在D市活动时使用的也都是花名、艺名，还有些人在D市混一段时间就去别的城市了。依靠专案组的有限警力，根本不可能在短时间内把老陈的这些情人逐一排查梳理清楚。

案件侦破工作再次陷入泥潭。

就在这个关键的时候，法医再次给出了一个重要的参考意见。

这次，他从阿雯的死因里发现了关键的线索。

追凶追出个散打世界冠军

阿雯的尸体完整，所以法医通过尸检明确了阿雯的死因。她是被拳击头部，导致脑干严重受损，从而呼吸衰竭死亡的。

很多媒体在对此案进行报道的时候，引用了法医的后半句话"呼吸衰竭死亡"，所以他们从字面上理解，称阿雯是因"机械性窒息"死亡的。

其实这是错误的。阿雯的死因，应该是"机械性损伤致死"。

前面我们已经详细科普过机械性窒息，"机械性损伤致死"这个词看起来和它相似，其实完完全全是两码事。二者是同时被列入人体**常见的六种非正常死亡原因**（损伤、窒息、中毒、疾病、电击、高低温）的。

所谓的**机械性损伤**，是指致伤物与人体以机械运动的形式相互作用时造成机体的损伤，包括组织结构破坏和功能障碍。机械性损伤一旦发生，就会造成人体各种不同程度的伤害，严重者可以导致机体立即死亡，也有可能引起并发症或后遗症而导致死亡。

由此可见，这和机械性窒息导致组织器官缺血、缺氧的死亡机理是完全不同的。

机械性损伤有很多种分类方式。按照致伤物不同，可以分为钝器伤、锐器伤和火器伤；按照作用方式不同，可以分为压擦伤、碰撞伤、拳脚伤、咬伤、挤压伤、高坠伤、摔跌伤、碾压伤等；按受伤部位不同，可以分为颅脑损伤、脊柱损伤、胸部损伤、腹部损伤、泌尿生殖系统损伤等。其中，颅脑损伤导致机体死亡的概率是最大的，而且颅脑损伤后导致机体死亡的方式也是最多的。

本案中，阿雯就是颅脑损伤死亡。但为什么法医会加上"呼吸衰竭"呢？那是因为我们的头颅深部有一个叫作"脑干"的地方，是我们的生命中枢。一旦脑干部位受伤、出血，也就是生命中枢这个重要部位受损，我们就不会自主呼吸了，会呼吸衰竭从而死亡。虽然是呼吸衰竭致死，但源头还是因为损伤，而不是媒体错误报道的窒息死亡。

有朋友又要问了，本案中法医认定阿雯是被拳击死的，这是怎么推断的？既然脑干位于我们头颅的深部，应该是不容易受伤的部位吧？拳击的力度有限，又是怎么伤到阿雯脑干的呢？

我们先来看第一个问题——法医怎么推断阿雯是被拳击死的？

所有机械性损伤的形成都有一个机理，而随着这个损伤机理而来的，就是损伤的特征和形态。比如前文说过，通过锐器伤的形态特征可以推断致伤工具，而摔跌伤可以形成对冲伤，等等。

徒手伤也有自己的特征。**如果法医通过损伤情况推断出致伤物表面光滑、质地柔韧，这大概率就是徒手伤了。**

什么叫表面光滑、质地柔韧？法医又是怎么看出来的呢？

我们再回顾一下，机械性损伤就是致伤物与人体相互作用所致。如果致伤物表面粗糙，它和皮肤接触的时候，势必会在皮肤上留下擦伤。如果明明皮下有出血，但表面皮肤没有擦伤，就说明致伤物表面是光滑的。

但表面光滑不足以判断是徒手伤，因为很多致伤物表面都很光滑，比如钢管、茶杯等等。此时再加上一个质地柔韧，就能进一步缩小致伤物范围了。我们想象一下，质地坚硬的致伤物，很容易造成骨质的损伤；质地柔软的致伤物，则很难造成骨质损伤；只有质地柔韧的致伤物，才会造成那种不骨折但皮下损伤严重的损伤。

本案中，阿雯的头面部有被重物击打的痕迹，但皮肤上没擦伤，面颅骨没骨折，通过这些特征，判断是徒手伤的可能性大。

咱们再来看第二个问题——**徒手伤力度有限，怎么伤到头颅深部的脑干呢？**

老秦在清风公园裸尸案里详细说明了徒手伤也可以致人死

亡的原因，也列举了一些典型的例子。这里我再介绍一种可以致死的徒手伤，那就是<mark>头部剪切伤</mark>。

在法医工作中，我们偶尔会遇到这么一种情况：行为人一拳打在被害人的下巴上，下巴上的皮肤出血很轻微，人却死了。原来，因为被害人的头部突然转动，转动形成的剪切力伤及了脑干或者颅底血管，最终导致颅脑损伤而死亡。

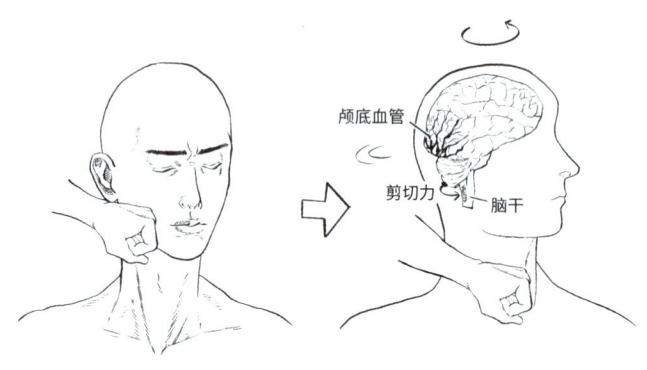

头部剪切伤的形成过程示意图

这种损伤外轻内重，不容易被发现，而且很少见。

少见的原因，是人体有<mark>反射性保护功能</mark>。也就是说，有人打你的头，头在瞬间转动的同时，会反射性自我保护，防止头部转动过度，从而保护头部不受严重的损伤。这种反射性保护不仅存在于人体的头颈部，还存在于腹部。人体的腹部柔软，没有肋骨保护，但腹腔脏器也没那么容易因为挨了一拳一脚而破裂，其原因就是腹肌会反射性自我保护。当有人拳击我们的腹部时，腹肌会反射性收缩、收紧，从而承担下这一拳的力道。

但在有些时候，这种反射性保护也会失效。最常见的就是醉酒时，醉酒的人自我反射性保护能力差，所以很容易因为一拳一脚就形成严重损伤或者死亡；还有一种情况就是凶手趁人不备，而且拳击力度过大，超过了被害人反射性自我保护的能力。

尸检报告显示，阿雯不存在醉酒的问题，那么她因为徒手伤而形成脑干损伤，就说明凶手是一个身体非常健壮、拳头力度非常大的人。凶手一拳打在阿雯的头面部，其力道直接超越了阿雯自身的反射性保护能力，导致她立即死亡。这说明凶手和阿雯的体力悬殊，而且凶手用拳头杀人干净利落，绝对不是普通人。

再反观老陈的尸体，虽然因为尸体不全，不能明确他的死因。但有一点我们是知道的，老陈本身就是一个经常健身的人，肌肉是很发达的，他的力量也是相当可以的。把这样一个经常健身的青壮年男人控制、杀害并分尸，也绝不是一个普通人能够做到的，尤其不可能是那个皮肤黑的情人做到的。

警方认为，那个皮肤黑的情人身边一定有一个十分强力的男性帮手，这个人还应该是个"武林高手"。

有了这个推论，警方又进一步缩小了排查的范围。

这下，案件终于迎来了重大突破。

警方根据这个条件进行排查,很快就注意到了两个人。

一个是叫阿苗的女人,她曾经做过老陈的情人,另一个是叫阿乔的男人,他曾经是散打世界冠军。而且,阿苗和阿乔过从甚密,非常符合警方对凶手的画像。

警方立即对阿苗的住处进行了布控,可没想到,那里已经人去楼空,阿苗和阿乔早在两个月前就不知所终了。原来,阿苗和阿乔早就在警方的缉拿名单上了,只不过不是因为这起编织袋双尸案。

两个月前,也就是1995年的4月26日,阿苗和她打工所在的夜总会领班大明发生了冲突。阿苗气不过,就把这件事和阿乔说了。阿乔为了给阿苗出气,带领着两个"小弟"冲进大明的家里,对他进行了殴打,还抢走了他家中约30万元的财物。

可这30万元,都没有满足阿乔的贪心,他指使其中一个"小弟"押着大明去银行,想逼迫大明把银行卡里的钱全部取出来抢走。但在取款的过程中,事情败露了,警方及时赶到,不仅解救了大明,还抓获了那个"小弟"。于是,阿乔、阿苗和另外一个"小弟"就开始了逃亡之路。

因为这起案件只是抢劫案,警方并没有悬赏通缉。

现在再来看这三个人,既符合条件,又处于失踪状态,还有作案前科,嫌疑可以说是非常大的。所以7月1日,警方便发布了对这三个人的悬赏通缉令。

通缉令一发,线索很快就出现了。

7月5日,在D市的某个小镇子上,某出租屋的房东认出了通缉令上的三个人。房东声称在6月底之前,这三个人就租住了他的房子。不过6月底他们突然退租,然后就离开了。

警方立即有了兴趣。到现在,警方还只能说这三个人有重大作案嫌疑,并没有获取确凿的证据。如果这间出租屋就是这三个人实施犯罪的地点,那警方一定可以在出租屋里找到蛛丝马迹。

没想到,警方找到的不仅仅是蛛丝马迹。

痕迹检验技术员和法医一同对出租屋进行了现场勘查。在出租屋里,警方发现洗手间马桶中还有没冲干净的血水,墙上也有血迹。为了确保证据的有效性,法医凿开了洗手间的下水道,发现了大量的人体组织。

警方因此判断,这间出租屋就是凶案的第一现场。而租房子的这三个人,自然就是犯罪嫌疑人了。

D市警方随即向公安部提出申请,发布了全国通缉令和协查令。全国各地警方协查帮助,数千公里外的L市警方发现了阿乔和阿苗的踪迹。

因为阿苗是L市人,L市警方在接到协查通报后,立即对她家进行了布控。

经过侦查,L市刑警发现阿苗已经回到了L市,她在L市还租了一间房子，甚至还给自己的亲属打了电话，说自己8日下午要去买家具，装饰一下自己新租的房子。

有了这个线索，D市刑警立即赶赴L市，和L市刑警一起展开抓捕行动。

7月8日下午3点，两市警方在阿苗去买家具的途中顺利把她抓获归案。同时，警方也做出推断，阿乔很有可能就躲在阿苗新租的出租屋里。于是，警方迅速制订了抓捕阿乔的方案。

考虑到阿乔是世界级散打冠军，为了抓捕阿乔，警方决定安排8个人来对付他，这8个人均是精选出来的身强力壮、身手灵活的刑警。当然，所有的抓捕行动都是需要预定方案的，并不是单纯因为阿乔是散打冠军，警方才预定方案。

预定方案可以确保抓捕工作万无一失，也能最大可能地保护刑警们的安全。有的犯罪嫌疑人可能有枪、有刀，这些都在**抓捕方案**的考虑范围之内。

有朋友可能会问，阿乔是世界级散打冠军，又是亡命之徒，直接击毙他不就行了吗？

当然不能这样，在未经法庭宣判之前，阿乔只是犯罪嫌疑人，而不是犯罪分子，当然不能直接击毙。一般只有在犯罪嫌疑人持械拒捕、劫持人质，有可能威胁到警察或人质生命安全的情况下，才有可能直接击毙。

实施抓捕前，D市刑警对阿乔的基本情况已经调查得很细致了。阿乔以前的散打队队友跟刑警说,阿乔的腿非常厉害,一定要小心,万一被他踢中,就会有性命之虞。

于是警方很慎重地先将出租屋包围了,8名刑警荷枪实弹在第一线,还有几十名刑警在外围待命,阿乔插翅难飞了。

好酒的阿乔中午喝了几杯,此刻还在睡觉。

刑警们自然不能在屋外傻等,他们决定突袭。冲在最前面的刑警一脚踹向大门,没想到那门还很结实,居然没被踹开,刑警立即踹了第二脚,才把大门踹开。

这两脚,其实也就两三秒的时间。这么短的时间里,阿乔就已经惊醒,而且跳到了客厅。看样子,他是一技傍身、有恃无恐,想和刑警们对抗拒捕。

不过冲在最前面的刑警大董和老赵身手都非常好,眼看阿乔冲过来就是一记飞踢,两名刑警立即很默契地向左右闪开,阿乔的这一脚硬是踢空了。趁着落地的阿乔立足未稳,两名刑警猛虎下山一般冲了上去,将强壮的阿乔扑倒在地。其他刑警一拥而上,如同叠罗汉一般把阿乔压在了最下边。

此时的阿乔仍然没有放弃抵抗,被这么多刑警压在地上还在挣扎扭打。

门口包围的其他刑警看收拾不住这小子,也纷纷冲了进来,按手的按手,按脚的按脚,足足控制了十几分钟,才把阿乔结结实实地绑了起来,然后如同抬一捆木材似的,把他抬上了警车。

抓捕成功后，刑警们对阿乔住处进行了搜查，这一查，是又吃惊，又后怕。

他们在房间里发现了猎枪和匕首，如果在抓捕行动前就惊动了阿乔，有枪、有刀、有功夫的阿乔很可能会对刑警们造成严重的人身威胁。不过，这就是刑警的工作。他们没办法预判哪个犯罪嫌疑人可能有枪、有刀，他们只有用自己的血肉之躯去背抵黑暗、守护光明。

经过审讯，其他配合阿乔和阿苗作案的犯罪嫌疑人也先后被捉拿归案，至此，这桩特大绑架杀人案的嫌疑人全部落网。

案件虽然破了，但很多人都会有同样的疑惑：曾经的散打冠军，为什么会变成绑架杀人犯呢？

其实阿乔也没有料到自己会走到这一步。

本来，阿乔有一个幸福的家庭，有温柔贤惠的老婆和可爱的孩子。可一次偶然的机会，他认识了阿苗。阿苗身上那种不同于其他女人的气息，深深吸引了阿乔，让他不能自拔。随后，他把家庭抛在了脑后，和阿苗谈起了恋爱。

变故，发生在阿苗和领班大明发生纠纷时。

阿乔的本意是教训教训大明，为女朋友找回面子。如果他只是殴打大明，也就是一个故意伤害行为，如果没有把大明打成轻伤，只会获得一个治安处罚。但一行人在殴打完大明后，被他家值钱的物品吸引了。

一时的恶念与贪欲，让阿乔走上了万劫不复的道路。

阿乔想把这些贵重物品占为己有，甚至还想占有大明银行卡里的存款。一起故意伤害案件，就这样变成了入室抢劫案。

因为阿乔的"小弟"在取钱的过程中被警方当场抓获，剩下的三个人就只有跑路了。跑路也是需要资金的，那些抢来的贵重物品一时无法变卖成现金，他们如何才能搞到钱呢？

于是，阿苗就想起了曾经包养自己的老板——老陈。

这个老陈很有钱，当地很多人都知道，几个人就谋划将老陈绑架，再勒索巨额赎金。因为老陈是认识阿苗的，所以他们在获得赎金后，并没有放人，而是残忍地将老陈和前来赎人的阿雯杀害，又冷血地完成了碎尸、抛尸。

1995年11月24日，阿乔、阿苗等四名罪犯被判处死刑。

当年，执行死刑的方式还是枪决。在被枪决之前，阿乔痛哭不已。他说："我是世界散打冠军，我可以找到很好的工作。我还有妻子，我的妻子很漂亮，很贤惠。我还有女儿，女儿很可爱，很懂事，才刚刚上幼儿园。我的家庭本来是很温馨、很幸福的，你说，我为什么会走到这一步？我做这些，图的是什么啊？"

一念之差，人即是兽

在解读这个案子的过程中，老秦能感受到本案法医的精妙推理，也能感受到抓捕阿乔的侦查员们的勇敢无畏，但最让人唏嘘的，还是阿乔的经历。在生命的最后一刻，他才幡然醒悟，却为时已晚。

"勿以恶小而为之"真是一句至理名言。

不尊重别人的生命，视他人性命如草芥，势必也会毁掉自己的人生。

阿乔最初不过是为面子，跟人争勇斗狠，这看起来是"小恶"，但人的心理会随着小恶的得逞而发生变化，阿乔觉得打架斗殴也不过如此，下一步就发展成入室抢劫；抢劫后还能逍遥法外，他的自信心进一步膨胀，就发展成绑架杀人。

从一念之差、小小恶意，到穷凶极恶、恶贯满盈，阿乔也只用了两个月。其犯罪升级的速度，令人咋舌。

阿乔的堕落，给我们提了个醒：别以为眼下做的只是一个恶作剧，离它变成滔天大罪，可能只差一次放纵。千里之堤，溃于蚁穴。一旦纵容自己的兽性，就会一步步放弃自己的原则，最终毁掉自己的一切。

另外，对故事里的阿雯，老秦也不禁感到惋惜。

她单枪匹马，深入虎穴，去营救自己的合伙人，勇气可嘉，义气也令人钦佩。可惜，她犯的轻敌错误，太致命了。对面是身份不明的恶人，轻信对方会遵循"江湖道义"而孤身犯险，就是把自己的命运交给了未知数。

如果在接到勒索电话的第一时间，阿雯和陈太太果断地选择报警，也许整个案件的结局就截然不同了。

老秦当然希望每位读者都平平安安，一生顺遂，但如果我们自己或者身边人遭遇了不法侵害，千万要记住，自作主张去解决问题是十分不理智的行为，报警求助，才是唯一科学可行的办法。

后记

写到这里，快要给这本书画上句号了。

准确地说，应该是分号。

因为《超正经凶案调查》是一个系列，"都市篇"是第一部，而第二部"山海篇"还在改稿当中，未来也会和大家见面。

这个系列的灵感，来自老秦在荔枝播客的一档有声节目，当时节目一共有两季，每季26集，播客的名字分别叫《法医秦明·悬疑夜话A-Z》和《法医秦明·凶间档案》。

记得当年老秦是第一次做播客节目，为了完成录制，还专门买了专业的录音设备。而老秦的老搭档——元气社的小伙伴们，也在节目的策划过程中帮了不少忙，为老秦的选题收集了很多真实案件的新闻报道。

那段时间，老秦每到周末就会把自己关在一个"小黑屋"里，仔细阅读元气社小伙伴们收集来的案件资料，认真思考每一起奇案，分析其破案的逻辑，罗列可以科普的内容，然后再讲述出来。

老秦觉得，这些播客节目真的很有科普价值。这可不是我自恋或是自吹自擂，因为在播客节目的评论区中，老秦看到了听众朋友的种种积极反馈。因此，在播客完结一年后，老秦决定从52期播客节目中挑出18起有代表性的案件，重新用文字进行解读，让更多的朋友感受到推理和科普的乐趣。

在写作过程中，老秦遇到了不少困难。

比如，如何将完全口语化的播客稿变成有文学性、科普性的文字？如何拓展内容、捋顺逻辑，才能最大程度还原案件的核心脉络，展现真实的办案思维逻辑？如何调整叙述模式和行文的时间线，才能增加阅读的快感和悬疑性？如何糅合知识点，才能涵盖更多法医学及相关学科内容，且不显得枯燥？

这些都是问题，也都是挑战。

所以，你们看到的这本书，是老秦经历了与元气社小伙伴们的多次讨论，再加上历时数月的创作和改稿，才完成的作品。这里也非常感谢我们新的出版合作方中信出版集团商业社的小伙伴们，她们在整本书的出版过程中也给予了极大的支持和帮助。

老秦之前也创作过两本科普书，分别是《逝者之书》和《法医之书》，前者介绍的是法医眼中的28种死法，后者介绍的是法医这个职业的所有基础知识。但《超正经凶案调查》系列,和这两本书的风格很不一样,它不是以科普的知识点作为主轴展开的,而是在讲述每个案子的过程中,融入破案的思路和相关的知识。

所以,为了保证知识点的准确,我也花了很多时间去查询资料;为了避免不同章节中的知识点重复,我又花了很多时间进行修改。总之,这可以说是老秦目前为止花费精力最多的科普书系列了。

好在,因为有真实案件做基础,本书的可读性应该还是很高的。我自己写的时候,也会觉得很爽很顺畅,写到最后,甚至有种意犹未尽的感觉。

所以,老秦也在这里忍不住小小剧透一下,"山海篇"里的9桩凶案,几乎都发生在野外的环境。相比"都市篇"里的凶案,"山海篇"里警方的勘查环境更为恶劣,取证的难度更大,破案也就更为艰辛。不过,正因如此,当老秦带着大家一同去"调查凶案"的时候,大家应该也能感受到更加精彩和刺激的追凶体验。大家和老秦一起在"都市篇"的"超正经别册"里调查了都市传说,那也期待未来在"山海篇"的"超正经别册"里,再一起去追查怪谈事件吧!

不多说,我们"山海篇"再见!

超正经别册
都市传说破解指南

都市传说 1 ━━ 3
偷器官的神秘组织

都市传说 2 ━━ 14
一闻就晕的迷药

都市传说 3 ━━ 20
艾滋西瓜和针头男

都市传说 4 ━━ 26
尸油煮粉和殡仪馆怪谈

都市传说 5 ━━ 29
毁尸灭迹的完美手法

法医手记：谣言的天敌是思考
━━━━ 32

超硬核索引

器官移植

吸入式麻醉

血液传播

斗拳状姿态

王水溶尸

大家可能都听过很多不同的都市传说。用网上的描述来说，都市传说是在都市广为流传的故事，大部分都带有一点恐怖惊悚的色彩。都市传说的诞生，往往会受一些真实事件的影响。如果大家纯粹把它当个故事听，其实也就是一种娱乐。

但有时候，都市传说的散播者或传播者，怀有某种目的，企图以假乱真，故意扩散一些容易引起恐慌的信息，这些传说就会演变成我们常说的"谣言"。谣言真伪难辨、蛊惑性强，容易带来严重的社会问题，我们就不能再单纯当故事听了。

那么，如何识别都市传说中的谎言和漏洞？如何避免自己被谣言洗脑呢？

这就需要我们从细节处见真章了。

都市传说1：偷器官的神秘组织

这应该是流传最广、版本最多的都市传说——偷器官。

十几年前，这个传说曾经在网络上流传一时。每个人都有器官，也都害怕自己成为被偷器官的对象，所以这个看上去和每个人息息相关的故事，很快就在网络上演变出各种版本的谣言，甚至一度引发民众的恐慌。

那么，偷器官的故事，到底有多少可信度呢？

让我们挑选两个比较有代表性的版本，一起来分析看看。

版本一：拖走独行女生的面包车

某城市出现了一个偷器官的团伙。这个团伙的成员每天晚上开着面包车，在街上来回游荡，寻找下手的目标。只要看到有女子独自在街上走，他们就会立即把面包车开到女子身边，车门一开，几个人合力把女子拖上车，然后开车就走。等车子开到一个僻静之地，这个团伙的成员就会把女子杀害，取走她的器官，拿出去卖。

这个都市传说，听来令人恐惧，也曾经广为流传。

传言愈演愈烈的时候，这座城市的女孩子根本不敢一个人走夜路。即便是在大白天，一看到有面包车经过身边，大家也会惊恐万分地逃开，留下一脸茫然的面包车司机。

版本二：浴缸里的冰块和镜子上的口红

这个版本的故事，最早还是在国外的社交媒体上出现的。

A国的一个男子在社交媒体上发帖诉说了自己的"悲惨经

历"。他说自己去 M 国旅游，晚上在酒吧里认识了一个白人美女。两个人一见如故，聊得非常投机。聊完天后，美女主动提出：天都这么晚了，不如我们去开个房间吧。男子想都没想就同意了。

于是这个女子开车把男子带到了一个远郊的宾馆，开了一个房间。进房间后，女子掏出一瓶酒，说我们俩再喝点，助助兴。男子没有拒绝，一饮而尽。可没想到这杯酒一喝下去，男子直接失去意识，昏睡了过去。

他再次醒来的时候，发现自己居然躺在一个放满冰块的浴缸里，浴缸对面的镜子上用口红写了几个大字：赶快拨打报警电话。男子慌忙拨打报警电话，好在医生、警察都来得及时，把他救了，但发现他的两个肾都被偷走了。

这个故事很有名，很多人在网上都看到过。很快，我国也出现了类似的版本。

故事的发生地变成了我国南方的某所大学，一名学生在学校庆祝会上喝了很多酒，认识了一个女孩，女孩就把他带走去开房。在房间里喝了女孩备下的酒之后，男孩失去了意识。他醒来以后发现自己泡在一个放满冰块的浴缸里，浴室的镜子上面用口红写着：请速打 110，否则你会死。

男孩一看，心里一惊，他身上居然多了两条 9.5 厘米长的刀口！男孩赶紧打了 110。警察肯定不是第一次遇见这种事了，很有经验，一听是 9.5 厘米的刀口，连忙在电话里说：你是被偷了肾脏了，你赶紧再躺到冰里面去，别动，我们马上来救你。

看了前面外国的版本,再看这个版本,基本上就是复制粘贴,换汤不换药。

不过,为了避免引起误解,我国警方和各大媒体还是很快出来辟谣了。

这个故事里的漏洞其实很多:一来,这人的两个肾都被偷走了,他还能活着吗?如果人还能活着,那这生命力还真是够顽强的!二来,躺在冰块里干啥啊?是为了止血吗?两个肾都没了,光止血有用吗?三来,那个9.5厘米长的刀口,听起来有零有整的,好像是那么回事,但这被割了肾的男孩还真是挺冷静啊,醒来了先拿把尺子量量自己身上的刀口有多长?

虽然谣言被及时辟除了,但民众的恐慌情绪并没有彻底消除。偷器官的都市传说依然在网络上流传着,只不过被演变成了各种新的版本,这些新流传的版本,被精心修改和设计,隐去了那些一眼就能看出破绽的细节,让民众真假难辨。

其实,随着国民素质的不断提升,有些明显违反常理的都市传说即便曾经广为流传,也会随着时代的进步而逐步消失。比如,新中国成立初期流传过一个谣言,说外国人来我们国家偷小男孩的生殖器去造原子弹,现在大家再听到这样的故事,肯定很难再上当了。

但有些都市传说的制造者,会故意选择一些大部分人的知识盲区,选择一些有真实原型的案件,加以篡改、夸大,最后形成了大部分人无法识别真假的版本。

偷器官的谣言就是其中之一。

黑市贩卖器官的案件并不是没有,但不是大家想象中那么简单。

器官移植可不像把你家客厅的灯泡挪到卧室去那么简单,那可是很复杂的手术。曾经确实有一些有技术能力的医生,在有器官移植资质的医院里,不经过合法的手续,偷偷进行器官移植的交易。这些案例被媒体报道后,一些造谣者对此进行了夸张的改编,就形成了犯罪团伙满大街寻找目标,随手摘器官移植给别人使用的谣言了。

要识破偷器官的谣言,我们需要了解一些器官移植的基本医学知识。

首先,器官移植的前提是配型。所谓的配型,并不是血型对上了就行。其实除了各种血型(血液不止 ABO 一种分型)要匹配,还要对供体、受体体内的抗体情况、白细胞抗原情况进行匹配,甚至对供体、受体的一般情况,比如年龄、身高、体重,以及基础疾病情况进行匹配。总之,进行移植手术之前,是需要进行非常复杂的配型工作的。只有这样,才能最大限度减轻受体的免疫系统对供体器官的排斥,提高手术的成功率。

其次,整个器官移植手术的环境,包括摘取器官的手术环境,必须是一个非常严苛的无菌环境,要达到很多标准。因为一旦发生感染，即便移植手术成功，受体依旧无法延续生命。进行器官移植手术的人，也必须有丰富的外科手术经验，掌握器官移植手术的专门技能。就这两点，在普遍情况下就很难做到了。

再次，离体器官的保存是有时限的。离体肾脏最多也就能保存40多个小时，其他离体脏器可以保存的时间更短。所以器官移植一般都是在手术之前就完成了全部配型的工作。比如说，有些人签署了器官捐献意愿书，那么在这些人死亡之前，早就已经做好了一系列配型工作。如果把器官摘下来再配型，那就来不及了。

最后，做器官买卖交易的犯罪成本是非常高的。犯罪分子要有非常专业的技术人员，要有严苛无菌的手术室，要有能够保存器官的专业设施等，还要面临被严惩的风险。别说杀人取器官了，就算供体、受体都是自愿的，只要没有履行必需的合法手续，组织交易都是犯罪行为。根据我国《刑法》，组织他人出卖人体器官的行为，就已经构成组织出卖人体器官罪。而未经本人同意摘取其器官，或者摘取不满18周岁的人的器官，或强迫、欺骗他人捐献器官，都可以按照故意伤害罪或故意杀人罪来处罚。犯罪分子也是人，也得计算犯罪的成本。为了挣一点钱，要投入整个产业链，要有大量专业的团队和设备，甚至还要拿自己的小命铤而走险，是不是得不偿失呢？

因为偷器官的谣言盛行，一定程度上也将合法的器官移植污名化了，导致很多人一谈到器官移植就讳莫如深。

实际上，合法器官移植的重要社会意义是不言而喻的。正是因为有合法器官移植的存在，很多患者得以延续生命；不幸身亡的人，在死后依旧可以为社会做出贡献。合法器官移植体现了对生命健康的尊重，也促进了医学的发展。

我们国内有《人体器官捐献和移植条例》，对人体器官捐献和移植的程序及要求进行了规范，将人体器官捐献和移植活动限定在法律的框架之内。因为此条例的存在，所以在整个合法的人体器官获取和移植过程中，会有监督、见证体系。因此，也保障了整个过程不违反社会伦理道德，不违背死者意愿或者其近亲属的意愿。

所以，大家不要因为这些不靠谱的谣言，而对器官移植工作产生误解和猜忌。这其实是一项很伟大、很神圣的工作，我们都要支持它。

说到偷器官，老秦还想到了另一个流传甚广的谣言。

谣言的发布者不仅用文字讲了一个离谱的故事，还配上了一张图片。文字说的是火车站附近一名女子被人杀死后取走器官，配图是在火车站旁边的树丛里有具全身赤裸的女尸，而这具女尸的胸腹腔被剖开了。

可想而知，这样的图文在网络上流传，会引起多大的轰动。

图片的感官冲击力明显比文字强，而这么血腥恐怖的图片给网民带来的冲击就更加汹涌了。事发地点是火车站附近，这是一个公共场所。在公共场所公然杀人、偷器官,这是多么令人发指的事情啊!

这个案件确实发生在公共场所,警方虽然第一时间设置了警戒带,疏散了围观群众,对现场进行了保护,但还是有人爬到了围墙上和树上,对尸体进行了拍摄,并发到了网络上。

事实上,案子很快就被警方侦破了,凶手和杀人偷器官没有半毛钱的关系,这是一起精神病患者杀人、毁尸的案件。

"开局一张图,故事全靠编"的造谣行为极其可耻,而在现场拍摄死者照片的行为更应该被谴责。因为死者也有尊严,拍摄死者的照片随意在网上传播就是对死者最大的不敬。而且,命案的现场勘查、取证工作都是保密的,如果偷偷拍摄了警方工作的照片,也就泄露了警方的侦查秘密。

所以老秦在此呼吁,千万不要拍摄命案现场的照片发到网上,用这种方式来吸引眼球、吸引流量是不道德的。

有人也问过老秦,你们法医天天和尸体、器官打交道,会不会也被这种谣言侵扰啊?

还别说,真的有偷器官谣言的变种版本,把法医也给编进去了。

我记得大约是在10年前,某媒体发布了一篇文章,题为《某省警方荒山秘密解剖尸体,被指盗取死者器官》。

这家媒体非常"爱惜自己的羽毛",一边用这样的标题来吸引眼球，一边还用了春秋笔法。标题里说是"被指"，也就是说，这事儿和媒体没关系啊，是死者家属这样指责的，不是媒体说的。

那到底是怎么回事呢？

某年冬天的一个凌晨，有个 18 岁的男孩子去酒吧里玩耍，因为琐事和其他几个人发生了纠纷。很快，言语纠纷变成了肢体冲突，对方有人携带了刀具，掏出刀就把这个男孩给捅死了。

本来这是一起故意伤害致死案件，警方也经常侦办此类案件。但这个男孩的家属心中的愤怒无处发泄，就迁怒于警方。他们对媒体说："事情发生后，我们发现法医把尸体藏在荒山的一个犄角旮旯里进行解剖。等我们家属赶到的时候，尸体都已经解剖完了，里面的器官都不翼而飞了！法医为什么要这样干？肯定就是为了偷取死者的器官！"

这家媒体用了这么一个吸引眼球的标题对此事进行报道，使这篇文章广泛流传，在网上炒作得很厉害。当地的县公安局对此事进行了调查，并且把刑侦大队的教导员，也就是负责办理这起案件的负责人进行停职处理，然后又找了检察院和相关部门的人对尸体进行重新尸检，看看器官还在不在。重新尸检的结果是器官都在，不存在偷取器官的行为。这才平息了舆论。

这件事情让老秦心里非常不舒服。舆论监督、群众监督当然是必要的，质疑也是应该的，但必须符合科学道理。没有依据就胡乱质疑，会对公安形象造成极大的不良影响。

这则谣言，是对法医工作的极大亵渎。

哪怕"偷器官"的谣言被澄清了，还是有很多网民不理解法医的工作，提出了很多怀疑。比如，法医为什么要到一个犄角旮旯里去解剖？

原因很简单，并不是所有的地方都有解剖室。

大家对法医工作的印象，很多都来源于影视剧。影视剧里，法医工作的地方通常是宽敞、明亮、设备先进的解剖室。但实际上，并不是所有的地方都有解剖室。有些地方因为经济落后，地方财政能力有限，根本无法建设解剖室。也有些地方根据政策属于土葬区，不设立殡仪馆，而法医解剖室通常都建设在殡仪馆当中，当地如果没有殡仪馆，也就无处建设解剖室了。这些地方的法医，一般就只能露天解剖。

可是露天解剖，总不能在哪里发案就在哪里解剖吧？不能说在酒吧里捅死的人，就在酒吧里解剖尸体吧？解剖工作毕竟不能有伤风化，不能暴露死者的隐私，不能泄露侦查秘密，所以在没有解剖室的情况下，法医只能把尸体运去一个比较隐蔽的场所进行解剖。

法医进行露天解剖是非常艰苦的。夏天要顶着烈日，冬天要抵御严寒，一工作就是好几个小时，不仅要承受尸体本身带来的艰苦，比如尸臭、血腥味，还要承受环境的艰苦。谁愿意在这种环境下解剖？只是确实没办法，确实没有好的条件。但法医还能怎么办？难道条件艰苦就不检验了吗？不工作了吗？

老秦相信这个案子也是这样，当地应该就是没有建设解剖室,所以法医只能去隐蔽的荒山里解剖。

还有人问,去荒山解剖就去荒山解剖,为什么要秘密解剖呢?为什么不通知死者家属来呢?

要知道,这是一起命案,命案的侦办是有时限的。如果死者身上没有携带任何可以证明身份的东西,一时半会儿找不到尸源,无法通知死者家属,或是死者根本就没有家属,难道法医就不工作了?

就像正文的009号档案中菜地里发现的那两具编织袋里的无名尸体,警方一时找不到他们的身份,难道法医就一直等着不工作了?等找到尸体的身份,尸体也腐败了,还能通过尸检找到那么多破案的线索吗?

我国的《刑事诉讼法》《公安机关办理刑事案件程序规定》明确规定,对于死因不明的尸体,公安机关有权决定解剖,并通知死者家属到场。如果无法通知到死者家属,或者通知家属后,家属不愿意前来,只需要在笔录中注明。

这个法条的意思是:不管家属同意不同意,公安机关只要认为对查明死因有必要,就可以依法决定对尸体进行解剖检验。

在实际工作中,只要案件涉及刑事犯罪,公安机关会直接决定对尸体进行解剖检验。如果只是有疑点,公安机关都会尽可能去征求家属意见,争取家属的同意,然后对尸体进行解剖。实在无法争取家属同意,但仍有必要解剖的,公安机关还是会决定解剖。道理很简单，假如死者是被他家属害死的，家属不同意解剖就不解剖，那谁来为死者申冤呢？

《刑事诉讼法》《公安机关办理刑事案件程序规定》等相关法律法规确立了公安机关有这样的职权，实际上是为了保护每一名公民的合法权益。

最后，根据我们在正文中科普的器官移植的知识，大家再来看这则谣言，就会觉得非常可笑了。别说荒山里根本不是无菌的环境，就算法医具备器官移植的专业技术，取下来的器官也来不及在可保存的时限内配型卖掉啊。

即便死者的家属不具备医学常识，对法医有所误解，作为媒体，对关键事实未经考证就草率地发布报道，就实在有些说不过去了。希望看到这里的朋友们，以后再看到偷器官的都市传说，能学会举一反三，辨别谣言，让这些耸人听闻的离谱故事不再流传。

都市传说2：一闻就晕的迷药

有很多人相信，世界上有这么一种药，它可以洒在手绢上、喷在名片上，或是伪装成香水，人只要闻见它的气味，就会立即失去意识。

其实，关于迷药的都市传说由来已久，什么玄乎的版本都出现过。

比如有一位老年人，有一天去菜市场买菜，忽然觉得有人在他的肩膀上拍了一下，他瞬间就感觉天旋地转、头晕眼花，然后就失去了自主意识，拍他的那个人让他干什么他就干什么。他不仅把自己身上所有的钱都给了人家，甚至还在那人的指挥下，到银行去取出了自己存折里的钱给人家。老人清醒过来之后，才发现自己的钱和银行里的存款全部不翼而飞了。

这个故事听起来很生动吧？其实，早在古代就有过类似的传言，说有一种人叫"拍花子"，拍一拍小孩，小孩就会乖乖跟他走。这个老人的故事，听起来就跟遇到"拍花子"差不多。那事情的真相又是如何呢？

老人被"拍晕"后，他的家人就到公安机关报警了。

公安机关经过侦查，最后发现这其实是一起诈骗案件。老人听信了骗子的谎言，把自己所有的钱都交给了骗子。等他发觉自己受骗以后，感到非常丢人，没脸和家人说出实情，于是就编出了这个故事。

诈骗案件虽然破了，但这个说法实在是太好用了，后来再有被骗的人，也会学这个老人来编造自己的受害理由。三人成虎，说的人多了，也就成了流传甚广的都市传说。

在这个过程中，总有人会出于各自的目的，加入都市传说的"创作"。他们会在真实事件的基础上进行改编、夸大事实，把不合理的情节隐去，再加上一些能够引起共鸣的情节，缝缝补补，添油加醋，这样，新的故事就又能被广泛传播了。

这个"拍一下肩膀就跟人走"的不合理情节，就在传播的过程中发生了改变，新的故事版本很快变成了"一闻即晕的迷药"。

有位男士发帖，说有一天他正在街头走路，突然有辆车停在他旁边，车窗摇了下来，里面的司机问这位男士市政府怎么走。男士很热心地给司机指了路，可就在他进行解说的时候，他突然闻到车里飘出了某种香味。虽然这个香味闻上去像是普通香水，但他一闻到，整个人突然就没力气了。他当时心想，这肯定是遇上迷药了，于是趁着自己还清醒，立即往人多的地方跑去，一路跑一路喊救命，这才逃过了一劫。

无独有偶，另一位女士也在网上分享了一个类似的故事。

她说自己有一天逛街，一个男人突然凑上来，自称是推销香水的，说他们家的香水又好闻又便宜，可以试一下。随后，男人就从口袋里掏出一瓶香水，打开盖子给这位女士闻。结果盖子一打开，这位女士立即感觉头晕目眩、反应迟缓、全身麻木，在马上就要晕倒之际，她跑进了附近的一家鞋店求救，也逃过了一劫。

这两个人是不是为了造谣而故意说谎？老秦觉得，还真不一定。

因为这样的都市传说很多，说不定他们就是相信了网上说的，有一种"一闻就晕的迷药"，所以在遇到某些相似场景（比如闻到了让人不舒服的气味）时，立即联想到了这个传言，由于过度紧张而产生了臆想，甚至出现一系列躯体症状。这可不是危言耸听，很多焦虑症患者都会出现躯体症状，人在过度紧张的时候，确实有可能出现头晕眼花的情况。

由此，我们也可以看出，轻信都市传说是有危害性的。

有个真实案例。一名女孩子晚上独自乘坐网约车，有可能是这个网约车司机比较讲究，就在自己的车里喷了香水。女孩一上车，立即就闻见了香水的味道。她本身就对迷药的传言深信不疑，此时更是确信自己即将被迷晕抢劫和强奸。为了保护自己，她突然打开车门，从行驶中的车上跳下去了，结果造成了严重的身体伤害。

所以，老秦再强调一下：一闻即晕的迷药，是不存在的。

听到这里，有人就会质疑了：要这么说，难道就没有麻醉抢劫和迷奸的案件了？

这两种案件都是有的。

前文说过，能够广泛传播的都市传说一般都是基于真实事件进行改编的。

所谓的迷药、麻醉剂都是有的，不然医生做手术的时候怎么让患者失去意识呢？只不过药物被人体摄入，是需要途径的。

要让人体摄入麻醉剂，效果最好的方式是注射。

医院在做手术前，就是通过注射来给患者实施麻醉。但犯罪分子想要按住被害人，然后对他进行静脉注射，难度实在太大了。因为在这个过程中，被害人不可能乖乖听话，一定会反抗呼救。如果犯罪分子能够按住被害人，那他就已经可以控制被害人了，干吗还要多此一举注射麻醉剂呢？

还有一种途径就是口服，通过消化系统来吸收入血，产生麻醉的效果。这是麻醉抢劫和迷奸案中最常见的方式。比如在酒吧里，犯罪分子趁女孩子不注意，在她的酒杯里放了麻醉剂，或者是端一杯提前加入麻醉剂的饮料请女孩喝。有的麻醉剂是无色无味的，不会引起注意。女孩喝完之后，就会昏迷不醒。此时犯罪分子再以"她喝多了"为借口，把女孩带离人多的地方。

这些真实案例发生后，警方为了呼吁民众提高警惕，注意防范，进行了大量宣传。而有些造谣者，正是从这些正面的防范意识宣传里获取的灵感。实际上，对于在饮料中下药的犯罪手法，只要我们平时提高警惕，严加防范，犯罪分子也是不容易得手的。

既然注射和口服两种途径，一种难以实施，另一种可以被防范，那怎么才能让网民产生恐惧呢？于是造谣者就选择了第三种途径：吸入。

吸入这种途径听起来很简单啊，闻一下就叫作吸入了，而且"吸入式麻醉"也是真实存在的嘛。

的确，有些麻醉剂易挥发，被人体吸收后，是可以达到麻醉效果的。比如，我们在很多影视剧中都可以看到这样的情节：绑架犯拿着浸有乙醚的纱布，趁被害人不注意，一把捂住了被害人的口鼻。被害人在短暂挣扎之后，就失去了意识。

这种情形，在现实中是有可能发生的。不过要达到这样的效果，必须满足两个条件：第一是药物的浓度要足够高，但不能超高；第二是药物的作用时间要足够长。

关于药物/毒物到底有多大的效果，老秦介绍过一句网络名言，叫"抛开剂量谈毒性就是耍流氓"。麻醉剂也是一样，关于如何控制剂量，几乎可以单开一门学科。尤其是吸入式麻醉，就更难控制剂量了。剂量少了，麻醉不倒人，剂量多了，会死人，再加上药物作用时间很难保证，所以利用这种方式来麻醉后强奸、迷奸，基本上是做不到的。

医院在实施吸入式麻醉时，一般也需要患者戴着呼吸面罩，保证医生算好的麻醉剂量全部被吸入才行，但就算如此，也很难保证有百分之百的麻醉成功率。相比之下，都市传说中"一闻即晕"的迷药效果，几乎就是天方夜谭了。

了解医学知识后，让我们重新以推理的视角，看看这个都市传说中的漏洞。

漏洞一：如果故事发生在户外（比如那个让人闻香水的男子在街上），空气是流通的。这样就很难控制麻醉剂挥发到空气里的剂量，更难保证麻醉剂的作用时间。那么犯罪者要准备多少剂量的麻醉剂才合适呢？他又如何控制风向，让这些麻醉剂能全部进入被害人的鼻孔呢？

漏洞二：如果故事里有密闭的空间（比如那个问路的司机在车上），那犯罪者自己为什么不会晕？故事里说，一打开车窗，就有气味飘出来了，意思是这些麻醉剂都储存在车厢之内。那么请问，车里的司机，他自己咋就没晕呢？有些人会说司机事先吃了解药，那老秦只能说你是武侠小说看多了。

即便是在密闭的空间中，拿麻醉剂往别人脸上喷，也很难达到作案目的。因为剂量同样难以控制，而且犯罪者自己也会吸入麻醉剂。要是还没麻倒别人，自己先倒下了，那可就滑天下之大稽了。

老秦和同事们在工作当中从来就没有见过"一闻即晕"的迷药。很多专家学者也都对此辟过谣，大家不必自己吓唬自己。

但是在别人的饮料、食物里下药的案件，确实是存在的。我们要提高防范意识，不吃别人给的食物；外出喝酒、喝茶、吃饭时，要随时关注自己的杯碗，不给别人可乘之机；如果在吃完、喝完之后，感觉身体不适，应立即去到安全的地方，向可信赖的人求助。尤其是和陌生人一起吃饭的时候，一定要随时保持这种警惕。

都市传说3：艾滋西瓜和针头男

说到夏天的水果，很多人都会想到西瓜。

我国地大物博，西瓜的品种也很多。比如某地出产的西瓜,皮薄瓤大、水分充足、口感优质,深受欢迎。这个西瓜品种获得了无公害农产品认证,在全国都很有名。

名气大了,事儿也就跟着来了。

突然有一天,网上流传起了一则关于这个西瓜品种的都市传说。

有人说,假如你买了这个品种的西瓜回家,赶紧看看西瓜皮上有没有针眼。如果有针眼,就赶紧把西瓜扔掉。为什么呢?因为现在有好多艾滋病患者,为了报复社会,就把自己的血液注入西瓜里,让吃西瓜的人也感染艾滋病病毒。

生活中常见的场景(买西瓜)、普通人一知半解的知识点(艾滋病)、和每个人息息相关的危险信息(感染艾滋病病毒)——大家看,都市传说的经典三要素是不是都齐了?

谁夏天不吃西瓜呢?谁不害怕感染艾滋病病毒呢?这个都市传说一出来,大家就炸锅了。

很多人觉得"宁可信其有,不可信其无",可不能不当回事,万一感染了艾滋病病毒,全家都遭殃,那可不是闹着玩的。大家一想,买西瓜还得找针眼,要是针眼比较隐蔽,没找到,就要命了。既然传言和某品种西瓜有关,那干脆就先不买这个品种的西瓜吧!

所以,这个谣言一出来,直接导致该品种西瓜滞销,众多瓜农亏得血本无归。

这真不是开玩笑,传言一旦掺杂了恶意,就会毁掉很多人的生活。这也是我们需要分辨清楚谣言的原因——谣言起于谋者，兴于愚者，止于智者。我们如果提升了识别谣言的能力，就能让很多恶毒的谣言终止于我们这一环。

我们先来看看艾滋西瓜这个都市传说到底是怎么回事。

当地政府对此事进行了全面细致的调查工作。经过调查，他们发现西瓜产地所在的镇子，连一例艾滋病都没有，新闻部门也从来没听说过此事，公安部门也没接到过类似的报警。这个都市传说，简直就是无中生有。

不知道制造这个谣言的人是为了吸引眼球，还是想打击水果市场上的对手，他们利用的就是大家对艾滋病传播方式的不了解。

每年都会有很多关于艾滋病的科普知识宣传。大家也经常会听到一个说法：跟艾滋病病毒感染者一起正常生活是不会被传染的。为什么不会被传染？因为艾滋病只有三种传播途径：血液传播、性传播和母婴传播。艾滋病和流感不一样，是不能通过呼吸道、消化道传播的，也就是说，你和艾滋病病毒感染者呼吸同一个空间的空气，是不会被传染艾滋病的，你和艾滋病病毒感染者一起吃饭，也是不会被传染艾滋病的。哪怕西瓜上真的被注射了艾滋病病毒，病毒也不会通过消化道来传播，所以吃下去也不会感染。

艾滋西瓜被辟谣后，还是有很多人谈"艾"色变。

虽然艾滋病不通过食物传播，但它通过血液传播是没错的吧？那如果被艾滋病病毒感染者用过的针头扎破了皮，是不是就有被传染的风险了？

于是，另一个版本的都市传说又悄然兴起。

某年的10月6日，一名姓刘的女士在某个社交平台上发了一个帖子。

她说10月5日下午，她在某个商场里面逛，忽然有个男的拿手背碰了她一下。当时她就感觉有些刺痛，但并没有在意。等她回家之后，仔细观察自己的手背，发现手背上有个类似针眼一样的小孔。她开始怀疑有艾滋病病毒感染者在报复社会，故意传播艾滋病病毒。为防万一，她专门去疾控中心服用了艾滋病阻断药物。

刘女士的经历让人细思极恐，这事儿很快就在社交平台上传开了。

第二天，也就是10月7日，一名姓庄的男士也在社交平台上发了帖。他说昨天那位刘女士说得对，不久之前，他也在这个区域被人扎过。当时他就怀疑是艾滋病病毒感染者报复社会，已经害怕好几天了。

这么一来，整个社交平台就沸腾了。

这还得了吗？一个人说，也许是巧合，可两个人先后都遇到类似的事，还都是在同一座城市的同一个繁华地段，那艾滋病病毒感染者报复社会的事情肯定是真的啊！

虽然这两个发帖人都没有报警，但警方在网上看到帖子后，立即主动介入调查。现在到处都是监控，像这种在公共场合发生的事情，很容易就调查清楚了。

经过监控调取和审阅，警方找到了第一个发帖的刘女士遭遇"艾滋病病毒感染者"时的监控录像。监控显示，当时确实有个男人和刘女士擦肩而过，但两人只是手背碰到了手背。那个男人手上并没有拿什么东西。

警方还是不放心，通过技术手段找到了那名男子。男子姓周，他在被警方找到的时候，可以说是莫名其妙。但他还是配合警方去医院进行了检测，他并没有感染艾滋病病毒。警方还对周先生的背景进行了调查，对他家进行了搜索，并没有发现任何可疑之处。

由此可见，这件事完全就是个误会。

刘女士肯定是看多了类似的都市传说，过度紧张才有了这样的臆想。

刘女士见警方如此负责任，工作如此严谨，深受感动，也认可警方最后的调查结论，愿意再发一篇帖子，配合警方通报来解释清楚这个误会。

那另一位姓庄的男士的遭遇，又是怎么回事呢？

警方也对庄先生的轨迹进行了复原，发现庄先生根本就没有去过那个区域。于是警察找到了庄先生，问他，你都没去那个区域，为什么要说自己也在那里被人用针头扎过呢？

见警方来询问，庄先生慌了，不得不承认了事实——他发在网上的遭遇是编的。

原来庄先生在不久前有不洁性行为，事后，他十分担心自己会感染艾滋病病毒，也准备服用阻断药物。但发生这种事情，他没办法向家里人交代。他看到刘女士的帖子后，灵机一动，就发了这么一个帖子，然后装作向刘女士讨教怎么获取阻断药物，顺利地掩盖了自己的心虚。最后，他把这件事告诉家人，就算是对家人有了一个交代。

警方调查结束后，查明了整件事的原委。

刘女士没有触犯法律，但庄先生触犯了法律。无论他出于什么目的，故意编造谣言并引起了严重的后果，就触犯了《刑法》。

从这个事件里，我们可以看到，谣言的诞生是有很多种可能的。有的人是无心发起，有的人却是别有用心。不管是因何而起，谣言一旦泛滥，必定会带来恶果。

这则谣言之所以有这么大的影响力，是因为大家都知道通过血液传播是有可能传染艾滋病的。确实，和艾滋病病毒感染者发生血液交叉，就有可能被传染。我们法医在解剖艾滋病病毒感染者尸体的工作中，必须做好防护，防止扎破手的情况发生，也是这个原因。

但老秦还是得提醒大家，抛开剂量谈毒性就是耍流氓。

病毒感染是需要足够的病毒载量的，针头上能不能附有足够的病毒载量？这是一个疑问。还有一个疑问是，含有艾滋病病毒的血液离体后，被太阳直射一分钟，病毒就会被消灭，传播艾滋病病毒的人怎么保证病毒的活性？用这种方式来传播艾滋病，成功概率是很小的。

当然，概率小不代表没有可能。

如果真的遇见了这种事，大家也不要过度紧张和焦虑，应该第一时间去找当地的疾控中心，采取一系列阻断措施，最大限度地将这种感染风险降低，这才是正确的做法。

都市传说4：尸油煮粉和殡仪馆怪谈

这个都市传说又和美食相关。

某天，有个网友在网上发了一个帖子。他说，某省委政法委发布了最新公告，说该省破获了一系列从火葬场购买尸油的犯罪案件，所有的犯罪分子都被抓获了。

很多有生活常识的朋友都知道，动物的脂肪一受热就会变成液体。在家里炼猪油，用的就是这个原理。可是，动物油可以拿来烧菜，那人的尸油又有什么用呢？

这个发帖人言之凿凿地说，他就是在火葬场工作的，他知道是怎么回事。

他们火葬场烧尸体的时候，一边用火烧尸体，一边用尖锐的铁棍把尸体的肚子给捅破，让尸油流出来。尸油顺着旁边的管道就会流到一个大桶里。

以前他不知道这个大桶是干什么的，现在他知道了，这些尸油是被卖出去作为煮米粉的佐料了。大家想想，用猪油煮米粉都那么香，用人的尸油来煮，岂不是更香？大家吃过的最好吃的米粉，实际上都是用人的尸油煮的。

这个帖子发出来以后，喜欢吃米粉的网友们都差点吐了。

我估计，这个发帖人或许看到过殡仪馆工作人员拿着铁棍站在火化炉边的场景，所以发挥了自己的想象，天马行空地编造出了这么一则谣言。

确实，殡仪馆的工作流程对大部分人来说都是很神秘的。大家因为不了解而产生各种奇怪的想象，也非常合理。那老秦就在这里简单地向大家介绍一下。

现在的殡仪馆要焚化尸体，用的都是标准化的火化机，里面有封闭的燃烧空间。在办理完法律规定的火化手续后，殡仪馆工作人员会把装在纸质棺材里的遗体放在火化机外的传送带上，并启动机器。机器自动运转，把遗体送到封闭的燃烧炉里，经过数十分钟的高温燃烧，遗体会变成骨灰，再被传送带送出来，此时工作人员将骨灰装盒，就完成了整个火化程序。整个过程都是自动化的。

那个发帖人说，工作人员拿着铁棍一边烧一边捅，他当是烧烤呢？！

不过，谣言里真假参半，铁棍这种工具确实存在，只是用法完全被歪曲了。

有时候，殡仪馆的工作人员确实会拿着铁棍站在火化机边，那是因为遗体火化完被送出来的时候，并不一定完全成了一捧灰烬。有时候，大的骨骼即便已经焚毁，但它不是灰，还保持着骨头的形状，需要轻轻砸一砸，砸碎后，才能更容易装到骨灰盒里。

这则谣言传出后，殡葬行业的工作人员当然也觉得很离谱。

某网站上，一个年轻的殡葬师也发了辟谣的帖子。他说，他在火葬场实习了这么长时间，从来就没见过什么尸油。火化炉里边的温度一般能达到八九百摄氏度，甚至上千摄氏度，什么油瞬间都燃烧成了一缕青烟，哪来的尸油？遗体燃烧完后拉出来，已经是干燥的骨灰了，根本不存在什么尸油。

所以，谣言还是缘于不了解。造谣的人就是利用普通人的不了解，编造谣言吓唬大众，吸引眼球。

再讲一个关于殡仪馆的都市传说。

有人说，当尸体被送到火化炉里进行火化的时候，死者会一下子坐起来，这是我们人生中最后一次坐起来了。这个传说虽然没有什么社会危害性，但听起来令人毛骨悚然，也在网络上广为流传。

其实这也是胡扯。

火场中被烧死的人，因为肌肉挛缩，会出现一种类似于在打拳击的尸体姿态，法医称之为"斗拳状姿态"。尸体会形成这种姿态，原因就是四肢关节因肌肉的挛缩而屈曲。而都市传说里描述的"坐起来"的动作，比屈腿弯臂的动作可复杂多了，需要很多肌肉、关节互相配合才能完成。人死了就没有活动能力了，仅仅靠高温导致的肌肉挛缩让尸体坐起来是不可能的。

所以，这个都市传说也不可信啊。

都市传说5：毁尸灭迹的完美手法

老秦最后要和大家聊的都市传说，叫"如何毁尸灭迹"。

我相信绝大多数在网上讨论如何毁尸灭迹的朋友，都是出于好奇和好玩的心态，而不是真的要去杀人毁尸。不过，也有凶手真的会这么干。老秦就遇到过一个案子，凶手杀人后，不知道该怎么处理，于是就上网搜索如何毁尸灭迹。他在网上找了好多毁尸灭迹的"办法"，甚至还一一去试了，最后都失败了。破案后，这些在网上搜索的痕迹，也成了证实他杀人的证据之一。

在讨论"如何毁尸灭迹"的网帖里，有一个说法，是把尸体放在浴缸里，撒上生石灰，再注入水，这样尸体就会完全分解掉。

这显然是没有任何科学依据的。

这个说法，灵感来源应该是防疫站工作人员的工作。比如，大洪水之后很多动物都死了，尸体到处都是，如果不处理，很有可能会导致传染病的传播。所以防疫站的工作人员就会在动物的尸体上撒漂白粉和生石灰，加水后再深埋。这只是农业、防疫部门对病死动物进行无害化处理的一种措施，并不是让尸体无影无踪的"妙计"。

还有人说，可以配制比如王水之类的具有强腐蚀性、溶解性的溶剂，这样就可以把尸体溶解了。你如果看过美剧《绝命毒师》，就会看到类似的情节，不过处理尸体的结果可不怎么样。剧里的主角杀了人，要处理尸体，就把尸体放在了自己家的浴缸里，然后依靠自己掌握的化学知识，配制了可以溶解尸体的试剂倒在浴缸里，想把尸体完全溶解。让人啼笑皆非的是，他家里的浴缸都被溶解掉了，整个楼板都坍塌了，现场一片狼藉，而那具尸体还没有被完全溶解掉。

这一幕就比较符合事实了，因为要完全溶解一具尸体，几乎是不可能的。

还有人问，那碎尸呢？用刀、锯、锤把尸体弄成一小块一小块的，然后顺着马桶冲掉。这种方法很多杀人犯都觉得靠谱，也会去尝试。但最后都以失败告终。因为人体的很多骨骼是又大又坚硬的，即便你能毁掉所有的软组织，想要把骨骼全部毁匿也是不可能的。比如颅骨、骨盆、长骨，都非常坚硬，砸都不可能完全砸碎。

有朋友就说了，不对吧，之前不是有个"杀妻碎尸案"

吗？那凶手不就是把尸体用绞肉机弄碎，然后冲进马桶里了吗？

这个案子确实很多人都看到过。一名女士离奇失踪，当地媒体进行了报道，女士的丈夫还接受了媒体的采访。最后，大家发现，原来杀害这名女士并碎尸的人，居然就是她的丈夫。

对这个案件，大家是只知其一，不知其二。案件中的凶手确实碎掉了死者的软组织并冲入了马桶，但对死者的骨骼，他是层层包裹之后带到小区外面抛甩藏匿的。

破案后，很多人没有关注到法医在化粪池里寻找人体尸块的艰辛，反而造谣说如果不是该案件在网络上火了，被媒体报道了，警方就不会管这一起案件了。通过后来警方的新闻发布会我们才知道，实际上，在网络热议、媒体介入之前，警方就已经开始了侦查工作，并把死者丈夫列为重点嫌疑人，也正在寻找尸体。只是因为媒体报道时，警方还没有找到人体组织，所以没有获取确凿证据，也无法对其丈夫进行拘捕。媒体报道后不久，警方终于找到了尸块，这才刑事拘留了嫌疑人。

这样的时间差，会给网民一种错觉，认为网上不爆，警察不查。谣言也就应运而生了。散播这种谣言的人，意图也很明显，就是想降低民众对警方的信任、降低政府公信力。

而就像老秦在前文说的那样，谣言止于智者。只要我们保持理性，有毒的谣言就不会侵蚀我们的判断力。清朗的网络环境，需要我们每个人的努力。

谣言的天敌是思考

网上的都市传说五花八门，大量的谣言夹杂其中。

谣言是如何产生的？心理学家和社会学家都曾经给出过分析。在老秦看来，谣言的缘起，有时候是热点事件，有时候是真实新闻，有时候是被害妄想。而故意编造谣言的人，有的是为自己的利益，有的是为吸引眼球，还有的是为扰乱社会秩序。

对普通人来说，因为信息不对等，所以势必会因为谣言而产生恐慌，对此老秦是完全可以理解的。但老秦觉得，如果大家在看到都市传说，一时无法辨别真伪的时候，先不要着急转发，而是尽可能先思考思考，或是多方求证，那大家在谣言的传播链条上就不会起到推波助澜的作用了。

哪怕，我们所做的，只是等一等，也是很有意义的。

因为在谣言发生后，总会有相关专业、具备相关知识的朋友站出来，用科学打败谣言。只要我们多听、多看、多思考，谣言自然无法侵蚀我们，更无法伤害我们。

老秦曾在小说里写过法医的"三不"原则，即"不以己度人、不偏听偏信、不先入为主"。这里也送给朋友们，也许在今后的日子里，它也会对大家有所裨益。